KB075742

나의 문화유산답사기

일본편 4 교토의 명찰과 정원

나의 문화유산답사기

일본편 4 · 교토의 명찰과 정원 유홍준 지음

그들에겐 내력이 있고 우리에겐 사연이 있다

창비

일본 사찰과 정원의 미학

가마쿠라시대의 대찰(大刹)들

이 책은 나의 일본 답사기 교토(京都)편 둘째 권으로 교토의 대표적인 사찰 9곳의 답사기로 이루어졌다. 시기적으로 보면 가마쿠라시대(12~14세기)에 창건된 사찰이 6곳, 무로마치시대(14~16세기) 사찰이 3곳이다. 사찰이 너무 많다는 생각이 들어 과감히 몇 개로 압축할 생각도 없지 않았다. 그렇게 하면 독서로서는 훨씬 편했을 것이다. 그러나 언젠가 이 책을 읽고 교토를 답사하는 분에게는 대단히 부실한 책이었다는 인상을 주게 될 것이 명약관화하여 아홉 사찰로 나의 교토 답사기 둘째 권을 마무리하고 전국시대 이후 다실과 이궁의 정원은 셋째 권으로 넘겼다.

제1부 가마쿠라시대 교토의 사찰은 한결같이 규모가 엄청나게 큰 대찰들이다. 후대에 훼손된 것이 적지 않지만 그럼에도 그 스케일은 역력히 느낄 수 있어 '축소지향'의 일본 문화에 한때는 역으로 극대를 추구하는 과장의 세월이 있었다는 것을 보여준다. 우선 기온(祇園)에서는 가마

쿠라시대에 정토종을 일으킨 법연(法然) 스님의 지은원(知恩院) 남문의 규모가 사람을 압도한다. 이는 힘, 무력이라는 것이 세상을 지배하던 시절의 문화라고 생각된다. 이 시기의 건인사(建仁寺)·지은원은 새로운 불교사상의 발원지이며, 대각사(大覺寺)는 역사의 고향이다.

교토 동산(東山)인 히가시야마 아랫자락에 자리한 육바라밀사는 처참할 정도로 훼손이 심하지만 이 절의 역사성은 어느 사찰 못지않고, 전해오는 초상조각들은 일본 조각사의 명작으로 꼽힌다. 그리고 삼십삼간당에 등신대 크기의 관세음보살상 1천 분이 10열 횡대로 100미터 넘게 서 있는 모습은 보는 이마다 놀라운 시선을 던지게 된다. 이는 우리가 직접 경험하는 일본 문화의 새로운 측면이다.

교토 낙남(洛南)에는 가마쿠라시대 최대의 선종 사찰인 동복사(東福寺)가 있다. 이 동복사에서도 무인사회로 변한 일본 사찰의 모습을 확연히 느낄 수 있다. 동복사는 당대에 엄청난 대찰이었다. 나중에 많이 축소되었지만 이 사찰의 거대한 변소가 당시 동복사에 상주하던 선승이 얼마나 많았는가를 말해준다. 또한 우리가 신안 해저에서 발굴한 원나라 때 무역선의 유물 중에도 이 절로 가는 공물이라는 물표가 붙은 것이 있어 규모를 짐작게 한다.

그런가 하면 낙북(洛北)의 고산사(高山寺)는 우리나라의 산사를 연상케 하는 고즈넉한 절집으로, 교토의 사찰로서는 아주 예외적인 분위기를 보여준다. 특히 여기엔 의상대사가 당나라에 가서 화엄경을 가져올 때 선묘 아가씨가 헌신적으로 도와준 것을 긴 두루마리에 그린 「화엄종조사회전(華嚴宗祖師繪傳)」이라는 에마키(繪卷)가 전래되고 있고, 원효대사와 의상대사의 초상화도 소장되어 있으며, 또 선묘사라는 사당이 있어 우리와는 각별한 인연이 있다. 일부러라도 한 번은 가볼 만한 곳이다. 가마쿠라시대 명찰들은 문화사적으로 일본문화의 깊이와 다양성을 보여준다는 데서 큰 의의가 있다.

무로마치시대 선종 사찰의 석정

제2부 무로마치시대의 선종 사찰과 석정(石庭)은 교토가 자랑하는 금
각사(金閣寺)·용안사(龍安寺)·은각사(銀閣寺) 편으로 구성되었다. 이
사찰들은 일본의 정원 중에서도 명원(名園)으로 꼽히는 사찰인 동시에
유네스코 세계유산에 등재된 명찰(名刹)이다. 무가(武家)의 새로운 주거
양식인 서원조 건축과 선종 정원인 석정이 일본 사찰건축과 정원을 활
짝 꽃피웠다. 여기에 이르면 사찰 답사의 주제는 불상이 아니라 정원이
된다.

정원에 대한 일본인들의 생각은 일찍부터 각별했다. 일본의 정원은 빈
마당을 꾸미는 조경(造景)이 아니라 정원을 만드는 작정(作庭)이었고, 정
원을 설계·시공하는 이를 작정가(作庭家)라 했다. 이미 1천 년 전에 정원
의 개념과 정원 만드는 법을 저술한 다치바나노 도시쓰나(橘俊綱)의『작
정기(作庭記)』라는 책이 나올 정도로 형식의 틀이 갖추어졌다. 여기서도
일본이 현상의 개념화와 논리화의 귀재임을 엿볼 수 있다.

일본 정원의 역사에서는 새로운 사상이 일어나면 거기에 걸맞은 새로
운 정원 양식이 계속 탄생해 시대의 흐름 속에서 몇 차례 바뀌었다. 일본
정원사 연구의 권위자 중 한 분인 시라하타 요자부로(白幡羊三郎) 교수는
일본 정원사를 큰 맥락에서 다음과 같이 요약했다.

헤이안시대는 귀족들의 침전조(寝殿造) 양식, 가마쿠라시대는 선종
사찰의 마른 산수[枯山水, 가레산스이] 정원, 무로마치시대는 무사들의
서원조(書院造) 정원, 에도시대는 왕가와 지방 다이묘의 지천회유식
(池泉回遊式) 정원이 창출되었다.

특히 '마른 산수'라 하여 물을 사용하지 않고 돌과 백사로만 꾸민 석정은 일본미의 진수를 보여준다. 100년 전, 니토베 이나조(新渡戶稻造)는 『무사도(武士道)』에서 일본의 사무라이정신이 어떻게 형성되어 어떤 내용을 갖고 있는가를 상세히 해설하면서 일본인의 정신 내지 사상을 체계화한 바 있는데, 그것을 가시적인 형태로 극명하게 보여주는 것이 바로 일본 정원, 특히 석정의 미학이다. 그런 의미에서 일본 답사기 제4권은 일본 답사의 꽃이라 해도 과언이 아니다.

　이 책이 독자 여러분에게 즐겁고 보람 있는 독서여행이 되고, 교토 여행에 유용한 답사 길라잡이가 되기를 바란다.

2020년 9월
유홍준

*교토 사찰의 시대별 일람표

시대(세기)	사찰·신사	위치	참고사항
아스카 나라 (6~8)	가미가모 신사(上賀茂神社) 시모가모 신사(下賀茂神社)	낙북	가모씨 신사
	마쓰오 신사(松尾大社)	낙서	하타씨(秦氏) 신사
	이나리 신사(稻荷大社)	후시미	하타씨 신사
	광륭사(廣隆寺, 고류지)	낙서	진하승과 목조반가사유상
헤이안 (8~12)	동사(東寺, 도지)	낙중	공해(空海), 진언종 본산
	연력사(延曆寺, 엔랴쿠지)	히에이산	최징(最澄), 천태종 본산
	청수사(淸水寺, 기요미즈데라)	낙동	사카노우에(坂上田村麻呂) 발원
	인화사(仁和寺, 닌나지)	낙서	왕실(門跡, 몬세키) 사찰
	평등원(平等院, 뵤도인)	우지	후지와라(藤原) 씨사, 봉황당
	육바라밀사 (六波羅蜜寺, 로쿠하라미쓰지)	낙중	공야(空也), 다이라노 기요모리(平淸盛)
	삼십삼간당 (三十三間堂, 산주산겐도)	낙중	고시라카와(後白河)상황 발원 천수관음상 1천구
가마쿠라 (12~14)	동복사(東福寺, 도후쿠지)	낙남	신안 해저 유물 물표
	지은원(知恩院, 지온인)	낙동	법연(法然), 정토종 본산
	건인사(建仁寺, 겐닌지)	낙중	영서(榮西), 임제종 본산
	고산사(高山寺, 고잔지)	다카오	명혜(明惠), 차(茶) 첫 재배지
	영관당(永觀堂, 에이칸도)	낙동	뒤를 돌아보는 불상
	상국사(相國寺, 쇼코쿠지)	낙중	슈분(周文)의 수묵화
	남선사(南禪寺, 난젠지)	낙동	선종 사찰 교(京) 5산 중 하나
	대덕사(大德寺, 다이토쿠지)	낙북	센노 리큐(千利休)의 고봉암
무로마치 (14~16)	천룡사(天龍寺, 덴류지)	낙서	지천회유식(池泉回遊式) 정원
	서방사(西芳寺, 사이호지)	낙서	무소 소세키(夢窓疎石) 설계
	금각사(金閣寺, 긴카쿠지)	낙서	아시카가 3대 쇼군, 기타야마(北山) 문화
	용안사(龍安寺, 료안지)	낙서	방장의 마른 산수(枯山水)
	은각사(銀閣寺, 긴카쿠지)	낙동	아시카가 8대 쇼군, 히가시야마(東山) 문화
에도 (17~19)	이조성(二條城, 니조조)	낙중	도쿠가와 쇼군의 교토 거소
	가쓰라 이궁(桂離宮, 가쓰라리큐)	낙서	고보리 엔슈(小堀遠州) 설계
	시선당(詩仙堂, 시센도)	낙북	이시카와 조잔(石山丈山)의 정원
	수학원 이궁 (修學院離宮, 슈가쿠인리큐)	낙북	고미즈노오(後水尾) 천황의 산장

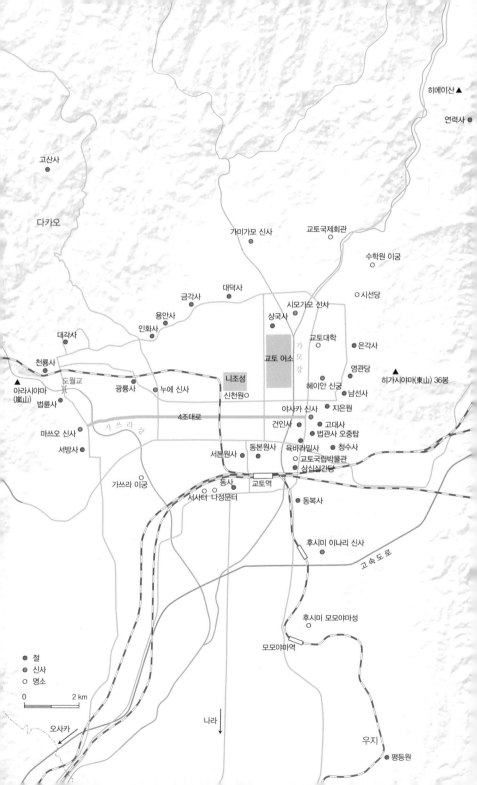

히에이산 ▲

연력사 ●

고산사 ●

다카오

가미가모 신사 ●   교토국제회관

수학원 이궁 ○

대덕사   시모가모 신사 ●   ○ 시선당

금각사 ●

용안사 ●   상국사 ●   교토대학   은각사 ●

인화사 ●   영관당 ●

대각사 ●   헤이안 신궁 ●   ▲ 히가시야마(東山) 36봉

천룡사 ●   교토 어소   남선사 ●

도월교   니조성

▲ 아라시야마
(嵐山)   광륭사 ●   누에 신사 ●   신천원 ○   야사카 신사 ●   지은원 ●

법륜사 ●   건인사 ●   고대사 ●

4조대로   법관사 오중탑 ●

마쓰오 신사 ●   육바라밀사 ●   청수사 ●

서방사 ●   서본원사 ●   동본원사 ●   교토국립박물관 ○

삼십삼간당 ●

가쓰라 이궁 ○   동사 ●   교토역

서사터 나성문터 ○   동복사 ●

후시미 이나리 신사 ●

고속도로

후시미 모모야마성 ●

모모야마역

● 절
● 신사
○ 명소

0   2 km

오사카

나라
↓

우지
평등원 ●

차례

고다이고 천황 / 사가노 들판과 광택지 / 노렌이 드리워진 현관 /
신전과 무악대 / 낭하 / 가노파의 화려한 장벽화 / 오대당 /
대택지의 관월대 / 나코소의 다키

일러두기

1. 이 책의 일본어 표기는 국립국어원의 표기법을 따랐다. 권말에는 일본어를 현지음에 최대한 가깝게 적는 창비식 일본어 표기를 병기한 주요 고유명사의 일람표를 실었다.

2. 일본어 인명·지명은 일본어로 읽어주는 것을 원칙으로 하되, 사찰·유물·유적·승려의 이름 등 뜻을 지닌 한자어 고유명사는 독자의 이해를 돕기 위해 한자를 우리말로 읽어주고 괄호 안에 일본어 발음을 병기했다.

제1부

가마쿠라시대의 명찰

역사는 유물을 낳고, 유물은 역사를 증언한다

역사교과서와 역사교육 / 공야 스님과 육바라밀사 /
공야 입상과 기요모리의 초상조각 / 경파 조각 / 삼십삼간당 /
1천분의 천수관음상 / 28부중상과 풍신·뇌신 /
마화라여상과 파수선인상

유물과 함께 기억되는 역사

2013년 하반기에 벌어진 우리 사회의 역사교과서 논쟁은 이념 분쟁으로 변하는 바람에 정작 역사교육은 어떻게 하는 것이 바람직한가에 관한 진짜 논의는 말도 꺼내지 못하는 상황이 되었다. 일선 현장에서 역사를 가르치는 교사들의 이야기를 들어보면 이구동성으로 역사교과서의 가장 큰 문제는 학생들이 역사를 재미없는 암기 과목으로 생각하게 만드는 것이라고 한다.

역사뿐 아니라 모든 과목이 기본적으로 외우는 것을 전제로 하기는 한다. 왕조·연대·인물·문화의 기본사항은 외워야 한다. 그런데 우리 역사교육의 문제점은 각 시대상을 뚜렷한 역사적 이미지로 기억하도록 도와주지 못한다는 데에 있다.

예컨대 고조선이라고 하면 단군왕검의 건국부터 위만에게 멸망하여 위만조선으로 넘어갈 때까지를 말한다. 이 시대는 청동기시대라고 가르친다. 그러나 고조선시대를 상징하는 유물에 대해서는 뚜렷하게 말해주지 않는다. 발굴 현장에서 북방식 고인돌, 비파형 동검, 미송리형 단지, 이 세 가지가 함께 나오면 일단 고조선시대 유적으로 본다. 이런 사실만 알려주어도 학생들 머릿속엔 고조선시대의 이미지가 떠오를 것이다.

또 하나의 문제점은 역사 서술이 정치사 중심이어서 무슨 큰 사건·사고의 나열처럼 되어 있다는 점이다. 예를 들어, 고려시대 역사를 말하면서 거란족·여진족·몽골족·홍건적·왜구의 침입이 있었고, 묘청의 난·무신난·만적의 노비반란이 있었다는 것을 먼저 말하고 나서, 팔만대장경·고려청자·고려 불화의 찬란한 문화창달이 있었다고 말한다. 고려시대가 외침과 내란 위주로 기술되고 맨 나중에 문화가 부차적으로 언급되고 있으니 어떻게 고려시대의 역사상을 그려낼 수 있겠는가.

일본의 역사교육 방식을 나는 잘 알지는 못하지만, 그들의 역사 서술 또한 우리와 크게 다르지 않은 것 같다. 헤이안시대 역사를 말하면서 정치사에서는 천황·섭관·원정으로 권력이 이동하는 과정에 초점을 맞추어 정치가 암투와 음모로 얼룩졌다고 말하고, 경제사에서는 장원(莊園)을 통한 부의 축적과 분배 과정의 모순을 강조하고, 사회사에서는 승병이 싸우고 무사가 등장하며 백성의 삶이 날로 피폐해지고 무거운 세금에 시달렸다는 혼란상을 보여준다. 그러면서도 이 시대 문화를 이야기할 때는 진언종과 천태종이라는 새로운 불교가 일어나고 가나가 발명되어 와카와 소설(모노가타리)이 탄생하고 건축과 불상조각에 우아하고 화려한 국풍문화가 있었음을 강조하는 식이다.

그 찬란한 문화가 하늘에서 뚝 떨어진 것이 아닐진대 그 혼란상에서 어떻게 나왔다는 것인가. 이처럼 역사 서술에서 자기모순을 보이는 것은 문화사적 인식의 결핍 때문이다.

각 시대는 매 순간 개인의 삶이 있었고, 집단적 문화가 있었다. 어느 시대나 정치·경제·사회적 모순을 안고 있다. 그것은 현재도 마찬가지다. 그 과정에서 창조된 유물·유적들은 이 모든 것을 내포하고 있다. 이런 입장에서 역사를 서술하는 것이 문화사다.

나는 지금 교토 답사기를 쓰면서 독자들이 은연중에 유물과 유적을 통해 일본의 역사와 문화를 익힐 수 있기 바라면서 교토 이전의 광륭사부터 시작해서 헤이안시대의 동사, 연력사, 청수사 그리고 후지와라시대의 평등원까지 서술했다. 답사기를 통해 내가 독자에게 말하고 싶은 입장을 한마디로 말한다면 다음과 같다.

역사는 유물을 낳고, 유물은 역사를 증언한다.

이제 헤이안시대 400년이 끝나고 쇼군의 막부가 지배하는 가마쿠라 시대로 넘어가면서 일본이 바야흐로 무사시대로 들어가는 시점에 이르러, 나는 독자들이 이 복잡한 역사적 전환기를 육바라밀사(六波羅密寺, 로쿠하라미쓰지)와 삼십삼간당(三十三間堂, 산주산겐도)이라는 두 유적과 함께 기억하기 바라며 그쪽으로 향한다.

원정시대와 쿠데타

후지와라시대는 11세기 중엽, 평등원을 지은 요리미치에 와서 절정을 이루었는데 사실상 거기가 끝이었다. 후지와라 가문은 여전히 딸들을 천황가에 시집 보냈지만 뒤를 이을 아들을 낳지 못했다. 그러다 1068년 고산조(後三條, 1034~73) 천황이 즉위하자 후지와라씨는 천황가와 혈연관계가 끊기게 되었다.

이를 계기로 고산조 천황은 왕권 강화를 위한 새로운 정치 시스템으로 원정(院政, 인세이) 제도를 구축했다. 원정이란 천황 자리를 일찍 물려준 뒤 자신은 상황(上皇)이 되어 원(院, 인)에서 정무를 보며 계속 실권을 장악하는 방식이었다. 요즘으로 치면 큰 회사의 사장 자리에서 물러나 회장이 되어 기획조정실을 통해 경영하는 방식이다.

고산조 천황은 상황이 된 지 1년 만에 죽었지만 1086년, 그의 아들 시라카와(白河, 1053~1129) 천황이 8세밖에 안 된 아들에게 양위한 뒤 상황 자리에 앉으면서 본격적으로 원정이 전개되었다. 이제 후지와라시대는 끝나고 원정시대로 들어선 것이다. 천황은 여전히 상징적인 존재였고 관백 자리도 존속되었지만, 실권이 상황에게로 넘어갔다. 권력이 천황의 모계에서 부계로 옮겨진 셈이다.

처음에는 원정이 잘 펼쳐졌다. 그런데 세월이 지나면서 문제가 생겼다. 천황이 상황보다 먼저 죽으니 새 천황이 등극하면서 상황이 한 명 더 생겼다. 그러다 천황이 머리 깎고 중이 되어 법황(法皇)이 되는 일도 있었다. 몇 명의 상황이 동시에 공존하여 갈등을 일으키고 여기에다 천황 자신도 실권을 주장하고 나서면서 마침내 1156년에는 고시라카와(後白河) 천황과 스토쿠(崇德) 상황 사이에 큰 싸움이 벌어졌다. 이를 호겐(保元)의 난이라 한다.

천황 측과 상황 측은 각기 지방에서 성장해 있던 무사단을 싸움에 끌어들였다. 그중 가장 강력한 세력이 겐지(源氏)와 헤이시(平氏) 양씨였다. 우리나라에서 한때 전당대회에 조폭을 동원한 것과 같은 상황이었다. 천황 측에는 헤이시의 다이라노 기요모리(平淸盛, 1118~81)가 있었고, 상황 측에는 겐지들이 있었다. 결과는 천황 측의 승리였다. 이후 고시라카와 천황은 양위를 한 후 상황이 되었다.

그런데 1159년 숨죽이고 있던 겐지가 쿠데타를 일으켜 고시라카와 상황을 유폐시키는 난(헤이지平治의 난)이 일어났다. 이때 다이라노 기요모리가 기병 300명을 이끌고 가서 상황을 구출해냈다. 상황은 반대파들을 모조리 처형하고 다시 실권을 쥐게 되었다. 상황은 다이라노 기요모리의 공과 은혜를 잊지 않고 그를 태정대신에 봉했다. 이 겐지와 헤이시의 충돌은 무사들이 대거 중앙정계에 진출하는 계기가 되었고, 무력으로 정권을 창출할 수 있다는 것을 체감한 역사적 전환점이었다.

헤이안시대의 종말과 무인시대의 개막

기요모리는 태정대신에 오르자 능숙한 처세술을 발휘하여 천황가와 여러 귀족 집안과 인척관계를 맺으며 권세를 자랑했다. 500곳의 장원을 차지하고 송나라와의 무역으로 막대한 부를 축적하며 그의 집안 헤이시가 정치를 말아먹었다.

기록에 의하면 공경(公卿)이 16인, 지방 수령이 64인에 이르렀다고 한다. 그래서 스스로 말하기를 "헤이시 가문(平家, 헤이케)이 아니면 사람도 아니다"라고 할 정도였다. 이처럼 그는 힘만 앞세운 지도자였다. 권력은 힘으로 차지할 수 있으나 정치란 그런 것이 아님을 몰랐다.

그가 실권을 잡은 지 20년이 되는 1179년, 기요모리는 고시라카와 법황을 유폐시켜버리기에 이르렀다. 이에 참고 참아왔던 겐지들이 들고 일어나 헤이시와 일대 혈전을 벌였다. 이것이 '겐페이(源平)의 합전(合戰)'이라는 역사적 사건이다. 이 싸움은 겐지의 승리로 돌아갔고 겐지의 미나모토노 요리토모(源賴朝, 1147~99)가 1185년 쇼군이 되면서 실권을 쥐게 된다.

요리토모는 대단한 정치력을 갖고 있었다. 1192년 파란만장한 삶을 살다가 출가한 고시라카와 법황이 죽자, 미나모토노 요리토모는 이때다 하고 자신의 세력 기반이 있는 가마쿠라(鎌倉)에 막부를 차리고 세습 쇼군이 되었다. 가마쿠라는 교토에서 천리도 더 떨어진, 저 멀리 도쿄 남쪽에 있는 도시다. 이리하여 헤이안시대는 막을 내리고 가마쿠라시대로 들어가게 된다.

이처럼 역사적 상황이 대단히 복잡하게 돌아갔다. 등장인물도 많고 사건도 많아서 외우려고 해도 잘 외워지지 않는다. 그러나 이 시대를 상징하는 두 절집, 육바라밀사와 삼십삼간당을 답사하면 이 시대의 역사와 문화가 저절로 머릿속에 그려지게 될 것이다.

이 전환기의 주인공은 고시라카와 천황과 다이라노 기요모리라고 할 수 있는데, 육바라밀사는 천하의 명품으로 꼽히는 기요모리의 초상조각을 소장하고 있고, 삼십삼간당은 고시라카와 천황의 혼이 담긴 명찰이다.

유행승, 공야 스님

육바라밀사는 오늘날 안타까울 정도로 쇠락해 상가와 주택에 둘러싸여 있다. 그러나 태정대신 다이라노 기요모리 시절엔 헤이시의 씨사로 일대를 다 차지한 거찰이었다. 이 절의 몰락은 사실상 헤이시와 운명을 같이한 셈이었다.

육바라밀사를 창건한 이는 기요모리보다 100년 전에 등장한 공야(空也, 구야, 903~72) 상인(上人, 지혜와 덕이 높은 승려)이라는 떠돌이 유행승(遊行僧)이다.

공야 스스로는 자신의 출신을 말하지 않았지만 천황의 아들이었다는 설이 있다. 어려서 부모를 떠나 각지를 돌면서 '나무아미타불'이라는 염불만 외우고 고행에 나서 길을 닦아주고, 다리를 놓아주고, 우물을 파주

| **공야 스님 초상조각** | 높이 약 120센티미터의 목조각으로 깡마른 체구에 남루한 옷을 입고 짚신을 신었으며, 사슴 뿔 지팡이와 바라를 치는 나무채를 쥐고 있다. 유행승으로 거리에 나선 공야 스님의 도덕과 실천을 감동적으로 보여준다. 가마쿠라시대 조각의 사실성을 유감없이 보여준다.

고, 들판에 버려진 시신을 보면 다비를 해주었다.

19세에 머리를 깎고 스스로 '사미승(沙彌僧) 공야'라 했다. 사미승은 구족계(具足戒)를 받기 위해 수행하는 승려라는 뜻이다. 그는 이름부터 '공(空)이로다'라고 했고 남루한 옷에 지팡이 하나 짚고는 여전히 거리로 나가서 병든 사람과 가난한 사람을 돌보며 중생구제에 나섰다. 그리고 35세에 처음 교토에 나타났고 45세 때 비로소 천태종에 들어가 수계를 받고 정식 승려가 되었다.

그때 교토에서는 역병이 유행하여 가모 강변에는 죽은 시체가 즐비했다고 한다. 헤이안 천도 때부터 원령의 저주에 시달렸던 교토 사람들은 역시 죽은 원령의 저주 때문이라며 벌벌 떨고 있었다. 이때 공야는 금색 십일면관음보살상을 만들어 수레에 싣고는 낙중과 낙외를 돌면서 '나무 관세음보살'을 읊으며 중생구제에 나섰다.

사람들이 관음보살에게 차를 공양하면 공야는 여덟 잎으로 갈라 만든 청죽으로 차를 젓고, 매화가지와 연잎을 더해 역병 환자에게 마시게 하고는 '환희도약'으로, 기뻐하며 펄쩍 뛰게 시키고, '나무관세음보살'을 계속 염불하도록 했다. 이것이 신기하게도 약효를 발휘하여 얼마 안 되어 역병은 사라졌다.

이에 천황부터 서민에 이르기까지 공야에게 깊은 신뢰와 경의를 보냈다. 이렇듯 공야는 우리의 원효대사처럼 대중 속으로 파고들어 '거리의 성인(市の聖)'이라 칭송받았으며, 동대사의 권진승이었던 행기 스님처럼 민중구제 능력이 있었다.

육바라밀사의 창건

공야는 48세 되는 951년 지금의 육바라밀사 자리에 금색 십일면관음

| **육바라밀사 본당 앞의 청동 동상** | 공야가 제작한 금색 십일면관음보살상은 비불로 모셔져 있어 1507년 처음 공개되었고, 지금은 12년마다 한 번씩만 공개하고 있다. 육바라밀사 본당 앞에 청동상으로 재현되어 있어 그 형상을 짐작할 따름이다.

보살상을 모시고 서광사(西光寺, 사이코지)라는 절을 세웠다. 위치는 기온 거리와 가까운 히가시야마 산자락 아래다. 육바라밀사 입구 골목에서 동쪽을 바라보면 법관사 오중탑이 보이며 북쪽으로 300미터 떨어진 곳에 건인사(建仁寺, 겐닌지)가 있다.

공야 상인이 제작한 관음상은 높이 2.5미터로 비불로 모셔져 있다. 이 비불은 개창 555년 후인 1507년에 처음으로 공개되었고, 지금은 12년마다 한 번씩 공개하고 있다. 그 때문에 이 보살상은 현재 국보이면서도 육바라밀사 소개책에조차 도판이 실리지 않았고, 오직 육바라밀사 본당 앞에 복제해놓은 청동 동상으로 그 형상을 짐작할 따름이다.

공야가 이처럼 관음 신앙을 내세워 중생을 구제한 것은 곧 정토사상의 실천이었다. 이는 훗날 정토종이 뿌리내리는 계기가 되었고 또 삼십삼간당을 비롯해 수많은 사찰에서 십일면음보살상을 봉안하는 계기

| 육바라밀사 내부 |　육바라밀사는 오늘날 안타까울 정도로 쇠락해 상가와 주택에 둘러싸여 있다. 그러나 태정대신 다이라노 기요모리 시절엔 헤이시의 씨사로 일대를 다 차지한 거찰이었다. 이 절은 사실상 헤이시와 운명을 같이한 셈이다. 그러나 비불이 공개될 때면 왕년의 명성을 되찾는다.

가 되었다. 공야는 972년, 70세로 세상을 떠났다. 그가 죽고 5년 뒤 그의 제자는 서광사를 육바라밀사라고 개명하고 절은 천태종의 별원이 되었다.

　　바라밀, 바라밀다는 산스크리트어 '파라미타'(pāramitā)를 음역한 것으로 완성·최고를 뜻하며 피안(彼岸)의 세계에 다다르기 위한 덕목·수행·실천을 의미한다. 대승불교에서는 통상 여섯 가지 바라밀로 깨달음의 과정을 강조하여 보시(布施), 지계(持戒), 인욕(忍辱), 정진(精進), 선정(禪定), 반야(般若) 등을 육바라밀이라고 한다.

육바라밀사는 그런 전통을 지닌 작은 절로 주변은 모두 헤이시의 땅이었다. 그런데 헤이시의 기요모리가 태정대신이 되면서 이 터를 육바라밀사에 기진하고 씨사로 삼았다. 헤이시라는 당당한 권문가의 씨사가 된 것이다. 그러나 불행하게도 얼마 가지 않아 기요모리의 죽음과 함께 육바라밀사는 몰락의 길로 들어서게 되었다.

육바라밀사의 쇠락

'겐페이의 합전' 중인 1183년 겐지가 쳐들어오자 헤이시들은 육바라밀사와 그들의 본거지를 불사르고 도주했다. 육바라밀사는 이때 본당만 남기고 모두 소실되었다고 한다. 육바라밀사 일대는 그야말로 '공야(空野)'가 되었고 그 빈터는 겐지의 차지가 되었다.

가마쿠라에 막부를 둔 미나모토(源) 쇼군은 막부에서 멀리 떨어진 곳의 행정과 군사 업무를 담당하는 지방관서로 탐제(探題, 단다이)를 요소마다 설치했는데 그때 교토에 설치한 탐제를 육바라밀사 일대에 두었다. 이것이 '육바라밀 탐제'라는 것이다. 그 결과 육바라밀사의 본당은 무문(武門)으로 둘러싸이게 되었다.

그리고 세월의 흐름 속에 소실과 재건을 거듭했고 가모강의 범람을 맞기도 했다. 그러다 도요토미 히데요시, 도쿠가와 이에미쓰의 교토 부흥책에 힘입어 다시 살아나 간신히 명맥을 유지했는데, 이번엔 메이지시대의 폐불훼석으로 결정적 타격을 입었다. 지금은 상가와 주택에 둘러싸인 골목길 안쪽에 간신히 본당과 몇채의 당우만 남아 있어 보기에도 딱하다. 그래서 나는 답사객들에게 여기를 찾아가보라는 말을 차마 하지 못한다.

그러나 공야가 봉안한 십일면관음보살 비불은 지금도 그 영험함을 빛내어, 두 번의 전국적인 불교행사에서 꼭 필요한 절로 꼽힌다. 먼저 1천년 전부터 해마다 10월이면 관세음보살의 구원을 찾아 33개소의 관음 신앙으로 영험한 곳을 찾아가는 '서국(西國) 33소 순례'가 시작되는데, 그 16번째가 청수사이고, 17번째가 육바라밀사이다.

| 공야 상인 입상 | 공야 스님의 초상조각은 일본 조각의 리얼리즘을 여실히 보여주는데 인물의 성격을 나타낸 조각 기법에는 현대조각 같은 예술성조차 보인다. 구부정한 몸동작, 입에서 새어나오는 연속적인 화불(化佛)이 일품이다.

그리고 해마다 8월 16일이면 교토를 둘러싼 다섯 산에 큰 글씨로 법(法), 대(大), 묘(妙) 등을 써서 등불로 밝히는, 시내에서도 볼 수 있는 엄청난 규모의 만등회(萬燈會)인 '오산(五山)의 송화(送火)'라는 행사 때 그 불씨를 육바라밀사에서 받아간다.

이런 전통이 서린 육바라밀사이다. 단 한 점만이라도 미술사에 등장하는 유물이 있다면 천리라도 찾아가야 하는 미술사가의 입장에선, 비록 관세음보살상은 비불인지라 볼 수 없다 해도 보물전에는 헤이안시대 불상이 다섯 점, 가마쿠라시대 불상이 네 점, 가마쿠라시대 초상조각이 다섯 점이나 있으니 한 번은 반드시 가볼 만한 절이다. 특히 초상조각 다섯 작품은 일본조각사에서 빼놓을 수 없는 명작으로 꼽힌다.

공야의 초상조각

| 자드킨의 반 고흐 초상조각 | 공야 스님의 초상조각을 보며 나는 파리 교외 오베르, 고흐의 무덤가에 있는 그의 동상을 떠올렸다. 마치 '화구를 짊어진 패잔병의 귀가' 같은 이미지이다.

육바라밀사의 초상조각 중 압권은 역시 '공야 상인 입상'이다. 높이 약 120센티미터의 목조각으로 깡마른 체구에 남루한 옷을 입고 짚신을 신었으며, 한 손엔 사슴뿔 지팡이, 다른 한 손엔 몸에 달아맨 바라를 치는 나무채를 쥐고 있다. 반쯤 뜬 눈은 무심한 표정인데 '나무아미타불'을 반복적으로 염불하는 그의 입에선 작은 화불(化佛)이 줄지어 나오는 모습이 표현되어 있다. 거룩한 모습의 초상조각이 아니라 유행승으로 거리에 나선 공야 스님의 도덕과 실천을 감동적으로 보여준다.

나는 공야의 초상조각을 보면서 반 고흐의 초상조각을 떠올렸다. 파리 교외 오베르, 그의 무덤가에 있는 초상조각은 러시아 출신의 프랑스 조각가 자드킨(Ossip Zadkine)이 1961년에 세운 것으로 마치 '화구(畫具)를 짊어진 패잔병의 귀가' 같아서 누구든 보는 순간 '저것이 바로 반 고흐다'라는 생각이 들게 한다.

그런데 도쿄 남쪽 하코네(箱根)의 '조각의 숲(彫刻の森)'에 있는 반 고흐상은 이를 너무 크게 확대 복제하여 원작에서 느끼는 감동은 없다. 만

약에 이 공야 초상조각을 네 배 크게 확대했다면 어떤 느낌을 줄까 상상해보면 내 표현에 동의할 것이다.

800년 전에 제작된 이 공야의 초상조각은 마치 공야 스님의 살아생전 모습을 보여주는 듯하여 현대 리얼리즘 조각 못지않은 감동을 불러일으키니 진실로 희대의 명작이다. 또 초상조각이란 위대한 예술장르라는 생각이 들게 한다.

기요모리의 초상

보물관에 있는 '다이라노 기요모리 좌상' 또한 그에 못지않은 걸작이다. 그는 싸움 잘했던 무장이었지만 태정대신이 된 이듬해엔 머리를 깎고 불가에 입문했다. 그래서 두루마리로 된 불경을 펼쳐가면서 읽고 있는 모습이다. 그 손동작과 눈빛이 너무도 자연스러워 역시 살아생전의 모습을 보는 듯하다.

두 초상조각은 일본의 역사책에 거의 다 실려 있다. 조각적인 아름다움 때문이기도 하지만 두 인물의 역사적 중요성 때문일지니 초상조각에서 중요한 것은 역시 모델이 된 인물이다.

공야와 기요모리는 헤이안시대 인물이지만 초상조각은 모두 가마쿠라시대 불상조각을 이끌었던 경파(慶派)의 불상 제작 공방인 '경파 불소(佛所)' 작품들이다. 공야의 초상에는 경파 조각의 일인자인 운경(運慶, 운케이)의 넷째 아들인 강승(康勝, 고쇼)이 만들었다는 명문이 있다.

경파는 운경 이래로 할아버지, 아버지, 손자 대대로 공방을 이어가면서 무인시대의 문화답게 리얼하면서도 다이내믹한 가마쿠라시대의 불상세계를 전개했다.

| **다이라노 기요모리 좌상** | 다이라노 기요모리는 싸움을 잘했던 무장이었지만 태정대신이 된 이듬해 머리를 깎고 불가에 입문했다. 두루마리 불경을 펼쳐 읽고 있는 모습인데 손동작과 눈빛이 너무도 자연스러워 역시 살아생전의 모습을 보는 듯하다. 가마쿠라시대 명작으로 꼽히고 있다.

가마쿠라시대 조각의 경파 공방

경파 조각의 대표작을 우리는 이미 나라에서 여러 점 보았다. 동대사 남대문의 엄청난 대작인 금강역사상, 흥복사 국보실에 전시되어 있는 무착(無着)과 세친(世親)의 역동적이면서 생동감있는 스타일을 기억할 것이다(『나의 문화유산답사기』 일본편 2권 233~37, 266~68면 참조).

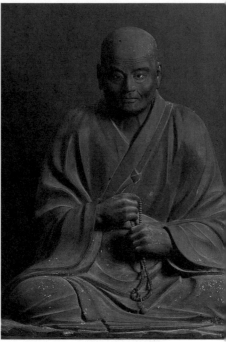

| 운경(왼쪽)과 담경(오른쪽) | 육바라밀사 보물관에는 경파(慶派) 공방의 첫째가는 대가인 운경과 그 아들 담경의 좌상이 있다. 이 초상조각의 생생한 얼굴 표정은 현대 사실주의 조각을 능가한다.

그런데 육바라밀사 보물관에는 바로 경파의 첫째가는 대가인 운경의 좌상과 그 아들 담경(湛慶, 단케이)의 좌상이 있어 놀랍고도 반가웠다. 그리고 이 초상조각의 생생한 얼굴 표정은 현대 사실주의 조각을 능가한다. 빛나는 동공과 노숙한 운경의 얼굴, 자신만만한 담경의 얼굴을 나는 지금도 잊을 수 없다.

그런가 하면 경파 중 장쾌(長快, 조카이)의 작품이라는 묵서명이 들어 있는 '홍법대사 공해 스님 좌상'을 보면 넉넉하고 이지적인 기품이 감돈다. 이처럼 마음만 먹으면 의젓하고 품위있는 초상도 얼마든지 만들 수 있던 것이 경파의 솜씨였다. 바로 그 경파 조각의 진면목을 우리는 이제 삼십삼간당에 가서 더 실감나게 맛보게 될 것이다.

삼십삼간당의 천수관음상 1천분

육바라밀사에서 삼십삼간당은 그리 멀지 않다. 히가시야마 산자락을 타고 걸어서 15분 정도 남쪽으로 내려오면 교토국립박물관이 나오고 그 바로 앞이 삼십삼간당이다. 삼십삼간당은 실권을 회복한 고시라카와 상황이 다이라노 기요모리에게 명하여 1165년에 준공한 절이다.

삼십삼간당은 건물과 불상조각 모두가 상상을 초월하는 방대한 공간이다. 내가 처음 이 절을 답사한 것은 30년 전, 교토국립박물관에 갔다가 정문 바로 건너편 길에서 관광객들이 깃발을 든 안내원을 따라 줄지어 나오는 모습에 호기심이 일어 들러본 것이었다. 그때 나는 삼십삼간당이 청수사, 금각사와 함께 교토 관광의 빅3 명소인 줄도 몰랐다.

당시 나는 일본미술에 큰 관심도 없었고 여느 한국인과 마찬가지로 존경심도 별로 없었다. 광륭사 목조미륵반가상을 보면서 우리가 다 가르쳐준 것이라는 자부심에 차 있었다. 또 엉뚱하게도 절 이름이 '33칸'이라고 하여 우리나라 99칸 집의 3분의 1만 한 크기인 줄 알고 들어갔다.

매표소에서 받은 안내서를 보니 기둥과 기둥 사이가 33칸이고 건물 길이가 118미터란다. 도저히 믿어지지 않는 거짓말 같은 사실이었다. 그리고 법당 안으로 들어가려는데 앞에 선 관람객들이 들어가서는 곧장 빠져주지 않고 모두 입구를 막고 안쪽을 보며 오래도록 서 있었다. 우리나라 같으면 답답해서 옆으로 돌아 앞질러가겠건만 일본에선 절대로 그런 태도가 용서되지 않음을 잘 알고 있어 참고 기다렸다.

그리고 차례가 되어 법당에 들어선 순간, 나는 내 눈을 의심했다. 이럴

수가 있단 말인가. 등신대의 천수관음상이 10열 횡대로 사열대 위에 늘어서 있다. 그 수가 1천이란다. 놀라서 발을 떼기 힘들었다. 이래서들 관람객들이 모두 법당에 들어서면 멈추었던 것이구나!

똑같은 크기, 똑같은 모양의 이 천수관음상들 키는 등신대(165~168센티미터)이고, 얼굴은 11면, 팔은 40개이며 손마다 지물(持物)을 들고 지그시 눈을 감은 자세로 합장하고 서 있다. 둥근 광배에는 사방으로 퍼져나가는 빛살이 예리하게 표현되어 있다. 정교하기 그지없는 참으로 성실한 작품이었다.

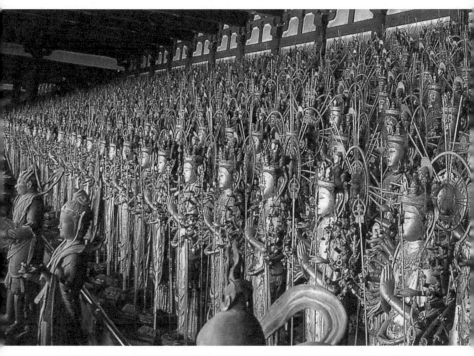

| **천수관음상** | 등신대 크기의 1천분의 천수관음상이 똑같은 크기, 똑같은 모양으로 도열해 있는 장대한 스케일이 보는 이를 압도한다. 관음상마다 둥근 광배에서 사방으로 퍼져나가는 빛살이 예리하게 표현되어 있어 더욱 찬란해 보인다. 정교하기 그지없는 참으로 성실한 설치미술이다.

　미술사가는 학문의 성격상 유물에 관해 의심을 많이 하게 마련이다. 나는 이게 다 진짜인가 싶어 유심히 보니 두 자리가 비어 있었다. 작은 팻말에 현재 도쿄국립박물관과 교토국립박물관에 대여해주어 그곳에 전시 중이라고 쓰여 있었다.

　그러고 보니 기억이 났다. 내가 조금 전 교토국립박물관에서 보고는 참 훌륭한 불상조각이라고 감동했던 바로 그 불상이다. 박물관에 한 점만 전시해도 사람을 감동시키는 등신대 불상이 1천구가 늘어서 있으니 감동하지 않을 수 없었다. 그때 이후 나는 일본미술사를 다시 생각하게 되었다.

| 삼십삼간당 천수관음상 |

| **삼십삼간당 본존불 장육관음상** | 삼십삼간당 정중앙에는 거대한 본존상이 좌정하고 있어 공간 배치의 무게중심을 잡고 있다. 삼십삼간당이 불탔을 때 스님들이 화염 속에서 이 불상의 얼굴과 팔을 잘라내어 옮겼기 때문에 처음 제작된 모습을 유지할 수 있게 되었다.

연화왕원의 창건

삼십삼간당의 정식 명칭은 연화왕원(蓮華王院, 렌게오인)이다. 연화왕이란 천수관음의 별칭이다. 『법화경』의 「관세음보살 보문품」을 보면 관세음보살은 33가지로 변하여 중생을 구제한다고 했다. 이를 '관음 33변신(變身)'이라 했으며, 삼십삼간당의 칸 수는 여기서 유래한 것이다.

고시라카와 상황은 30년간 원정을 펼치면서 두 차례 유폐당했다. 그는 어떻게든 왕권의 강화와 유지를 위해 갖은 노력을 다했다. 그중 하나가 연화왕원을 창건하고 천수관음 1천분을 모신 것이었다.

그는 출가하여 법명을 행진(行眞)이라고 한 법황이었다. 사람들은 그가 거의 광적으로 불교를 신봉했기 때문에 이처럼 상상을 초월하는 거대한 불사를 행했다고 하지만 그는 이와 같은 막강한 이미지로 자신의 위세를 세상에 증명해 보이고 싶은 속마음이 있었던 것이다. 그렇지 않고서는 이런 엄청난 일을 벌일 수 없다.

그 때문에 법당도 자신이 근무하는 원정 청사(院御所) 안에 두었다. 상황은 이 일대에 있던 법주사전(法住寺殿)을 청사로 삼았다. 그리고 헤이지의 난을 수습한 지 3년째 되는 1162년, 기요모리에게 궐내에 연화왕원을 짓도록 명하여 착공 3년째 되는 1165년에 낙성식을 가졌다. 이 연화왕원에는 오중탑, 아미타당, 보장(寶藏) 등 많은 당탑이 있었는데 그 본당이 바로 삼십삼간당이었다.

상황은 원래 잡예(雜藝)를 좋아해서 여기에서 가무, 씨름, 투계(鬪鷄), 뱃놀이, 달맞이, 꽃구경을 즐겼다고 한다. 그리고 진귀한 보물들을 보장에 간직했다. 그의 보물 컬렉션은 쇼무 천황의 동대사 정창원처럼 권세의 상징이었다.

태정대신 다이라노 기요모리는 상황에게 잘 보이기 위하여 송나라와 무역을 하여 도자기 등 진귀한 공예품을 수입해 바쳤다. 이는 일본이 다시 중국과 긴밀히 무역을 하게 되는 일송(日宋) 무역의 계기가 되었고, 견당사 폐지 이후 한동안 막혔던 중국문화가 일본에 쏟아져 들어오는 계기도 되었다. 그때 들어온 대표적인 정신문화가 가마쿠라시대의 선종이다.

가마쿠라시대의 복원

세월이 흘러 헤이안시대는 막을 내리고 가마쿠라시대로 접어든 지 약 60년이 지난 1249년 3월 23일 정오 무렵, 연화왕원 인근 마을에서 불이 나자 강풍으로 두 시간 만에 연화왕원의 오중탑에 불이 옮겨 붙었다. 스님들은 필사적으로 삼십삼간당의 불상을 구하기 시작하여 천수관음상 1천구 중 156구와 28부중상을 구출하고 중앙에 있는 거대한 장육관음상은 머리와 손 일부분만 잘라 나왔다. 그리고 나머지는 전부 불타버리고 말았다. 이때 연화왕원 전체가 다 소실되었다고 한다. 그때 불상을 구출하기 위해 스님들이 화염 속의 법당 안을 황급히 오갔던 모습을 능히 상상해볼 수 있다.

화마를 입은 삼십삼간당은 2년 뒤인 1251년 곧바로 원래의 규모대로 복원 공사에 들어갔다. 그리고 15년 뒤인 1266년에 낙성 공양이 베풀어졌다. 이것이 오늘날의 삼십삼간당이다.

불상 복원에는 당시 최고 기량의 불사들이 운영하는 불상 제작소가 동원되었다. 이들은 평등원 불상에서 구사되었던 '요세기 즈쿠리' 기법을 이어받아 불상의 각 부위를 따로 조각하여 끼워맞춤으로써 정밀성을 다할 수 있었다. 재료는 모두 히노키를 사용했다.

기록을 보면 화재 당시 천수관음상 156구를 구출했다고 하지만 현재 상

태로 보면 원 불상은 124구, 복원 불상이 876구이다. 본존의 장육관음좌상
에는 담경이 조수들을 이끌고 1254년에 완성했다는 묵서명이 써 있다.

이처럼 천수관음상들은 가마쿠라시대에 다시 제작된 것이지만 그 기
본 형태는 원상을 충실히 따랐기 때문에 양식상으로는 헤이안시대 불상
의 우아하고 화려한 풍모를 지니고 있는 것이다.

28부중상과 풍신·뇌신

법당 안에는 1천 관음보살상 이외에 28부중상이 있다. 기록에 의하면
화재 당시에 모두 구출되었다고 하는데 그 불상 양식이 경파 조각의 특
징을 너무도 잘 보여주고 있어서 원상인지 복원상인지 아직 명확히 결
론이 나지 않았다. 혹시 화재 직전에 무슨 사정이 있어서 경파의 담경이
제작한 것이 아닌가 하는 견해가 압도적일 정도로 가마쿠라시대 양식을
보여준다.

28부중상이란 천수관음상을 수호하는 신상들로, 우리나라에서는 8부
중상만 유행한 것과 달리, 여기에선 8부중상 이외에 천(天), 용(龍), 야차,
제석천, 범천, 사천왕, 인왕, 나한존자 등을 합쳐 28부중상이라는 개념으
로 재구성됐다. 그리고 본존 뒤쪽 위에는 풍신(風神)과 뇌신(雷神)이라
는 민간 귀신이 양쪽에 모셔져 있다. 일본 불교의 습합(習合, 토착신앙과 불
교의 결합) 태도를 잘 말해주는 대목이다.

이와 같이 많은 수호신상을 만든 이유는, 현실적으로 천수관음상 1천
구가 10열 횡대, 본존의 좌우로 50줄씩 늘어서니 그 앞에 놓을 수호신상
이 그만큼 필요하여 자연스럽게 재구성했기 때문인 듯싶다.

이 28부중상 조각을 보면 누가 봐도 가마쿠라시대 경파 조각의 특징
이 역력하다. 한마디로 리얼하면서 다이내믹하다. 헤이안시대에는 평등

| 풍신(왼쪽)과 뇌신(오른쪽) | 삼십삼간당 본존 뒤쪽 위에는 풍신과 뇌신이라 불리는 민간 귀신이 양쪽에 모셔져 있다. 일본 불교의 습합(토착신앙과 불교의 결합) 태도를 잘 말해주는 대목이다. 바람주머니를 어깨에 지고 있는 것이 풍신이고, 여덟 개의 북을 돌리고 있는 것이 뇌신이다.

원의 아미타여래상과 운중공양보살상처럼 귀족적인 취향에 걸맞은 우아하고 전아한 불상이 풍미했다. 그러나 무인들이 국정을 이끌어가는 가마쿠라시대에는 취향이 바뀌어 이처럼 파워풀한 불상들이 시대 분위기에 맞았던 것이다.

28부중상 중에서 특히 우리의 눈길을 끄는 것은 역시 신상이 아니라 인간의 모습으로 나타난 두 개의 조각이다. 마화라여상(摩和羅女像)에는 굳세게 살아온 노파의 초상을 보는 듯한 현실감이 있다. 파수선인상(婆藪仙人像)은 깡마른 노인의 모습에서 박진감이 느껴진다.

미술사를 전공하면 머릿속에 많은 작품 이미지가 '내장'되어 어떤 작

| 마화라여상(왼쪽)과 파수선인상(오른쪽) | 28부중상 중에서 특히 눈에 띄는 것은 노파의 초상을 보는 듯한 마화라여상과 깡마른 노인 모습의 파수선인상이다. 이 조각에서는 현세적 인물의 박진감 같은 것이 다가온다.

품을 보든 기왕에 보았던 작품과 비슷하면 곧 연관지어 떠올리게 되어 있다. 공야 초상을 보면서 자드킨의 반 고흐 초상을 연상했듯이 이 깡마른 파수선인상을 보는 순간엔 로댕(F. A. R. Rodin)의 명작「칼레의 시민들」에 표현된 인물상들이 연상되었다. 그 정도로 리얼하다. 가히 가마쿠라시대 조각답다는 찬사가 나온다.

삼십삼간당 불상의 역사는 수리의 역사

삼십삼간당은 가마쿠라시대 복원 이후 큰 재앙을 입지 않았다. 교토를 완전히 불바다로 만든 오닌의 난 때도 삼십삼간당은 야사카의 법관사 오중탑과 함께 화마를 면했다.

태평양전쟁 당시 미군의 공습이 한창이던 1945년 1월 16일, 미군 전략폭격기인 B29가 교토의 히가시야마를 폭격하여 34명이 사망했는데 그때도 삼십삼간당과 법관사 오중탑은 피해를 입지 않았다. 사람들은 천수관음의 비호였다고 했다. 그러나 삼십삼간당 불상들이 이처럼 보존되어온 것은 그냥 세월에 맡겨놓은 결과가 아니었다. 어떤 분은 말하기를 '삼십삼간당 불상의 역사는 수리의 역사'라고 했다.

1600년부터 10년간 도요토미(豊臣) 가문의 지원 아래 대수리가 이루어졌다. 1930년에는 건물을 해체 수리했고, 천수관음상도 1937년부터 20년에 걸쳐 수리되었다고 한다. 지금도 연간 20구씩 금박 박락 방지 작업을 하고 있는데 이것을 완료하려면 앞으로도 50년이 더 걸린다고 한다. 삼십삼간당 바깥 마당 남서쪽 모서리에는 불체수리소가 있어서 거기서 상시 작업을 하고 있단다. 일본인들이 문화재를 보존하고 가꾸는 자세와 공력에 절로 감탄하게 되며 한없는 부러움과 함께 경의를 표하게 된다.

일본인들이 고건축 관리에 얼마나 정성을 다하는가를 보면, 이세 신궁(伊勢神宮)의 경우 20년마다 새롭게 신궁을 조성하고 구 신궁의 신체(神體)를 옮기는데, 1500년을 두고 오늘날까지 한 번도 거르지 않았다고 한다. 참으로 놀랍고 존경스럽다.

삼십삼간당의 여운

삼십삼간당의 관람 동선은 천수관음상 1천분을 사열하듯 처음부터 끝까지 배관(拜觀)하고 나서 뒤쪽으로 돌아나오는 것이다. 100미터가 넘는 뒤쪽의 긴 복도에는 절집의 역사를 말해주는 패널과 문화재 자료들이 전시되어 있다.

옛날 사진도 있고 천수관음의 40개 손에 들려 있는 지물들 이름을 도표로 상세히 알려주는 것도 있다. 그중 내가 의미있게 본 대목은 이 집의 지하 기초가 판축공법(板築工法)으로 되어 있다는 점이었다.

판축공법이란 지하를 파고 기초를 할 때 진흙판을 다져 넓적하게 깐 다음 모래를 얹고 그 위에 또 진흙판을 얹고 다시 모래를 얹으면서 마치 떡시루 앉히듯 하는 방식이다. 우리나라 익산 미륵사도 발굴 결과 금당 자리가 무려 3.5미터 깊이까지 판축공법으로 되어 있음이 밝혀졌다. 판축공법은 내진(耐震) 기능도 충실히 해냈던 것이다.

복도의 전시물은 이 절에 얽힌 에피소드도 여럿 얘기해주는데 천장에는 궁술대회 최우수상 상패가 줄줄이 걸려 있다. 매년 1월 15일 여기에서 열리는 '도오시야(通矢)'라는 궁술대회에서 삼십삼간당이 수상한 것이라며 일본의 활과 화살도 전시해놓았다.

그리고 수없이 많은 버전으로 리메이크된 영화 「미야모토 무사시」의 마지막 결투 장면의 무대가 바로 여기였기 때문에 일본인들이 특히 이 절을 많이 찾고 있다고 한다.

모든 미술품, 특히 조각작품에는 그것을 가장 잘 찍은 대표적인 사진 작품이 뒤따르는데 삼십삼간당은 오랫동안 그에 걸맞은 사진작가를 만나지 못했다. 사진으로는 이 엄청난 이미지를 다 전달하기 힘들었기 때문이 아닐까 싶다.

그러던 중 정치사회학을 전공하다 사진작가로 전향한 스기모토 히로시(杉本博司)가 삼성미술관 리움에서 가진 회고전(2013년 12월~2014년 3월)에서 '가속하는 불상'(Accelerated Buddha)이라는 제목으로 이 삼십삼

간당 불상을 영상작업으로 보여주었는데, 불상들을 그대로 재현하는 것이 아니라 빛의 속도로 33천(天) 세계로 가는 듯한 감동을 주었다. 명작이 또 다른 명작을 낳았다고나 할까.

고시라카와 천황의 업적

　건물 밖으로 나오면 자연히 거짓말처럼 길게 뻗은 120미터 가까운 거대한 건물을 한 바퀴 돌아보게 된다. 그런데 안내책자를 보니 삼십삼간당의 절 이름을 묘법원(妙法院)이라고 괄호 속에 표기해놓았다. 절집 안내원에게 물어보니 도쿠가와 막부 이래로 연화왕원과 묘법원을 하나로 합쳐서 그렇게 된 것이라고 한다.

　그러면 묘법원은 어디냐고 물으니 여기서 동북쪽으로 400미터쯤 떨어져 있는데 정원과 건물이 아주 예쁘지만 일반 공개는 안 하고 가을 단풍철에만 잠시 특별 공개한다고 한다. 그러면서 절집 남쪽 담장이 아름다우니 시간이 있으면 그리 가보라고 일러주고, 그 뒤로 돌아가면 고시라카와 상황의 무덤이 공원으로 개방되어 있다고도 알려주었다.

들고 보니 고시라카와 상황의 무덤이 삼십삼간당 바로 곁에 있다는 것은 자신이 원정을 펼치던 청사 안에 묻혀 가장 열정을 쏟았던 이 불상들과 함께 사후세계를 보내고 있다는 얘기가 된다. 생각건대 그의 일생은 참으로 파란만장했다.

결국 고시라카와는 조상들을 볼 면목이 없게도, 헤이안시대 마지막 천황이 되었다. 그러나 삼십삼간당을 후세에 남김으로써 그 모든 죄를 용서받았을지도 모른다. 시스티나 성당을 세운 교황 율리우스 2세가 조각가인 미켈란젤로에게 자신이 왜 성당 벽화에 온몸을 바치고 있는지 이렇게 말했단다.

나는 죽어 연옥에 떨어져도 시스티나 성당을 세운 공으로 구원받을 것이다.

이 엄청난 규모의 절을 어떻게 유지하며 몇십년간 불상 보수를 이어갈 수 있는지 궁금했는데, 주지 스님이 말하기를 "관광이라는 새로운 형태의 참배"가 있어서 가능하다고 했다. 즉 입장 수입으로 유지한다는 것이다. 그렇다면 고시라카와 상황은 분명 조상들로부터 용서를 받았을 것이다.

전설은 절집에 연륜을 얹어주고

신안 해저 유물과 동복사 / 동복사행 공물 /
가마쿠라시대의 대찰과 가람배치 / 동복사 삼문 /
스님들의 변소와 욕실 / 본당과 선당 / 통천교와 개산당 /
화가 민초 이야기 / 월하문과 영운원

동복사를 가보고 싶었다

교토 히가시야마 36봉의 남쪽 끝자락 에니치산(慧日山) 산기슭에 자리잡고 있는 동복사(東福寺, 도후쿠지)는 가마쿠라시대에 창건된 낙남의 명찰로 교토에서 가장 큰 선종 사찰이다. 수많은 국보와 중요문화재가 있고 일본 중·고등학교 역사교과서에 반드시 나오는 절인데다 홍엽 단풍이 아름답기로 유명하다.

그러나 한국 관광객이 이 절을 찾아가는 일은 별로 없다. 우선 교토에 있는 유네스코 세계유산 17곳에 꼽히지 않았고, 교토관광버스 코스에도 들어 있지 않다. 산자락에 위치하여 버스는 들어갈 수 없어 지난번 답사객들과 갔을 때는 큰 길가에 내려서 걸어 올라갔다.

그러나 미술사를 전공하는 사람들에게는 동복사라는 절 이름이 아주 귀에 익어서 한 번은 가보고 싶은 마음이 생기는 절이다. 20여년 전, 교토의 박물관에 소장된 우리 문화재를 조사할 때 얘기다. 오사카 공항에 내려 게이한선(京阪線) 기차를 타고 교토로 가는데 잠시 정차한 역 플랫폼에 '동복사역(도후쿠지역)'이라 쓰여 있는 것이 보였다. 너무도 반가워서 나도 모르게 "아! 동복사가 여기에 있구나!"라고 했다. 그러자 곁에 있던 김광언(金光彦) 교수가 놀림조로 나왔다.

"아니, 뭘 안다고 감탄까지 해?"
"형님은 민속학을 하니까 몰라서 그렇지 동복사가 미술사에서 얼마나 유명한 절인데요. 신안 해저에서 발굴한 유물 중에 '동복사 공물(公物)'이라는 물표가 붙어 있었어요. 그래서 도대체 얼마나 큰 절일까 궁금했죠."
"어! 그런 게 다 있었어? 이 절은 민속학에서도 유명한데 자네가 그런 것까지 알고 감탄하는 줄 알고 놀라서 한 말이었네."
"민속학에선 뭘로 유명한데요?"
"동복사 뒷간! 여기엔 일본의 보물(중요문화재)로 지정된 변소가 있어요. 그게 얼마나 크고 잘생겼는지 몰라. 잘됐군. 내일모레 함께 가세."

나의 동복사 행은 이처럼 호기심에서 시작되었다.

신안 해저 유물과 동복사

목포에 있는 국립해양문화재연구소에 보관·전시되어 있는 신안 해저 유물의 발굴은 세계 해양고고학계의 획기적인 사건이었다. 1976년 10월부터 8년간 이어진 수중 발굴로 약 2만 2천여점의 유물을 건져올려 세계 학계를 놀라게 했다. 인양된 유물의 대종은 도자기로 용천요(龍泉窯) 청

| 신안 해저 유물들 | 1. 용천요 청자어룡장식화병 2. 용천요 청자첩화쌍어문반 3. 용천요 청자주름문호 4. 청백자첩화매화문양이병

자를 비롯하여 경덕진요(景德鎭窯), 자주요(磁州窯) 등 원나라 때 도자기가 1만 8천여점이나 되어 신안 해저 발굴 유물이라면 우리는 원나라 때 도자기를 떠올린다.

그러나 이 배에 실려 있던 도자기만 중요한 게 아니었다. 금속제품의 원료인 주석과 백동 덩어리, 그리고 금속공예품도 700여점 있다. 또 인

도나 동남아가 주산지인 자단목(紫檀木)이라는 목재가 1000여 자루가 있다. 이는 불상이나 고급 목기를 만들 때 쓰이는 원목이었다. 여기에선 신기하게도 아주 질이 뛰어난 고려청자 7점도 발굴되었다. 이 고려청자의 성격에 대해선 여러 학설이 있다.

또 중국의 옛 동전이 무려 28톤이나 인양되었다. 1세기부터 14세기까지 66건 299종 약 800만개나 되는 엄청난 양이다. 그중엔 지대통보(至大通寶), 대원통보(大元通寶) 등 원나라 동전도 있어서 이 배의 하한연대를 말해준다. 이렇게 중국 고화폐가 많이 실린 까닭은, 당시 일본이 이를 '고물'로 수입하여 일본 화폐를 주조할 때 재사용했기 때문이었다.

향신료와 약재도 많았다. 후추, 양강, 여지씨, 매실씨, 산수유씨, 약밤, 가래, 개암, 은행, 계피 등이 있다. 저울 추, 저울 자, 저울대 접시 등도 나왔다. 그리고 배의 행선지를 결정적으로 말해주는 '동복사 공물'이라는 물표 등 여러 목간(木簡)이 발견되었다. 이는 이 배가 중국에서 일본으로 가는 무역선이었음을 말해준다.

한편 이 배에서는 선원이 사용했을 것으로 짐작되는 생활용구들도 발굴되었다. 국수 건질 때 사용되는 중국제 구멍 뚫린 국자와, 프라이팬 같은 조리기구도 있고, 일본제 주칠 목사발도 있다. 술이 담겼던 매병도 있고, 흑유 찻잔, 숟가락, 깔때기도 있다.

또 항해 중 불교의식에 사용했을 것으로 짐작되는 금동 바라, 풍탁(풍경), 경자(磬子) 등도 발견되었다. 오락 기구로는 주사위, 일본 장기, 바둑알이 있다. 일본 나막신인 게타도 한 켤레 있다. 이는 배에 타고 있던 사람 중에 중국인과 일본인이 섞여 있었음을 말해준다.

결론적으로 이 배는 중국에서 물품을 싣고 일본으로 가는 거대한 무역선이었는데 태풍을 만나 신안 증도 앞바다에서 난파된 것이다. 그것을 700년 뒤에 인양하고 보니 이 침몰된 무역선은 희대의 보물선으로, 우리

| 신안 해저 유물 중 생활용품들 | 1. 주칠초화문발 2. 다도구 세트 3. 각종 씨앗 및 약재 4. 게타

나라는 원나라 시대 도자기의 최대 보유국이 되었고, 중국 고화폐의 최대 컬렉션을 자랑하게 되었다.

영파에서 일본으로 가던 무역선

신안 해저 유물들은 마치 700년 전에 묻어둔 타임캡슐 같은 것이어서 당시의 역사적 실상을 증언해주고 있다. 국립해양문화재연구소에서는 무수히 많은 보고서를 발간했고 여러 차례 특별전을 개최했으며 그때마다 각 분야 전공자들이 발표하는 심포지엄이 개최되었다. 특히 중국과 일본의 학계도 크게 주목하고 있어 국제학술대회도 여러 번 열렸다.

| 인양된 신안선 잔해와 복원도 | 해저에 묻혀 있던 침몰선 선체의 5분의 1을 인양해 원형을 복원할 수 있었다. 길이 35미터에 200톤급 무역선이었던 이 침몰선에는 '신안선'이라는 이름이 붙여졌다.

    우리 발굴단은 해저에 묻혀 있던 침몰선 선체의 5분의 1을 인양해냄으로써 원형을 복원할 수 있었다. 이 침몰선에는 '신안선'이라는 이름이 부여되었다. 신안선은 원래 길이 약 35미터, 너비 11미터, 선수 높이 7미터로 200톤급 선박이었다.

    신안선에 관한 가장 큰 관심사는 배의 주인은 누구였고 어디서 출발하여 어디로 가고 있었는가였다. 이 배가 중국 배인가 일본 배인가에 관해서는 김용한 연구원의 「신안 해저 인양 침몰선의 구조 연구」에 자세히 나와 있는데 배의 형태, 재료 등 모든 면에서 중국 배가 틀림없다는 결론이었다.

    신안선이 출발한 곳은 양자강(揚子江) 하구 상해(上海) 아래쪽에 있는 영파(寧波)이고 여기에 실은 화물들은 1323년 4월 하순에서 6월 초순 사이에 적재되었다는 사실이 목간에 의해 밝혀졌다. 그렇다면 7월 어느 날 항해 중 아마도 태풍을 만나 신안 앞바다에서 침몰했다고 추정할 수 있을 것이다.

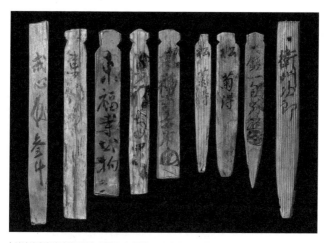

| **신안선에서 발견된 목간** | 화물들의 내용을 보면 미리 주문받은 물품이거나 일본에 가서 팔 상품들임을 알 수 있으며, '동복사 공물' 등의 물표로 보아 목적지는 일본 후쿠오카 하카타 항구와 세토 내해로 가던 배였음을 말해준다.

  화물들의 내용을 보면 미리 주문받은 물품이거나 일본에 가서 팔 상품들임을 알 수 있으며, '동복사 공물' 등의 물표로 보아 목적지는 일본 후쿠오카(福岡) 하카타 항구와 세토 내해로 가던 배였다는 것이 학자들의 공통된 견해다.

  그런데 여기서 나온 7점의 고려청자는 학자들을 매우 혼란스럽게 했다. 선원 중에 고려인이 사용한 것이라는 주장도 있었으나 이는 선원이 사용할 생활자기가 아닌 고급 청자이다. 또 이 배가 고려에도 들렀다 간 것이 아닌가 생각되기도 했지만 그렇다기엔 청자의 숫자가 너무 적다. 게다가 문제를 어렵게 만드는 것은 이 고려청자들은 배가 침몰한 14세기가 아니라 12세기 작품으로 편년되기 때문이었다.

  이 문제에 대해서는 연구소의 한성욱 전문위원이 이 고려청자들이 신안선 선창(船倉) 하부에 적재되어 있다가 발견된 것을 확인함으로써 실마리를 풀 수 있게 되었다. 이는 상품으로 적재된 것이 틀림없음을 말해

| 신안선에서 발견된 고려청자 | 신안선에서는 고려청자도 7점 발굴되었다. 여기 실렸던 고려청자는 고려에서 중국에 수출한 것을 일본이 다시 재수입해가던 것으로 생각되고 있다. 이 고려청자의 편년은 13세기로 추정된다.

주는 것이고, 그렇다면 고려에서 중국에 수출한 것을 일본이 재수입해가던 것이라는 결론에 이른다. 청자의 편년도 13세기로 수정되었다. 현재는 이 주장이 가장 설득력있다.

황금알을 낳는 오리, 국제무역

그런 중 일본 학자들은 여기서 더 나아가 이 배에서 나온 목간 중에 '동복사 공물' 외에 '조적암(釣寂庵, 조자쿠안)'이라는 사찰 이름과 일본에서 선장을 일컫는 '강사(綱司)'라고 쓰인 목간에 주목하며 선주가 일본인이었을 가능성을 이야기하고 있다.

역사적 사실로 볼 때, 견당사 폐지 후 일본이 중국과 교역을 다시 시작한 것은 다이라노 기요모리가 태정대신이 된 직후인 1167년이다. 그는 송나라와의 무역을 통해 많은 자금을 마련했다. 무역은 문화 교류와 수용을 동반하게 되어, 건인사의 영서 스님이 두 차례나 송나라에 다녀오면서 선종을 들여온 것을 비롯하여 많은 유학승들이 중국의 새 문물을 경험하고 돌아오는 계기가 되었다.

여몽연합군의 두 차례 일본 침공 이후 끊겼던 일본과 중국의 교역은 원나라 말기에 와서 다시 재개되었다. 기록에 의하면 신안선이 침몰된 지 2년 뒤에는 건장사(建長寺) 배가 떠났고, 7년 뒤에는 청룡사(靑龍寺)가 사찰 건립 자금을 마련하기 위하여 두 척의 중국 배를 매개로 원나라와 무역하는 것을 막부의 쇼군이 허락한 사실이 있다. 그 때문에 신안선을 동복사와 조적암 등 몇몇 사찰과 상인들이 공동 출자한 무역선으로 보는 견해도 있다.

실제로 당시 동복사는 1319년에 일어난 화재로 소진되어 한창 복구 작업을 벌일 때였다. 신안선에서 인양된 불구(佛具)들을 볼 때 동복사 재건을 맡았던 승려가 이 배에 탔을 것으로 추정하기도 한다.

그렇다면 이 배는 칠기, 금속공예품 등 일본 물품을 싣고 영파에 가서 팔고, 돌아올 때는 일본의 사찰이나 상인들이 필요로 하는 물품들을 구입해와 일본에서 팔아 이중으로 이익을 남기는 무역을 했다고 볼 수 있다. 당시 무역선은 황금알을 낳는 오리 같은 것이었다.

이런 사실들 때문에 일본 역사교과서에서는 당시 중국과의 교역 내지 교류 실태를 이야기할 때 그 역사적 물증으로 '동복사 공물' 물표를 사진으로 싣고 있다.

가마쿠라시대의 대찰, 동복사

그리하여 동복사에 가보니 정말로 왕년의 대찰이었다. 그 원형이 많이 무너지기는 했어도 내가 교토에서 가마쿠라시대(1185~1333)를 유적과 유물로 실감한 것은 이 동복사에서였다.

일본 역사에서 가마쿠라시대 150년간은 일본사회가 무인사회로 들어간 첫 경험이었다. 초기의 무인들은 무력으로 정권을 장악하기는 했지만 정권을 유지하고 재창출하는 방식은 미숙했다. 정권을 잡은 겐지(源氏)는 얼마 못 가서 처갓집인 호조씨(北條氏)에게로 실권을 넘겨주게 되었으며, 말기에는 천황 세력의 도전을 받아 나라가 둘로 갈리는 남북조시대로 들어가게 된다.

정권의 이데올로기를 받쳐줄 사상과 문화를 확보하는 데에도 실패했다. 그래서 가마쿠라시대에는 불교의 온갖 종파가 난립하게 되었다. 법연(法然)은 기존 정토사상의 '염불'을 체계화해 1175년 정토종을 일으켰고, 일련(日蓮)은 '나무묘법연화경'이라는 소위 '제목(題目)'을 제시하면서 민중 속으로 파고들었다.

이때 송나라와의 교역이 재개되면서 선종이 도입되었다. '참선'을 주제로 하는 선종에는 크게 두 갈래가 있는데 1191년에 영서 스님은 임제종을 개창했고, 1227년에 도원(道元)은 조동종을 열었다.

부처님의 힘에 의지하여 극락왕생을 기원하는 정토종·일련종과는 달리 선종은 참선이라는 자기 수양, 즉 자력에 의해 불성을 깨친다는 논리였다. 선종은 기존 불교계의 강한 견제를 받았다. 그러나 무인사회는 오히려 선종을 지지했다. 거기에는 여러 이유가 있는데 무엇보다도 자력으로 득도한다는 것은 힘으로 세상을 지배한다는 생리와 잘 맞아떨어졌고 참선하며 수양하는 자세와 선승들의 규율은 무가(武家)의 그것과 잘 맞아떨어졌던 것이다.

그리하여 무인사회의 지지 아래 발전한 선종은 뒤이은 무로마치시대(1336~1573)로 들어가면 전성기를 맞이하여 천룡사·상국사·남선사·금각사·은각사·용안사 같은 환상적인 사찰 문화를 낳았다. 이것은 사실상 일본문화의 진수였다.

그런 면에서 가마쿠라시대는 일본문화의 전성기인 무로마치시대로 가는 과도기였고 무인문화의 꽃을 피우기 위한 준비기간이었다. 그래서 가마쿠라시대에 창건된 선종 사찰들은 무로마치시대로 들어가면 '5산 10찰(五山十刹)' 체제라는 위계로 정리되고 건물 정원들이 거의 다 무로마치시대 특징으로 바뀌었다. 5산 사찰 중 하나였던 동복사도 많이 바뀔 수밖에 없었지만 그래도 가마쿠라시대 사찰의 위용을 여전히 지니고 있다는 점에서 동복사는 나에게 대단히 인상적인 사찰이었다.

동복사의 내력

동복사는 탄생부터 대찰로 기획되었다. 본래 이 자리에는 헤이안시대에 창건된 법성사(法性寺, 홋쇼지)라는 후지와라씨의 씨사가 있었다. 집안이 집안이니만큼 몇백년간 씨사를 그런대로 유지해왔는데, 가마쿠라시대에 이 집안 출신으로 관백을 지낸 구조 미치이에(九條道家)라는 인물이 여기에 대가람을 세우고자 1236년에 착공하여 동복사로 다시 태어난 것이다.

그는 1239년 불전의 상량식 발원문에서 "이 넓은 터〔洪基〕는 동대사와 맞먹고, 성대함은 흥복사와 같으리라"라고 하면서 동대사에서 '동'자, 흥복사에서 '복'자를 따서 동복사라고 이름지었다. 이름 자체에 나라의 양대 사찰을 아우른다는 호방한 기상이 들어 있다.

그는 1243년 동복사의 개창조로 훗날 성일국사(聖一國師)라는 칭호를 받은 임제종의 대선사 원이변원(圓爾辨圓, 엔니벤엔) 스님을 초빙하여 가마쿠라시대 대표적인 선종 사찰의 하나로 키웠다. 성일국사는 송나라에

| **동복사 전경** | 가마쿠라시대부터 시작된 일본 선종 사찰은 7당(七堂) 가람 체제를 이루고 있다. 칠당이란 삼문, 법당, 방장(方丈, 주지스님 방), 고리(庫裏, 종무소), 선당(禪堂, 선방), 동사(東司, 변소), 욕실 등 7개의 건물을 말한다.

가서 선종을 배운 다음 귀국하여 많은 선종 사찰을 세우고, 많은 제자를 길러내고, 또 교토의 궁중과 공가(公家, 왕가의 귀족)에 선의 요체를 설법하여 일본 역사상 처음으로 '국사'라는 칭호를 받은 분이다. 그는 건인사의 주지로 스카우트되면서 건인사를 크게 중흥시킨 장본인이기도 하다.

동복사는 이름에 걸맞게 불전에 나라의 동대사 대불과 맞먹는 높이 15미터의 석가여래상과 7.5미터의 관음과 미륵, 두 협시보살상을 봉안했다. 사람들은 이를 교토의 신대불(新大佛)이라고 칭송했다. 이후 동복사의 사세와 명성은 무로마치시대에도 여전히 이어져 '교토 5산'의 하나가 되었다.

그러나 다이묘들의 싸움으로 전국시대에 들어가자 1530년 호소카와 하루모토(細川晴元) 군대가 이곳 동복사에 진을 치는 바람에 큰 손실을 입었다. 전란 후 도쿠가와 막부의 지원을 받아 1656년에 복원함으로써 동복사는 다시 옛 모습을 찾게 되었다.

그러나 메이지시대인 1881년 대화재를 입어 불전, 법당, 방장이 소실되었다. 이때 불전의 대불상도 녹아버렸다. 다행히 삼문, 선당, 동사, 욕실 등은 화재를 면해 이들이 가마쿠라시대 선종 사찰의 위용을 보여주고 있으며, 1934년에는 불전 자리에 거대한 본당을 재건하여 대가람의 면모를 갖추고 지금도 임제종 동복사파의 대본산으로 있다.

동복사의 탑두

도후쿠지역에서 내리면 바로 9조대로와 만나고 길 건너엔 동복사 입구를 알려주는 비석이 절 진입로를 안내한다. 동복사는 초입부터 산비탈을 타고 오르게 되어 있다. 히가시야마 36봉의 남쪽 끝자락 산기슭, 남북 1킬로미터, 약 6만평에 달하는 방대한 규모다. 절 한가운데로는 산에서 내려오는 골이 깊은 개울이 가로지르고 있다. 그 때문에 절 안쪽으로 들어가면 우리나라 산사를 연상시키는 깊은 맛이 있다.

동복사 비탈길 양옆으로는 번듯한 규모의 저택들이 줄지어 있어 부자 동네에 온 기분이 든다. 그러나 이는 일반주택이 아니라 탑두(塔頭) 사원들로 동복사의 일부이다. 탑두는 작은 절이란 의미로 자원(子院)이라고도 한다. 본래는 개산조나 유력한 고승의 사리탑을 모시고 제향하는 공간으로, 여기를 지키는 승려를 수탑(守塔) 비구라고 했다.

그러나 세월이 흐르면서 개산조가 아니라도 모셔야 할 고승들이 많

| **탑두 사원** | 동복사 비탈길 양옆으로는 번듯한 규모의 저택들이 줄지어 있어 부자 동네에 온 기분이 든다. 이는 일반주택이 아니라 탑두 사원이라 불리는 스님들의 개별적 거소로 동복사의 일부이다.

이 생겨났다. 동복사를 비롯한 5산의 선종 사찰 주지는 임명제로 정해져 임기가 3년이었다. 임기를 마친 주지가 물러난 뒤 기거하는 퇴거요(退去寮)로 절 입구에 탑두가 늘어나게 되었고, 이 탑두는 사유재산으로 각 선문(禪門)의 거점 역할도 하게 되었다. 이리하여 큰 절일수록 많은 탑두를 거느리게 되었고 동복사엔 한때 80여 탑두가 있었는데 폐불훼석의 풍파를 겪고 난 뒤 지금은 25곳이 남아 있다.

탑두로 이어진 긴 행렬이 끝나고 절 입구에 거의 다 오면 긴 담장 한쪽에 월하문(月下門)이라는 아주 작고 예쁜 대문이 나오고, 바로 앞에는 동복사 경내로 들어가는 와운루(臥雲樓)가 보인다. 대문이면서 '루'라고 한 것은 계곡을 건너는 다리를 누각으로 짓고 대문으로 삼았기 때문이다.

이리하여 경내로 들어서면 독립성이 강한 우람한 건물들이 사방으로 퍼져 있고 텅 빈 마당은 이 건물들을 유기적으로 연결해주지 않아 어디부터 답사할지 망설이게 된다. 지금 우리가 동복사의 정문인 남문으로 들어온 것이 아니라 북쪽의 쪽문으로 허리를 질러 들어왔기 때문이다.

좌우 어느 쪽으로 갈지 가늠하지 못하는 답사객들에게 나는 삼문 앞쪽부터 보자고 했다. 여기서부터 시작해야 동복사가 자랑하는 가마쿠라시대 가람배치를 알아볼 수 있기 때문이다.

선종 사찰의 장대한 삼문

가마쿠라시대부터 시작된 일본 선종 사찰은 7당(七堂) 가람 체제를 이루고 있다. 7당이란 삼문, 법당, 방장(方丈, 주지스님 방), 고리(庫裏, 종무소), 선당(禪堂, 선방), 동사(東司, 변소), 욕실 등 7개의 건물을 말한다.

가람배치는 삼문, 법당, 방장이 남북 일직선으로 사찰의 중심축을 이루고, 법당 좌우로는 고리와 선당이 있어 핵심공간을 이루며, 삼문 좌우로는 동사와 욕실을 배치하여 기본적으로 좌우대칭의 정연한 체계를 갖춘다. 이는 송나라의 「대송 제산도(大宋諸山圖)」에서 제시한 규범을 충실히 따른 것으로 종래의 사찰들이 탑과 금당을 중심으로 한 예불 중심의 공간이었다면 이제는 참선 수행을 위한 선사(禪師)의 집단적 생활공간으로 바뀐 것이다.

선종 사찰에서 삼문은 기존 사찰의 중문에 해당한다. 절 초입엔 우리나라 일주문에 해당하는 외문(外門)이 있고, 절 안에 들어와 처음 만나는 건물이 삼문이다.

삼문이란 기둥이 셋 있다는 뜻이 아니라 삼해탈문(三解脫門)의 준말이다. 해탈에 도달하는 세 가지 법문(法門)을 말한다. 일체 만상이 공(空)이라는 것을 깨달아 해탈에 이르는 '공 해탈', 모든 존재에 특정한 형상이 없음을 깨닫는 '무상(無相) 해탈', 일체가 공하고 무상임을 안다면 삼계(三界)에 원할 것이 없어지게 되는 '무원(無願) 해탈', 이 세 가지를 이르는 말이다.

삼문은 산문(山門)이라고 했는데 우리나라 선종 사찰의 산문과 다른 점은 그냥 대문이 아니라 2층에 불단이 설치되어 석가여래와 16나한상을 모시고 있는 점이다. 이 점은 동복사뿐 아니라 지은원·남선사 등 다른 사찰의 삼문도 똑같다.

동복사의 삼문

동복사의 삼문은 실로 장대해서 이 절이 얼마나 큰 사찰인가 유감없이 보여준다. 창건 당시의 삼문이 화재를 당해 1405년에 복원된 것으로 일본의 선종 사찰 삼문 중 가장 오래된 것이다. 삼문 앞에는 연못을 두는 것이 정형이었다고 하는데 동복사 삼문 앞에도 연못과 다리가 있다. 연못 너머 멀리서 삼문을 바라보니 더욱 장대하고 의젓해 보였다.

일본미술사가들은 삼문 건축에는 대불 양식과 선종 양식이 있음을 강조해 말하고 있다. 대불 양식은 동대사 대불전 복원 때 건축에도 밝았던 권진 스님 중원(重源, 조겐, 1121~1206)의 아이디어로 작은 부재(部材)들을 효율적으로 결합하여 거대한 건물을 짓는 독창적인 기법으로 천축(天竺) 양식이라고도 한다. 그리고 선종 양식이란 송나라풍의 새로운 건축 양식으로 당(唐) 양식이라고도 한다.

두 양식의 미세한 구조적 차이를 여기서 일일이 설명할 여유는 없지만, 다만 대불 양식은 예도 드물고 반세기 만에 사라졌는데 동복사 삼문이 바로 대불 양식이라는 점만 말해둔다. 그리고 여기서 내가 중요하게 생각하는 것은 대불 양식과 선종 양식의 차이보다도 무인시대에 걸맞은 건축 양식으로 이런 장대한 삼문을 세웠다는 점이다.

　　가마쿠라시대는 역시 무인의 시대였기 때문에 불상조각에선 완력이 강조되고 건축에선 우람함을 자랑하는 형식의 과장이 있었다. 인화사의 삼문, 지은원의 삼문, 남선사의 삼문을 교토의 3대 삼문이라고 하는데 이들은 다 후대에 세워진 것이고 동복사 삼문만이 가마쿠라시대 말, 무로마치시대 초의 면모를 증언한다. 규모도 장대하고 연륜도 가장 오랜 삼문인데 왜 세 손가락에 꼽히지 못했는지 모르겠다. 기품으로 따지자면 나는 오히려 여기에 더 점수를 주고 싶다.

| **욕실** | 동대사 욕실 다음으로 오래된 것으로 내부는 볼 수 없지만 증기탕도 있었고, 선사들의 목욕인 만큼 들어가서 나올 때까지 엄정한 작법이 있었다고 한다.

변소와 욕실

삼문 좌우에는 7당 가람 체제에 맞추어 욕실과 변소 건물이 대칭으로 배치되어 있어 관람객들은 자연히 그쪽으로 먼저 발이 가게 된다. 욕실 건물은 네모반듯한 팔작지붕 집이고 변소 건물은 긴 맞배지붕 집으로 좋은 대조를 이룬다. 둘 다 참으로 단아하다는 인상을 준다.

욕실은 1459년에 지어진 것으로 동대사 욕실 다음으로 오래된 것인데 내부는 볼 수 없으나 기본적으로는 무쇠 가마솥의 더운 물을 바가지로 퍼서 쓰게 되어 있고 놀랍게도 증기식 시설도 있었다고 한다. 선사들의 목욕인 만큼 들어가서 나올 때까지 엄정한 사용법이 있었다고 한다.

삼문 왼쪽에는 동사(東司)라고 불리는 변소가 있다. 변소를 동사라고 부르는 것은 동쪽에 두는 것을 원칙으로 했기 때문이다. 동사 건물은 정면 7칸, 측면 4칸의 거대한 규모다. 무로마치시대 전기에 지어진 것으로

| **변소(동사)** | 무로마치시대 전기에 지어진 것으로 일본에서 가장 오래되었고 가장 큰 규모여서 중요문화재로 지정되어 있다. 한때 500명의 선사가 머물렀다고 하니 규모가 이해가 간다.

일본에서 가장 오래되었고 가장 큰 규모여서 중요문화재로 지정되어 있다. 한때 동복사에는 500명의 선사가 머물렀다고 하니 이만 한 규모인 것이 이해가 간다.

내부를 들여다보면 한쪽은 소변, 한쪽은 대변을 위한 공간인데 각 칸마다 엎어놓은 바가지 모양으로 동그랗게 파여 있는 구덩이가 일렬로 나란히 줄지어 있다. 보면 볼수록 구조가 신기하다. 여기서 일을 어떻게 보았을까 궁금해진다.

선승들의 용변 시에는 엄정한 작법(作法)이 있었단다. 참선에서 중요시하는 것은 청규(淸規), 깨끗함이다. 그 때문에 뒷간 청소는 물론이고 드나들 때, 용변을 볼 때, 뒤처리를 할 때까지 상황에 따른 까다로운 규칙을 정하고 이를 엄히 준수했다고 한다.

그 옛날과 지금을 비교할 때 용변에서 가장 큰 차이점은 옛날에는 화

| 변소 내부 | 변소의 내부에는 각 칸마다 엎어놓은 바가지 모양으로 동그랗게 파여 있는 구덩이가 일렬로 나란히 줄지어 있다.

장지가 없었다는 사실이다. 그 때문에 손가락이나 풀잎, 또는 측주(厠籌)라는 막대기로 밑을 닦았다고 한다. 측주는 폭 5센티미터, 길이 20센티미터 되는 막대기인데 익산 왕궁리 뒷간에서 발견된 것을 보면 배롱나무처럼 매끄러운 질감의 나무로 만들었다.

그리고 뒤처리는 재, 흙, 귤껍질 가루를 섞어 범벅으로 만들어서 이를 채마밭에 거름으로 버렸다. 뒷간 앞에는 냄새를 없애기 위해 손을 문지르는 8각봉이 있었는데 이를 향목(香木)이라 했으며, 절집에는 뒷간을 담당하는 승려가 따로 있었다. 이를 정두(淨頭)라고 했다. 선종에선 우리식 해우소(解憂所)를 설은(雪隱)이라고 하는데 이는 옛날에 설봉(雪峰) 선사가 뒷간 청소를 도맡아 청소가 끝나면 은밀히 수행하여 도를 깨우쳤다고 해서 나온 말이라고도 한다.

선승들의 용변 작법

선사의 용변 작법은 송나라 때 편찬된 『입중일용청규(入衆日用淸規)』

에 자세하다. 이를 요약하면 다음과 같다.

용변을 보러 간다고 옷을 벗고 가면 안 된다. 옛 법칙대로 겉옷을 걸쳐야 한다. 먼저 바가지에 물을 담아 오른손으로 들고 왼손으로 문을 닫는다. 신발을 갈아 신고 정해진 자리에 발을 딛고 서서 수건을 왼팔에 걸치고 허리띠를 풀어 횃대에 올린다. 겉옷과 속옷을 잘 개켜서 수건으로 묶어 한 자쯤 내려뜨려 사람이 있음을 알린다.

뒷간에선 얘기를 나누거나 웃으면 안 된다. 밖에 있는 사람은 재촉하지 마라. 씻을 물〔洗淨水〕을 오른손으로 들고 들어가라. 물통〔洗淨桶〕을 앞에 놓고 손가락을 세 번 올려서 뒷간 아래에 있는 귀신을 쫓아라.

왼손으로 밑을 닦으면서 엄지, 검지, 인지를 쓰지 말고, 측주는 여러 개를 쓰면 안 된다. 측주를 사용하지 않은 것과 함께 두지 마라.

물통은 제자리에 두어라. 젖은 손으로 문이나 좌우를 만지면 안 된다. 오른손으로 통을 들고 재와 흙을 집어라. 손을 씻을 때는 팔꿈치 부근까지 닦고 물로 손과 입을 씻어라. 선당에 돌아와 다시 손과 입을 씻어라. 뒷간에 들어갈 때는 진언을 외워라.

이처럼 엄한 행동지침이 있었던 것이다. 이때 선승들이 뒷간에서 외우는 주문을 '입측오주(入厠五呪)'라고 한다. 다섯 가지 주문인데, 입측(入厠)진언, 세정(洗淨)진언, 세수(洗手)진언, 거예(去穢)진언, 정신(淨身)진언 등이다. 그중 입측진언을 소개하면 다음과 같다.

버리고 또 버리니 큰 기쁨일세.
탐(貪) 진(瞋) 치(痴) 어둔 마음 이같이 버려

한 조각 구름마저 없어졌을 때
서쪽에 둥근 달빛 미소지으리

옴 하로다야 사바하(세 번)

내가 동복사에 김광언 교수와 함께 간 것은 나의 큰 복이었고 그가 펴
낸 『동아시아의 뒷간』(민속원 2002)은 우리 시대의 귀한 학문적 성과이다.
이를 보면 민속학이라는 학문은 참으로 인간사의 본색을 다루는 위대한
학문이라는 생각이 절로 든다. 그가 아니었다면 누가 뒷간사(事)를 이렇
게 조사하고 연구하여 세상에 알려주었겠나 싶다.

본당과 선당

이제 절 안으로 들어가기 위해 삼문 옆을 지나 안쪽으로 발을 옮기니
앞쪽으로는 장대한 규모이면서도 엄정한 기품이 있는 본당이 온 모습을
드러내고, 왼쪽으로는 화려하면서도 고풍이 완연한 선당이 위용을 자랑
하며 나를 그쪽으로 부른다.

선당은 1334년 화재 후 무로마치시대 초에 복원된 것으로 일본에서
가장 오래되고 가장 큰 선방이다. 맞배지붕 집이지만 정면에 캐노피처럼
향배(向拜) 공간이 달려 있고 사방으로 속지붕이 곁들여 있어 대단히 멋
스럽다. 특히 창문이 아주 화려하다. 이런 창은 화두창(華頭窓)이라고 해
서 가마쿠라시대 형식이라고 한다.

선방의 편액으로 걸려 있는 '선불장(選佛場)'은 성일국사의 송나라 은
사 스님인 불감(佛鑑) 선사가 써준 것이다. 참선하는 장소를 선불장이라
고 하는 것은 깨우친 자가 곧 부처가 되는 것이니 누가 깨우쳐 부처가 되

| 선당 | 1334년 화재 후 무로마치시대 초에 복원된 것으로 일본에서 가장 오래되고 가장 큰 선방이다. 맞배지붕 집이지만 정면에 캐노피처럼 향배 공간이 있고 사방으로 속지붕이 곁들여 있어 아주 멋스럽다.

는가를 선발하는 곳이 되기 때문이다. 낙서의 천룡사도 선불장이라고 했고, 우리나라 태백 정암사(淨巖寺)의 선방도 선불장이라고 한다.

본당은 1934년에 새로 지은 2층 구조인데 바로 그 안에 높이 15미터의 불상이 모셔져 있었으니 스케일을 알고도 남을 것이다. 비록 후대의 복원이라고 하지만 어색함이 없고 오히려 고풍조차 느껴진다.

이렇게 삼문, 선당, 본당은 모두 제각기 가마쿠라시대의 호방함을 느끼게 하는 장대함이 있다. 세 채가 디귿자로 배치되면서 이루어진 마당은 아주 넓기만 한데 이 빈 공간엔 검은 잔자갈이 깔려 있을 뿐이다. 그래서 각 건물은 독립공간을 차지하고 있다는 느낌을 준다.

이 대목에서 나는 일본의 마당이 우리나라 절집의 마당과 공간 개념이 사뭇 다름을 보게 된다. 우리나라 건축에서 마당은 어떤 식으로든 각 건물을 유기적으로 연결시켜준다. 그러나 동복사 본당 앞 공간은 우리가 항시 보는 마당도 뜰도 아니고 그냥 비어 있음으로 끝나 있다. 그래서 건

물의 독립성이 아주 강하게 드러난다. 우리는 유기적이고, 일본은 독립적 정서가 강하다. 어느 것이 효율적이라거나 아름답다는 것이 아니라 두 민족의 차이를 말해주는 것이다.

통천교 건너 개산당으로

삼문, 선당, 본당 앞의 공간이 텅 비어 있음으로 인하여 동복사 경내는 항시 무거운 중압감이 감돈다. 그것이 선종 사찰의 본모습일 것이다. 그러나 본당 뒤로 돌아 들어가면 홀연히 그 엄숙한 긴장감을 풀어주는 통천교(通天橋)가 드라마틱하게 나온다. 이처럼 일본 건축에서는 공간 운영에서 극과 극이 만나는 것을 종종 경험할 수 있다. 나는 이것도 일본문화의 중요한 특성으로 이해하고 있다.

| **통천교의 회랑** | 개산당으로 들어가는 통천교는 앞뒤가 긴 회랑으로 연결되어 있다. 일본엔 비가 많이 내려 이처럼 회랑이 크게 발달했는데 특히 이 통천교 회랑이 아름답기로 이름 높다.

통천교는 개산당(開山堂)으로 들어가는 다리로, 앞뒤가 긴 회랑으로 연결되어 있다. 개산당은 동복사를 개창한 성일국사를 모신 탑원(塔院)으로 건물 이름을 상락암(常樂庵)이라 한다. 동복사 경내는 에니치산에서 흘러내리는 계곡이 맴돌아 흘러간다. 여기를 가로지르는 다리가 셋 있다. 아래쪽은 절 담장에 바짝 붙어 있는 와운교(臥雲橋)로, 우리가 들어온 입구 다리이고, 위쪽은 방장에서 용음암(龍吟庵)으로 연결하는 언월교(偃月橋)이며, 한가운데 있는 것이 본당과 개산당을 연결하는 통천교이다.

통천교에는 긴 통나무 벤치가 양옆에 설치되어 있어 걸터앉아 다리 아래로 흐르는 계곡을 내려다볼 수 있다. 우리나라 곡성 태안사(泰安寺)의 능파각(凌波閣)과 같은 구조다. 이 자리가 사실상 동복사 답사의 하이라이트이고 모든 교토 관광안내서마다 특히 가을이 아름답다고 극찬하는 동복사 모미지의 현장이다.

개산당 앞쪽에는 객전(客殿)인 보문원(普門院)이 상락암과 기역자로 붙어 있다. 그리고 두 건물 사이의 열린 공간엔 교토의 사찰 어디에서나 볼 수 있는 마른 산수〔枯山水, 가레산수이〕라고 불리는 석정이 있다.

에도시대에 조성된 이 석정의 앞쪽은 백사를 여러 방향으로 갈퀴질하여 기하학적 구성을 보여주고, 뒤쪽은 영산홍 속에서 솟아오른 괴석에 학바위, 거북바위라고 이름 붙여 자연의 상징성을 드러낸다. 그래서 다른 석정에 비해 설명적이고 장식적이다. 이로 인해 긴장감은 적고 그 대신 툇마루에 앉아 석정을 바라보고 있으면 마음도 눈도 편안해지면서 사람을 무념무상으로 이끌고 간다.

답사 회원들과 갔을 때 나는 5분간 가만히 석정을 바라보는 시간을 주었는데 모두가 너무 편하고 좋다고 하면서 10분만 더 있다 가자고들 했다. 교토의 이름난 석정을 이미 경험한 사람들은 석정 자체보다도 오랜만에 경험한 그 묵언의 시간을 즐겼던 것 같다.

근대의 명원, 방장서원 석정

개산당은 별도로 입장료를 내는 특별 배관 구역인데 그 앞에 있는 방장 역시 별도 배관 구역이다. 그래서 돈도 돈이지만 시간에 쫓길 때면 20세기 정원이 있는 방장은 생략하고 다른 사찰에서 더 오래된 석정을 보기로 한다. 그러다 지난번 답사 때에는 시간상 여유가 생겨 비로소 처음 들어가보았는데 참으로 특이한 정원이었다.

방장이란 우리 식으로 말하면 조실(祖室, 최고의 스승) 스님이 거처하는 곳이다. 방장은 유마(維摩) 거사가 거처하는 방이 '사방일장(四方一丈)'의 6평 남짓한 좁은 공간이었다는 데서 유래한 말인데, 일본에 와서는 조

| 시게모리 미레이 정원 | 동복사 방장 앞의 정원은 근대의 대표적인 조원 예술가로 꼽히는 시게모리 미레이가 1939
년에 꾸민 것으로 20세기 정원의 최고 명작 중 하나로 손꼽힌다.

실 또는 주지가 거처하는 곳이로되 손님을 맞이하는 넓은 서원식 공간
으로 대개 방이 여섯 개로 나뉠 정도가 되었다. 그래도 이름은 방장이다.

동복사 방장은 화재 후 1890년에 재건된 것이고 정원은 근대의 대표
적인 조원 예술가로 꼽히는 시게모리 미레이(重森三玲, 1896~1975)가
1939년에 꾸민 것으로 20세기 정원의 최고 명작 중 하나로 손꼽히고 있
다. 이 정원의 특징은 방장의 동서남북 사방을 모두 다른 형태의 정원으
로 꾸몄다는 점이다. 석가모니의 팔상도에서 이름을 따서 '팔상(八相, 핫
소)의 정원'이라 했는데, 그 여덟 가지 이미지엔 봉래·방장·영주의 삼신
산과 북두칠성 등 신선(神仙) 개념이 들어 있다.

남쪽 정원엔 삼신산에 또 하나의 산을 더해 사선도(四仙島)를 거석으
로 표현하고 소용돌이 모양의 모래 무늬로 팔해(八海)를 나타냈다. 서쪽
엔 오산(五山)을 동산으로 표현했고, 동쪽은 우물 정(井)자로 공간을 나

| **동복사 방장의 정원 풍경** | 동복사 방장 앞 정원의 특징은 동서남북 사방을 모두 다른 형태의 정원으로 꾸몄다는 점이다. 석가모니의 팔상도에서 이름을 따서 '팔상의 정원'이라 했는데, 봉래·방장·영주의 삼신산과 북두칠성 등 신선 개념도 들어 있다.

누었고, 북쪽은 원래 있던 이끼를 살려 이끼 정원으로 조성했다.

사실 나는 이 정원이 명원으로 꼽히는 조형적 가치에 대해서 논할 전문지식이 없다. 그리고 워낙에 꾸민 것보다는 원단, 로코코적 장식성보다는 흔들리지 않는 고전을 좋아하는 편이라 큰 감동을 받지는 못했다. 그러나 일본은 전통을 그 옛날의 전통으로 묵히지 않고 근현대에도 계속 생명력 있게 이어오고 있다는 점이 돋보였다.

사실 돌·모래·풀·나무로 추상적인 개념을 표현한다는 것은 그 자체가 창작정신이 동반되는 예술이다. 일본 정원에서 종교적인 것과 예술적인 것이 이렇게 만나 새로운 정원을 낳았다는 사실은 전통이 오늘날에도 살아 있다는 하나의 증좌이다. 그것이 보기 좋았다.

| '방장' 현판 | 동복사 방장에 들어가면 꼭 보고 싶었던 것은 사실 정원보다도 책에서 본 '방장'이라는 현판 글씨였다. 성일국사의 중국 은사 스님이 남송의 명필 장즉지의 글씨를 선물로 받은 것이라고 했는데 가히 명필이다. 그러나 그 원본은 선당에 보관되어 있고 여기엔 복제품만 걸려 있다.

내가 동복사 방장에 들어가면 꼭 보고 싶었던 것은 사실 정원보다도 책에서 본 '방장'이라는 현판 글씨였다. 이는 성일국사의 중국 은사 스님이 남송(南宋)의 명필 장즉지(張卽之)의 글씨를 선물로 받은 것이라고 했는데, 그 원본은 선당에 보관되어 있고 여기엔 복제품만 걸려 있었다. 복제품일지언정 역시 이 현판 글씨는 희대의 명필이었다. 나중에 천룡사에 있는 '방장' 현판 글씨와 비교해보면 내가 왜 이런 찬사를 보내는지 절로 알게 될 것이다. 나는 용안사의 '방장' 현판 글씨 정도나 이와 우열을 겨눌 만하다고 생각했다.

민초라는 화가의 이야기

방장에서 나와 밖으로 나가면서 나는 잠시 본당 안을 힐끔 들여다보았다. 천장이 얼마나 높은가 보고 싶어서였다. 그 옛날에 높이 15미터의 불상을 봉안한 공간이었다고 하고, 또 여기에서는 일본회화사의 유명한 승려 화가인 기쓰산 민초(吉山明兆, 1352~1431)가 그린 높이 15미터, 폭

| **민초가 그린「대열반도」** | 동복사 본당은 천장이 아주 높아 높이 15미터의 불상을 봉안한 공간이었다. 여기에는 일본회화사의 유명한 승려 화가인 기쓰산 민초가 그린 높이 15미터, 폭 8미터의 대작인「대열반도」가 봄마다 공개된다고 한다.

8미터의 대작인「대열반도(大涅槃圖)」가 봄마다 공개된다고 해서 그 공간을 한번 보고 싶었던 것이다.

동복사는 가마쿠라시대부터 불화 공방으로 유명했다. 성일국사는 중국에서 돌아올 때 불교경전과 함께 많은 그림과 글씨도 갖고 와서 동복사엔 회화 자료가 풍부했다. 이때 민초라는 타고난 화승이 등장하여 선종시대에 걸맞은 새로운 불화를 제작함으로써 이후 무로마치시대 선종계 불화의 중심적 위치를 차지했다. 그는 다른 사찰의 불화 주문도 받았고, 불화뿐 아니라 수묵화도 잘 그렸으며, 그의 공방은 제자들이 이어갔다.

| 민초가 그린 무준 사범(왼쪽)과 성일국사(오른쪽)의 초상 | 민초는 초상화에서도 뛰어난 기량을 발휘하여 여러 스님의 초상을 남겼다. 그가 그린 무준 사범은 송나라 스님으로 일본에 건너와 선종을 전파한 분이고, 성일국사는 동복사를 일으킨 분이다.

민초는 시골(효고현兵庫縣)에서 태어나 5세 때 아버지가 돌아가시자 절로 들어가 대도일이(大道一以)라는 스님의 제자가 되었다. 이 대도 스님이 동복사의 28대 주지가 되자 그를 따라와 오로지 전사(殿司)직을 맡아 별명이 조전사(兆殿司)였다고 한다.

그는 누구의 가르침을 받은 바 없이 동복사가 소장한 명화들을 보면서 그림을 익혔다. 원나라 안휘(顔輝)의 「신선도〔鐵拐圖〕」를 방작한 작품도 남아 있다. 우리나라로 치면 오원(吾園) 장승업(張承業) 같은 타고난 그림 재주를 발휘한 것이다. 그는 중국 그림을 보면서 「백의관음도」 등

| 민초의 「대도일이 상」 | 민초는 수묵인물화도 잘 그려 무로마치시대 수묵화의 발전에 많은 영향을 주었다. 그가 그린 은사 스님의 초상은 송하 인물도 형식의 뛰어난 수묵인물화이다.

종래 일본엔 없던 선종 회화도 스스로 개척해갔다.

민초는 호방한 먹선과 구불거리는 굵은 먹주름도 사용했는데 이는 일본회화에서는 오랫동안 생각하지 못했던 새로운 디자인인 셈이었다. 그가 은사 스님을 그린 「대도일이 상(像)」은 그의 득의작(得意作)이자 수묵화의 새로운 발견이었다.

이리하여 민초는 우리가 상국사(相國寺, 쇼코쿠지)에 가면 만나게 될 승려 화가 슈분(周文)과 함께 선종 미술의 꽃이라 할 무로마치시대 수묵화의 선구가 되었다. 뒤이어 등장하여 일본의 화성(畵聖)으로 칭송된 셋슈(雪舟)도 초기엔 민초의 그림을 방작한 작품이 있을 정도다. 이런 민초이니 내가 미술사 중에서도 회화사를 전공하면서 이 「대열반도」는 보지 못할지언정 그것이 걸린다는 공간이 궁금하지 않았겠는가.

민초 말년인 57세 때 이야기이다. 무로마치시대 4대 쇼군인 아시카가 요시모치(足利義持)는 그가 그린 「대열반도」라는 엄청난 대작을 보고는 감탄해서 민초에게 소망을 물었더니 그는 이렇게 대답했다고 한다.

저는 재산도 벼슬도 바라는 바 없고 단지 이 절의 신도들이 벚꽃을 좋아한 나머지 경내에 벚나무가 너무 많아져 머지않아 절이 유흥장이 될 것 같으니 이것을 금지시켜주십시오.

이에 쇼군은 크게 감동하여 벚나무를 하나도 남기지 않고 다 베어버렸다고 한다. 그래서 지금껏 동복사엔 벚나무가 한 그루도 없단다. 그러나 벚꽃이 피는 계절이 되면 동복사 본당에서 그의 「대열반도」가 일반에게 공개되어 상춘객보다 더 많은 사람들이 동복사를 찾아온다고 한다.

월하문과 영운원

동복사 밖으로 나오면 다시 와운루를 지나게 된다. 여기서 우리가 지나온 통천교 쪽을 바라보면 개울가가 온통 단풍나무다. 가을에 꼭 한번 와보고 싶다는 마음이 절로 일어난다. 담장을 끼고 걷자니 들어올 때는 그냥 지나쳤는데 한쪽에 월하문(月下門)이라는 아주 작고 예쁜 대문이 눈에 들어온다.

이 문은 1268년 가메야마 천황이 동복사 개산당 개관식 때 자신의 어소에 있던 문을 선사한 것이라고 한다. 그래서인지 왕가의 높은 품격과 귀티가 느껴진다. 월하문은 장대석 두 단 위에 올라앉아 있는데 대문 앞

| **월하문** | 1268년 가메야마 천황이 동복사 개산당 개관식 때 자신의 어소에 있던 문을 선사한 것이다. 그래서인지 왕가의 높은 품격과 귀티가 느껴진다.

돌계단을 보니 3단이면 충분했을 텐데 5단으로 낮고 길게 뻗어 있다. 그로 인해 이 문은 더욱 고귀한 인상을 주는 것이다. 일본의 건축은 이처럼 단순성 속에서도 디테일이 아주 강하다.

월하문을 지나면서 다시 탑두의 긴 행렬이 큰길까지 이어진다. 동복사 삼문의 장대함에 놀라고, 뒷간의 신기함을 맛보고, 또 통천교의 환상적인 공간에 감동하고, 개산당 툇마루에서 묵언을 즐긴 여운이 남아서였을까, 회원들이 탑두도 하나 보고 가자고 졸라댔다.

그래서 나는 동복사 답사의 마무리로 탑두 사원 중 일반에게 공개되는 영운원(靈雲院)에 들어가보기로 했다. 그런데 영운원 입구 좁은 꽃밭에는 촌스러운 석상들이 놓여 있고 소림사(少林寺) 지부(支部)라는 현판도 걸려 있었다. 그래서 들어가기를 그만둘까 하다가 지금의 수탑 비구가 무술을 좋아해서 그렇겠지 하고 표를 끊고 들어서니 이 탑두는 명성

| **영운원의 정원** | 동복사 탑두 사원인 영운원의 정원으로 '9산 8해정'이라는 이름이 붙었다. 툇마루에 앉아서 보면 이 정원이 자랑하는 소나무 몇그루가 자라고 있는 푸른색 돌이 한눈에 들어온다.

에 값하는 아늑한 공간이었다.

툇마루 앞에 작은 석정이 있는데 이름하여 '9산 8해정(九山八海庭)'이란다. 참으로 조용하고 예쁜 정원이었다. 정원엔 소나무 몇그루가 자라고 있는 푸른색 돌이 눈에 들어왔다. 얼마를 자랐기에 돌부리에 자란 소나무가 저럴까 싶다. 안내책자를 읽어보니 이 돌에는 내력이 있었다.

영운원은 무로마치시대에 지어진 것으로, 에도시대에 들어와 한 고승이 여기에 기거할 때 번주가 쌀 500석을 기진하겠다고 하자 거절하면서 이렇게 말했다고 한다.

출가 뒤에 녹을 받는 귀함은 참선에선 삿된 마귀가 되니, 차라리 정원에 놓을 귀한 돌을 준다면 그것은 절집의 보배로 삼을 수 있습니다.

이에 번주가 감동하여 500석 대신 기진한 돌이 바로 그 소나무가 있는 푸른 돌이란다. 그래서 사람들은 이 돌을 유애석(遺愛石)이라고 부르게 되었고 그 형태도 아름답지만 내력에 서린 깊은 뜻으로 더욱 유명해져 많은 시인 묵객들이 이 돌을 노래했다고 한다. 에도시대 유명한 유학자인 하야시 라잔(林羅山, 1583~1657)도 이를 찬미했단다.

동복사는 절도 절이지만 이런 스토리텔링이 생기면서 그 연륜의 깊이를 더해갔던 것이다. 그리고 동복사에 얽힌 가장 최근 이야기는 바로 신안 해저 유물의 '동복사 공물'인 셈이다.

우리와 인연이 있어서 그 절에 가고 싶었다

유네스코 세계유산, 인화사 / 왕실 사찰의 화려함을 지닌 인화사 /
사쿠라와 '좌앵우귤' / 지천회유식 정원 / 고산사 가는 길 /
고산사와 명혜 상인 / 석수원과 참도 / 원효와 의상의 초상 /
강아지 목조각상과 「조수인물희화」

고산사의 '원효와 의상 일대기'

지금은 시간과 돈만 있으면 마음 내키는 대로 해외를 여행할 수 있지
만 그것은 1988년 해외여행 자유화 후의 일이다. 그전에는 공무(公務)
또는 회사의 출장이 아니면 여권을 발급받기도 힘들었고 비자도 까다로
운 절차를 거쳐야 받을 수 있었다.

1982년 내가 처음 일본에 가게 된 것은 '한국의 미' 시리즈의 고려 불
화편 제작을 위해 사진 원판을 구하려는 목적이었고, 그것도 4박 5일의
짧은 출장이었다. 그때 생각보다 일을 빨리 마치게 되어 하루를 교토에
서 보내면서 교토국립박물관부터 찾아갔다. 그때나 지금이나 나는 처음
가보는 도시는 박물관부터 찾아간다.

교토국립박물관은 소장 유물이 풍부하고 전시도 체계적으로 잘되어

있어 마치 실물로 보는 일본미술사 교과서 같았다. 공부한다는 마음으로 찬찬히 유물 하나하나를 살펴보는데, 회화실에서 「화엄종조사회전(華嚴宗祖師繪傳, 일명 화엄연기華嚴緣起)」이라는 에마키(繪卷)를 보고 깜짝 놀랐다.

일본 특유의 두루마리 그림인 이 에마키는 의상대사와 원효대사의 일대기를 그린 것으로 그림 솜씨가 대단히 뛰어났다. 특히 선묘(善妙) 아가씨와 의상대사가 이별하는 모습은 가히 명장면이라 할 만했다. 그런데 더욱 놀라운 점은 이 에마키가 12세기 가마쿠라시대에 제작되었고, 모두 여섯 개의 두루마리로 구성되며, 전체 길이가 무려 80미터나 된다는 것이었다. 이 그림은 고산사(高山寺, 고잔지) 소장품으로 기탁받아 전시하는 것이라고 했다.

뮤지엄숍에 가서 그 그림 도록이 있느냐고 묻자 바로 전년(1981)에 열린 「고산사 특별전」 도록이 있다며 내주었다. 도록을 살펴보니 고산사에는 회화·서예·전적·불상 등 소장품이 1만점이나 되며 그중 국보가 8점, 중요문화재가 약 50점이나 된다고 한다. 그런데 고산사는 교토 교외에 있는 작은 산사라고 해서 더욱 신기했다.

그리고 10년쯤 지났을까. 교토에 간 김에 다시 교토국립박물관에 들렀는데 이번엔 놀랍게도 고산사가 소장하고 있는 원효대사 초상과 의상대사 초상이 전시되어 있었다. 참으로 감격스러운 일이었다. 이 초상화들은 무로마치시대에 제작된 것으로 원효와 의상의 인간적 분위기를 내가 상상한 것 이상으로 전해주고 있었다. 도대체 어떤 절이기에 우리와 이처럼 인연이 많은 걸까?

그리고 또 10년이 지났다. 이번엔 재팬파운데이션(Japan Foundation, 일본 국제교류기금)의 초청을 받아 보름간 일본을 여행하게 되었는데, 나는 재단 측에 답사 계획서를 내면서 반드시 가보고 싶은 곳으로 교토의 가쓰라 이궁(桂離宮, 가쓰라리큐)과 함께 고산사를 신청했다.

그리하여 2004년 1월, 일본인의 안내까지 받아가며 비로소 고산사를 가보게 되었다. 그때 안내원은 연세대 한국어학당에서 2년간 연수한 이라 우리말도 잘했다. 내 '답사기' 일본어 번역본도 읽었다며 서명도 받아 갔다. 그의 이름은 잊어버렸지만 명함에 에스코트(escort)라고 쓰여 있던 기억이 난다.

고산사 가는 길목의 인화사

고산사는 교토 교외 서북쪽 산악지역인 다카오(高雄)의 높고 깊은 산 중에 있는 산사이다. 교토 시내에 있는 대찰들과 달리 절은 크지 않고 건물도 서너 채밖에 없어 우리나라로 치면 산중의 암자 같은 곳이다. 그럼에도 유네스코 세계유산에 등재된 이유는 산중에 있다는 로케이션과 역사적 연륜을 높이 평가받은 덕이었다.

교토의 지형을 크게 보면 동쪽으로는 히에이산(848미터)이 있고, 서쪽으로는 아타고산(愛宕山, 924미터)이 있다. 히에이산은 교토 동쪽을 타고 내려와 그 아래에 은각사·남선사·청수사 등 낙동의 명찰을 낳았고, 아타고산은 교토 서북쪽으로 뻗어내리다 문득 멈추면서 그 산자락에 금각사·용안사·인화사를 낳았다.

고산사는 이 아타고산 산줄기가 아직 교토에 다다르기 전, 깊은 산중의 여러 봉우리 중 하나인 도가노오산(栂尾山) 중턱에 올라앉아 있다. 시내에서 가자면 구불구불 돌아가는 산길을 따라 한 시간은 걸린단다.

아무리 초대받은 몸이지만 나는 그 먼 교외까지 택시로 가자고 하기가 미안해서 일단 낙서의 북쪽 끝에 있는 인화사(仁和寺, 닌나지)를 먼저 답사하고 거기서 택시를 타고 가자고 했다.

그렇지 않아도 인화사는 한번 들러보고 싶던 차였다. 유네스코 세계

| 인화사 전경 | 인화사는 에도시대에 재건되면서 교토에 있는 명찰들이 갖고 있는 아름다움을 집대성해놓은 절이다. 오중탑, 마른 산수 석정, 지천회유식 정원도 있다.

유산에 등재된 17곳 중 하나이기에 어떤 절인가 궁금하기도 했다. 그간 나의 답사엔 편식성이 있어서 바로 곁에 있는 용안사는 두어 번 갔으면서도 거기까지는 발길이 닿지 않았던 것이다.

그때 인화사를 본 것은 큰 기쁨이었다. 이후 일본 사찰 정원의 참맛을 보려면 오히려 인화사부터 가보라고 권하고 싶을 정도였고, 실제로 그런 취지로 답사객을 안내해서 다시 찾아가기도 했다.

화려한 왕실 사찰, 인화사

'인화'라는 연호를 절 이름에 붙인 데에서 알 수 있듯이 인화사는 왕실 사찰이다. 절 이름에 연호를 하사한 경우로 연력사, 건인사도 있지만 인화사가 연호를 받게 된 동기는 좀 남다르다. 일본 사찰 중에는 문적(門跡,

몬세키)이라는 수식이 붙은 곳이 있다. 이는 왕실이나 귀족의 자손들이 대대로 주지를 맡아오는 절이라는 뜻이다.

인화사는 인화 4년(888)에 우다(宇多) 천황이 건립한 절이다. 우다 천황은 이내 아들에게 양위하고 출가하여 인화사에 어실을 차렸다. 이후 인화사는 19세기 막부 말기까지 왕손(법친왕法親王)이 주지를 맡아온 문적 사원이었다. 소장 유물이 10만점이나 되어 영보관에서 봄가을로 특별전을 열 정도다.

그러나 현재의 인화사는 헤이안시대 모습이 아니다. 교토가 불바다가 되었던 오닌의 난 때 완전히 불타버려 창건 당시 모습은 찾아볼 수 없다. 오닌의 난은 전국의 슈고 다이묘들이 동군과 서군으로 나뉘어 치열한 공방전을 벌인 내란이었다. 이때 서군의 진지인 서진(西陣)이 바로 인화사에 있었는데 동군이 쳐들어와 불바다를 만들고 다 태워버렸다.

그런 인화사가 오늘의 모습을 갖추게 된 것은 도쿠가와 막부의 3대 쇼군인 이에미쓰가 교토 사찰들을 대대적으로 복원할 때 적극 지원하면서 완전히 재건한 덕이다. 당시는 교토 어소(御所)도 개축 공사를 벌였는데 기존 어소의 건물 세 채를 인화사에 하사했다. 지금 인화사 금당은 바로 옛 어소의 자신전(紫宸殿)을 옮겨놓은 것이다. 인화사 복원 공사는 1646년에 마무리되었다.

이리하여 인화사는 에도시대 건축을 기본으로 하면서 교토에 있는 명찰들이 갖고 있는 아름다움을 집대성해놓은 절이 되었다. 오중탑도 있고, 마른 산수의 석정도 있고, 연못을 가운데 놓고 그 주위를 돌며 관람할 수 있는 지천회유식 정원도 있다. 헤이안시대의 고풍이 있는가 하면 에도시대의 화려함도 있다. 그리고 무엇보다도 왕실 건축의 품격을 느낄 수 있고, 거기에다 화려한 벚꽃밭이 있다. 어떤 면에선 교토 사찰 답사의 총정리 장소라 할 만하다.

| 인화사 삼문 | 큰길가에 있는 인화사는 대문부터 왕실 사찰(문적 사원)다운 품위가 있다. 높직한 2층 누각 건물로 지은원과 남선사의 삼문과 함께 교토의 3대 삼문으로 꼽힌다.

일본의 국화, 벚꽃

창건 당시 인화사는 사방 20리(8킬로미터)에 108개의 탑두를 거느린 대찰이었다고 한다. 그러나 오닌의 난 때 불탔다가 에도시대에 복원하면서 서진이 있던 자리는 버리고 산자락에 바짝 붙여 지었다. 바로 그 서진이 있던 자리가 오늘날 비단으로 유명한 니시진(西陣)이라는 동네다.

큰길가에 있는 인화사는 남문(삼문)부터 문적 사원다운 품위가 있다. 정면 5칸에 높이 18.7미터의 높직한 2층 누각 건물로 지은원과 남선사의 삼문과 함께 교토의 3대 삼문으로 꼽히고 있다. 그런 중 인화사 남문은 중국풍의 선종 양식이 아니라 헤이안시대의 전통 형식을 이어받아 대문의 기둥들이 부드럽고 둥글게 생겨 고풍이 완연하다.

인화사의 고풍스러움은 오중탑에서도 엿보인다. 에도시대 들어서는 거의 사라진 양식인데 이 복고풍 오중탑이 있음으로 해서 인화사는 문

| 벚꽃밭 | 인화사 오중탑 맞은편에는 200여주의 벚나무로 이루어진 벚꽃밭이 있다. 에도시대 이래 벚꽃의 명소라 하는데, 벚나무 종류도 매우 다양하며 교토에서 가장 늦게 개화한다. 4월 중순이 지나도 만개한 꽃이 환하게 맞아준다.

적 사원으로서의 기품도 갖출 수 있었다.

오중탑 맞은편에는 200여주의 벚나무로 이루어진 오무로자쿠라(御室櫻)가 있다. 이 벚나무들은 한결같이 뿌리에서 여러 가지가 뻗어나와 키가 아주 작고 개화도 교토에서 가장 늦어 만개일을 대략 4월 20일로 잡고 있다.

벚꽃이 만발할 때 인화사에 가면 건물들이 키 작은 벚나무 위로 솟아 있는 모습이 마치 꽃구름 위에 떠 있는 듯 보인단다. 그래서 에도시대 이래로 벚꽃의 명소가 되었다고 하는데, 벚나무 종류도 매우 다양하다. 통상 우리가 보는 벚꽃 외에 청순한 산벚꽃도 있고, 흐드러진 수양벚꽃도 있고, 복슬복슬한 겹벚꽃도 있고, 어의황(御衣黃, 교이코)이라는 연둣빛 벚꽃도 있고, 보현보살이 타고 있는 코끼리의 상아처럼 보인다는 보현상(普賢象, 후겐조)도 있다고 한다. 일본인들이 이처럼 벚꽃을 온몸으로 즐

| 금당 | 인화사에는 늠름하고 화려한 팔작지붕의 금당이 있다. 지상에서 약간 올라앉아 있어 떠받들린 듯한 인상을 주는데 진갈색 나무기둥과 이를 가로지르는 보의 이음새가 대단히 화려한 황금빛이다. 어소에서 옮겨온 건물이다.

기는 것을 보면 과연 국화(國花)로 여길 만하다고 생각한다.

이에 비해 우리나라는 무궁화를 국화로 정해놓고도 이를 별로 좋아하지 않고 벌레가 많다고 정원에 심기를 기피하는 것이 안타깝다. 우리나라를 근역(槿域, 무궁화가 많은 땅)이라고 하여 이를 국화로 삼은 뜻을 모르는 바 아니지만 그렇게 피할 바에야 차라리 온 국민이 좋아하는 진달래 같은 것으로 바꾸는 편이 오히려 좋지 않을까 생각하기도 했다. 북한은 목란꽃(산목련)을 국화로 삼고 있다.

문화재청장 시절에 어떻게 무궁화가 국화로 지정되었는가 알아보려 했더니 그것은 문화재청 소관이 아니라 안전행정부 소관이니 건드리면 다친다는 충고만 들었다.

| **어전 입구** | 인화사 삼문을 들어서자마자 왼쪽에 있는 이 어전은 입구부터 다른 사찰에선 느낄 수 없는 왕가의 권위와 품위를 보여준다.

왕가의 기품이 있는 절

인화사 중문 안쪽으로 곧장 들어가면 이제까지 다른 사찰에서는 볼 수 없던 정말로 늠름하고 화려한 팔작지붕의 금당과 마주하게 된다. 지상에서 약간 올라앉아 있어 떠받들린 건물이라는 인상을 주는데 진갈색 나무기둥과 이를 가로지르는 보의 이음새가 대단히 화려한 황금빛으로 장식되어 있다. 이 건물이 바로 어소에 있던 자신전을 옮겨온 것이다. 어느 나라나 왕가의 기품이라는 것은 따로 있음을 여기서도 확인할 수 있다.

인화사가 문적 사원이기 때문에 나타나는 이런 왕가의 품격은 남문으로 들어서면 바로 왼쪽에 위치한 어전에서 더욱 실감할 수 있다. 왕손들이 주지로 있었기 때문에 어전이라 불리는 이 건물은 기본적으로 서원조(書院造) 건축이다.

| **신전 내부** | 20세기 초에 다시 지으면서 근대풍을 약간 가미했다고 한다. 그래도 내부를 보면 왕년의 왕실 건물다운 품위가 역연하다.

　일본의 서원은 우리나라의 '서원'과 한자가 똑같아서 혼동하기 쉬운데, 이는 가마쿠라시대의 무인사회로 들어오면서 집안에서 다례 같은 의식을 치르거나 손님을 맞이하는 공간을 뜻한다. 사적 공간 안에 있는 공적 공간인 셈이다. 일본 지배계급의 저택은 침실을 중심으로 한 침전조(寢殿造)에서 서원을 중심으로 한 서원조로 바뀐 것이 큰 흐름이다.

　인화사 어전은 남향한 신전(宸殿)을 중심으로 오른편에 서원이 둘 있어 백(白)서원, 흑(黑)서원이라 불린다. 신전이란, 우리로 치면 대궐이라는 뜻이다. 현관으로 들어가면 바로 백서원이다. 백서원 낭하로 나오면 넓은 백사 마당과 저편에 있는 신전의 모습이 한눈에 들어온다.

　신전 건물은 아주 의젓해 보인다. 이 또한 옛 어소에 있던 상어전(常御殿)을 옮겨온 것인데 화재를 입어 20세기 초에 다시 지으면서 투명한 창, 넓은 난간 등에 근대풍을 약간 가미했다고 한다. 그래도 왕년의 왕실 건

| **신전 앞의 좌앵우귤** | 신전 백사 마당에는 왼쪽엔 벚나무, 오른쪽엔 귤나무가 이 집의 수문장처럼 버티고 있다. 이를 좌앵우귤이라고 한다. 이는 일본 왕실 건물의 상징으로 헤이안 신궁, 어소, 가쓰라 이궁 같은 궁궐에서도 볼 수 있다.

물이 지닌 품위만은 역연하다.

　신전과 백서원·흑서원은 회랑으로 연결되어 있다. 신전으로 건너가 난간에 기대앉아 백사 마당을 바라보니 왼쪽엔 벚나무, 오른쪽엔 귤나무가 이 집의 수문장처럼 버티고 있다. 나는 처음엔 두 그루 나무가 상징하는 바를 몰랐다. 내가 빈 마당에 나무 두 그루로 정원을 디자인한 것에 감탄하니 에스코트가 친절하게 일러준다.

　"이것은 일본 왕실 건물임을 상징하는 것입니다. '좌앵우귤(左櫻右橘)'이라고 하죠. 헤이안 신궁, 어소, 가쓰라 이궁 같은 궁궐에 가면 볼 수 있습니다."

　참으로 형식의 틀을 잘 만들어내는 일본다운 발상이라는 생각이 들었다. 번번이 느끼지만 일본인들은 이처럼 개념화·상징화를 잘한다. 나는 배운 값으로 에스코트에게 이렇게 말했다.

"일본인들은 대단한 스타일리스트들입니다. 형식적 규범을 잘 만들어내고 또 이렇게 생긴 형식의 틀은 엄격하게 지켜요. 그래서 일본문화엔 일사불란함이 있고 가지런함과 정연함이 있죠. 나는 그게 일본이라고 생각해요. 한편 너무 획일적이어서, 자유분방한 우리 눈에는 가끔 답답하게 느껴지는 면도 있는데, 일본인 입장에선 어떻게 생각하세요?"

"그런 거 같아요. 우리 일본인들이 그 틀을 너무 곧이곧대로 지키는 바람에 가끔은 갑갑해요."

"일본어에 '유도리(원래는 유토리ゆとり)'라는 단어가 있는데 정작 여유를 뜻하는 유도리는 한국인이 더 많은 것 같지 않아요?"

"맞아요. 그래서 제 입장에선 한국에 가면 오히려 마음이 편해져요."

나는 그가 유도리에 대해 이렇게 말하는 것이 한국인인 나에게 예의상 듣기 좋으라고 한 얘기로 새겨들었다. 이 말을 뒤집어보면 우리는 형식의 틀, 규율이 약하다는 얘기가 아닌가.

일본 정원의 모든 요소

남향으로 나 있는 신전의 난간에 기대 따뜻한 햇살을 쪼이다보니 겨울날인데도 봄날 같은 나른한 졸음이 찾아오며 일어나기가 싫어진다. 그럴 때면 나는 게으름을 오히려 삶의 중요한 가치이자 미덕이라고 생각하고 그냥 나 자신을 내버려둔다. 얼마만큼 시간이 지나자 에스코트가 안 되겠다 싶었는지 나를 일으켜세운다.

| 흑서원 | 흑서원 북동쪽 모서리에 서보면 아기자기한 연못 너머 오중탑이 오롯이 눈에 들어온다. 이 정원은 오중탑을 차경으로 끌어들이고 있는 셈이다.

"더 계시겠습니까? 저쪽 흑서원으로 가면 연못 너머로 오중탑이 보이는데 거기서도 사진을 찍으셔야죠."

내키지 않는 발걸음으로 낭하를 돌아나가니 회랑으로 흑서원이 연결되어 있었다. 일본엔 비가 많이 와서 이런 회랑이 아주 발달했는데 나는 일본 건축이 가진 아름다움의 반을 여기서 보게 된다. 천룡사에서도 동복사에서도 회랑을 따라 걷는 맛이 정말 상큼했다. 그런데 인화사는 회랑에도 왕가의 품격이라는 것이 살아 있었다. 사실 어소나 가쓰라 이궁에 가보았자 실내로는 들어갈 수 없으니 왕가 건축의 실내 공간감을 맛볼 수 있는 곳은 인화사만 한 데가 없는 셈이다.

에스코트를 따라 흑서원 북동쪽 모서리에 서니 아기자기한 연못 너머로 오중탑이 오롯이 서 있다. 오중탑이 이 정원의 차경 대상인 셈이다.

| **인화사 정원의 아름다움** | 요곽정을 비롯해 흑서원은 일본 정원의 모든 요소를 한눈에 보여준다. 인화사가 유네스코 세계유산에 등재된 것은 그 내력도 내력이지만 일본 정원의 아름다움을 잘 간직하고 있기 때문이기도 하다.

연못은 가마쿠라시대 말기부터 유행한 지천회유식 정원이고 연못 다리 건너엔 무로마치시대에 유행하기 시작한 스키야(數寄屋)라는 조촐한 다실인 요곽정(遼廓亭)과 비도정(飛濤亭)이 있다. 그로써 인화사는 에도시대에 복원되면서 일본 정원의 제요소를 모두 갖춘 셈이다. 참으로 화려하면서도 그윽하고 예쁜 절집이었다.

내가 고산사로 가기 전에 인화사에 먼저 들른 것은 택시비를 아끼려는 계산이었지만 결과적으로 일본미의 참맛을 느낄 수 있는 이상적인 코스 배합이었다.

일본미의 중요한 특성 중 하나는 극과 극의 강렬한 대비다. 절집과 신사에 가면 고색창연한 목조건축에 강렬한 붉은빛의 대문이 있고, 화려한 지천회유식 정원 한구석엔 남루한 다실이 있다. 마치 쌉쌀한 말차를 마시기 전에 달콤한 과자로 입안을 다스리는 것과 마찬가지의 대비다.

그런 의미에서 산중 암자 같은 고산사에 가기 전에 교토에서 가장 화려한 왕실의 문적 사원인 인화사를 먼저 본다는 것은 일본미의 진수를 맛보는 환상적인 어울림이었다.

고산사로 가는 길

우리는 서둘러 어전 밖으로 나와 인화사 삼문 앞에서 택시를 탔다. 인화사에서 고산사까지는 자동차로 반시간 정도 걸린다. 택시가 인화사 담을 끼고 돌아나간 지 얼마 안 되어 숲으로 난 길에 들어섰고 이내 가파른 산자락을 맴돌며 돌아갔다.

일본의 산은 경사가 아주 급하다. 그것도 대개 2차선 좁은 길이고 지리산 노고단을 오를 때나 경험하는 비탈길이다. 찻길 좌우, 아래위 모두 삼나무가 울창한 숲을 이루어 산은 더 높고 골은 더 깊어 보인다. 위쪽을 올려다보면 곧게 뻗은 삼나무 줄기들이 하늘을 향해 치솟고, 아래쪽을 내려다보면 우산처럼 퍼진 삼나무 가지들이 나란히 줄지어간다. 인간의 개입 없이 자란 원시림같이 나무가 무성하여 무서운 느낌까지 든다. 에스코트에게 넌지시 말을 걸었다.

"참으로 산이 높고 깊네요. 차도 사람도 없고."

"하지만 가을 단풍철엔 사람과 자동차로 꽉 찹니다. 고산사 석수원(石水院)의 단풍은 교토의 모미지 중에서 가장 손꼽힙니다. 그런데 교수님이 고산사를 꼭 가보겠다고 신청한 특별한 이유가 있나요? 글 쓰시려고 하나요?"

"아뇨. 그냥 원효와 의상의 초상화와 그분들의 일대기를 그린 그림이

| **고산사 가는 길** | 고산사로 가는 길은 일본 특유의 산길로 2차선밖에 안 되는 좁은 길이고 지리산 노고단을 오를 때나 경험하는 가파른 비탈길이다. 찻길 좌우, 아래위 모두 울창한 삼나무숲이어서 산은 더 높고 골은 더 깊어 보인다.

우리나라엔 없는데 일본 고산사에 있다는 것이 너무도 신기해서요."

"그런데 사진으로는 만족하지 못하고 꼭 직접 보셔야 하는 거죠?"

"물론 나 혼자 알고 말 생각이면 이러지 않아도 되죠. 그러나 남에게 얘기해주려면 이러지 않을 수 없어요."

"교수님은 일본 답사기도 쓰실 건가요? 그런데 어떻게 답사기를 쓰게 되셨나요?"

무수히 들어온 질문인데 나는 항시 대답하기를 "살다보니 쓰게 되었다"고 해왔다. 그렇게 말하는 것이 속 편하고 겸손해 보이기 때문이었다. 그런데 일본인에게 이런 질문을 받고 보니 성실하게 대답하는 것이 옳을 것 같았다. 그리고 새삼 험한 산길을 넘어가자니 진짜 내 마음을 움직였던 글귀 하나가 생각났다. 나는 최치원이 문경 봉암사 지증대사 탑비

| **다카오 마을** | 고산사 가는 길에 만난 제법 큰 산마을 다카오에서는 마을 한가운데 백운교라는 다리가 있고 이를 건너 다카오 중학교 앞을 지나면 다시 굽이굽이 돌아가는 산길이 뻗어 있다.

비문에 쓴 다음과 같은 글에서 깨우친 바가 컸음을 말해주었다.

　스님은 홀로 깨치기를 좋아하고 남을 가르치기엔 마음 쓰지 않았다. 그러던 어느 날 산길을 가는데 한 나무꾼이 나타나 '먼저 깨우친 자가 나중 깨칠 사람을 위하여 가르치는 데 소홀히 하면 안 된다'라고 꾸짖고는 홀연히 사라졌다.

　나는 이것을 지식인의 사회적 책무를 말해주는 경구로 받아들였다. 그리고 내가 정확히 알아야 남에게 말해줄 수 있고 내가 확실히 봐야 답사기를 쓸 수 있다고 생각하기에 언젠가를 위해 오늘 고산사로 가는 것이라고 답했다.

고산사의 명혜 상인

고산사는 8세기 헤이안시대부터 있던 다카오의 신호사(神護寺, 진고지)의 말사로 이름도 제대로 없던 산악 수행처였다. 그러다 13세기에 들어와 명혜(明惠, 묘에) 상인이라는 고승이 이곳에서 화엄종을 중흥시키면서 고산사로 다시 태어났다.

명혜 상인은 헤이안시대 말기인 1173년에 태어났다. 아버지는 무사였고 어머니는 호족의 딸이었는데, 8세 때 부모를 모두 잃어 신호사에 들어가 외삼촌 밑에서 자랐고 15세 때 화엄종의 본사인 나라 동대사에서 수계를 받고 정식 출가했다.

그는 조실부모한 외로움 탓인지 남다른 행적을 보였는데 24세 때는 자신의 흔들리는 마

| 명혜 상인 초상 | 고산사는 본래 이름도 없는 수도처였으나 명혜 상인이 화엄종을 중흥시키면서 고산사라는 이름으로 다시 태어났다. 명혜 상인의 수행 방식은 '일향 좌선'이었다. 그 때문에 그의 초상화는 나무 위에 올라앉아 좌선하는 모습으로 그려졌다.

음을 다잡기 위해 어머님을 연상시키는 「불안불모상(佛眼佛母像)」(국보)이라는 불화 앞에서 자신의 한쪽 귀를 자르면서 열심히 불심을 찾겠다고 맹세했다.

명혜 상인은 석가모니의 삶을 흠모하여 두 차례나 인도 유학을 시도

했으나 뜻을 이루지 못했고 오직 참선에만 열중했다. 헤이안시대가 막을 내리고 가마쿠라시대라는 무인사회가 되면서 불교는 여러 갈래로 분화하여 정토종·임제종·일련종 등 종파가 난립했다. 그러나 명혜 상인은 새로움에 들뜨지 않고 꿋꿋이 화엄종의 가르침 속에서 새 길을 찾았다.

정토종을 체계화한 지은원의 법연 스님이 오직 염불만으로도 불성을 찾을 수 있다고 '일향 전수염불(一向專修念佛)'을 주장하자, 명혜 상인은 이를 비판하면서 불법은 오히려 참선을 통해 구할 수 있다며 '일향 좌선(一向坐禪)'을 내세우며 반박문을 써서 유명해졌다. 부처님의 힘이라는 타력에 의존하지 말고, 참선이라는 자력으로 불심을 찾아가야 한다는 것이었다.

그래서 명혜 상인의 수행 방식은 '일향 좌선'이었고 그 때문에 그의 초상화는 나무 위에 올라앉아 좌선하는 모습으로 그려졌다.

고산사의 석수원 건립과 차 재배

명혜 상인이 33세 되던 1206년, 고토바(後鳥羽) 천황은 그에게 지금의 고산사 땅을 하사하면서 화엄종 중흥의 근본도량으로 삼게 했다. 이때 천황은 손수 '일출선조 고산지사(日出先照高山之寺)'라고 쓴 현판을 내려주었다. '해가 뜨면서 가장 먼저 비추는 높은 산의 절'이라는 뜻이다. 이에 절 이름을 고산사라 했다.

고산사에 자리잡은 지 10년이 지난 1216년, 명혜 상인은 석수원을 지어 참선하는 수도처로 삼고 화엄종 전파에 전념했다. 이때 임제종이라는 선종을 들여온 영서 스님은 두 차례에 걸쳐 중국에 유학하고 돌아와 건인사를 창건했다. 선종과 화엄종은 통하는 바가 많았다. 무엇보다 염불이 아니라 참선을 수행 방식으로 삼은 점에서 일치했다.

| 선묘 아가씨 조각상 | 명혜 상인은 당시 전란으로 미망인이 된 여인들에게 불교에 의지하는 길을 알려주고자 선묘상을 조각하여 선묘니사에 모셨다고 한다.

참선에 필요한 것은 졸음을 쫓고 정신을 맑게 해주는 차(茶)였다. 영서 스님은 중국에서 들여온 차나무 씨앗을 곳곳에 나눠주었는데 명혜 상인이 이를 받아 고산사 뒤뜰에 심은 것이 성공적으로 발아하여 일본에서 처음 차를 재배하게 되었다.

이리하여 고산사는 일본 차의 발상지가 되었으며 한동안 고산사 차를 본차(本茶)라 하고 다른 곳에서 난 차를 비차(非茶)라 했다. 그러다 무로마치시대에 고산사 차나무를 우지에 옮겨 재배한 것이 성공하면서 오늘날 우지는 최고의 차 산지가 되었고, 고산사는 차의 발상지라는 역사적 기록만 갖게 되었다.

한편 이 무렵 명혜 상인은 대중들에게 화엄종을 전파하기 위하여 『송고승전(宋高僧傳)』에 실린 원효대사와 의상대사의 일대기를 그린 「화엄종조사회전」을 제작했다. 원효와 의상은 그렇게 국제적으로도 명성이 높았던 고승이었다. 그리고 1223년에는 신라에 화엄종을 전래하는 데 희생했던 선묘 아가씨의 초상을 제작하여 절 아래쪽에 선묘니사(善妙尼寺, 젠묘니지)라는 비구니 승방을 짓고 거기에 봉안했다. 이는 당시 전쟁으로 생긴 수많은 미망인들에게 위안을 주기 위한 것이었다고 한다.

이렇게 화엄종의 중흥에 몰두했던 명혜 상인은 1233년, 59세로 입적

| **고산사 참도** | 고산사는 참도라 불리는 진입로부터 산사의 깊은 맛이 있다. 양옆으로는 키 큰 나무들이 하늘을 가리고 있어 전라도 어느 산사를 찾은 것처럼 친숙했다.

했다. 한 가지 특이한 점은 18세 때부터 죽기 직전까지 40년 동안 자신이 꾼 꿈을 모두 일기로 기록한 『몽기(夢記)』를 남긴 것이다.

이후 고산사의 발자취에 대해서는 특기할 바가 없고 이날 이때까지 아담한 산사로 남아 있는 것이 큰 특징이자 자랑이라면 자랑이다.

일본 절집의 진입로, 참도

우리의 자동차가 인적 없는 산길을 벗어나자 길가로 집들이 하나씩 나타나기 시작하더니 제법 큰 산동네가 나왔다. 여기가 다카오(高雄)라는 산마을이다. 마을 한가운데 있는 백운교라는 다리를 건너 다카오 중학교 앞을 지나자 길은 다시 굽이굽이 돌아가는 산길로 접어든다.

그 길로 얼마만큼 가다가는 계곡을 따라 편안히 달린다 싶었을 때 길

| **석수원** | 참도를 지나 작은 문 안쪽으로 수수한 일반주택과 흡사한 건물이 나타나는데 국보로 지정된 석수원이다. 1889년 지금 자리에 서원조 형식으로 재건되면서 이 절의 중심건물이 되었다.

왼쪽으로 넓은 주차장이 나타났다. 고산사에 다다른 것이다. 여기는 시내에서 들어오는 버스 종점이기도 했다. 차에서 내리자 에스코트가 바로 앞에 있는 계단을 가리키며 내게 물었다.

"여기는 고산사로 올라가는 뒷문〔裏參道〕이고 앞문〔表參道〕은 왔던 길로 다시 가야 합니다. 어느 쪽으로 가시겠습니까?"

"앞문으로 들어가서 뒷문으로 내려옵시다."

"교수님은 꼭 그렇게 하실 것 같아 여쭤본 것입니다."

오던 길로 100미터쯤 되돌아가니 '도가노오산 고산사(栂尾山 高山寺)'라고 절 입구를 알려주는 비석이 있었다. 달필로 예사 솜씨 같지 않았다. 찾아보니 일본 근대 수묵화의 대가 도미오카 뎃사이(富岡鐵齋)의 글씨였다.

| 석수원에서 차경으로 끌어들인 단풍 | 석수원은 들쇠로 올려진 기둥 사이로 앞산이 그림처럼 펼쳐지고 해묵은 단풍나무들이 어깨를 맞대고 둥글게 이어지면서 정원의 깊은 맛을 준다. 자연을 차경으로 활용한 천하의 명장면이다.

    고산사는 진입로부터 산사의 깊은 맛이 있었다. 길게 뻗은 비탈길 양옆으로는 키 큰 나무들이 하늘을 가리고 있어 우리나라 전라도의 어느 산사를 찾아온 것처럼 친숙했다.

    일본 사찰과 신사의 입구는 참도(參道)라고 하는데 대개 사찰의 경우는 산문에서 절 안쪽으로 들어가는 길, 신사의 경우는 도리이에서 본전에 이르는 길을 의미한다. 그러나 고산사 참도는 산문에 이르는 산길부터 세속과 성역을 분리하는 공간상·시간상 거리를 두고 있어 우리나라 산사를 연상시켰다.

    진입로 저 안쪽에 원래 있던 산문은 사라지고 그 자리에는 석등 한 쌍이 지킴이처럼 양옆에 서서 우리를 고산사 경내로 인도한다.

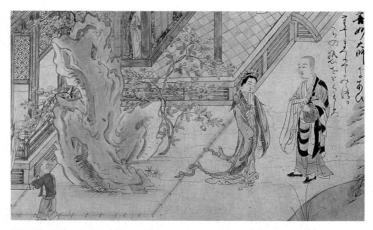

| 「화엄종조사회전」 중 선묘와 의상 | 고산사가 소장하고 있는 「화엄종조사회전」 중에는 의상대사의 일대기를 두루마리 그림으로 그린 것이 포함되어 있고, 일본 에마키의 명작으로 꼽히고 있다. 그중에서도 선묘 아가씨와 의상대사의 만남을 그린 것은 가히 명장면이라고 할 만하다.

석수원에서의 경관

석등을 지나 오른쪽으로 꺾어들자 작은 문 안쪽으로 수수한 일반주택과 흡사한 건물이 나타났다. 이 건물이 국보로 지정된 석수원이다. 창건 당시에 금당 동쪽에 있었으나 홍수로 무너지고 1889년 지금 이 자리에 서원조 형식으로 짓고 이 절의 중심건물이 되었다.

매표소에서 표를 끊은 다음 신을 벗고 안으로 들어서니 넓은 거실 바깥쪽 창호들이 모두 들쇠로 올려져 기둥 사이 열린 공간으로 앞산이 엄습하듯 가까이 다가온다. 절로 감탄사가 나오는 참으로 아름다운 풍광이었다. 이것이 곧 차경이라는 것이다. 이 경관을 차지하기 위해 건물이 앞을 가로막고 안으로 들어서면 드라마틱하게 열리는 것이다.

앞산이 그림처럼 펼쳐지고 집 앞에 있는 해묵은 모미지(단풍나무)들이 어깨를 맞대고 둥글게 이어지면서 정원의 깊은 맛을 준다. 이것이 천하의 명장면이라는 석수원에서 보는 모미지이다.

| 「화엄종조사회전」 중 바다로 뛰어드는 선묘 | 선묘 아가씨는 의상대사의 무사귀환을 위하여 용이 되어 배를 안내하겠다고 바다에 뛰어들었다. 이 장면은 두루마리 그림에서 가장 드라마틱하게 묘사되었다.

이런 차경은 우리나라 사찰에서도 흔히 볼 수 있다. 그러나 그것을 건축적으로 표현한 방식엔 많은 차이가 있다. 우리의 경우는 차경으로 삼을 자리만 잡으면 나머지는 그냥 자연 그대로 내버려둔다. 그러나 일본에서는 마치 액자에 집어넣듯이 마루와 차양과 기둥으로 풍광을 규정해놓는다. 그래서 일본 정원은 건축적 의도가 명확하게 드러나고, 우리 정원은 보는 사람의 시각에 맡겨놓는 여백이 있다. 어느 것이 더 좋으냐의 문제가 아니라 건축적·디자인적·조원적 콘셉트의 차이인 것이다.

원효대사와 의상대사 초상

나는 석수원 툇마루에 앉아 앞산을 바라보면서 원효대사, 의상대사의 초상과 선묘 아가씨의 조각상을 다시 떠올렸다. 「화엄종조사회전」과 선묘 아가씨 조각상에 대해서는 『나의 문화유산답사기』 국내편 제2권 영주 부석사 편에서 길게 언급한 바 있어 여기서는 생략한다. 다만 원효대사와 의상대사의 초상화에 대해 잠시 회상하자면 조금은 이야기가 쓸쓸해진다.

이 두 초상화는 우리나라에서 전시된 적이 없다. 원색도판조차 어디에도 실려 있지 않아 국내에 소개할 수도 없었다. 두 분의 초상은 앉은 방향이 반대여서 왼쪽에 원효, 오른쪽에 의상을 두면 마주 보는 모습으로 한 쌍을 이룬다.

2000년 10월, 직지사 성보박물관이 개관 기념 특별전으로 「한국고승진영전: 깨달음의 길을 간 얼굴들」을 준비할 때 당시 관장이던 흥선 스님에게 한일 불교계의 교류 차원에서 이를 빌려와 전시하면 특별전의 의의가 클 것이라고 조언했다. 이에 흥선 스님이 백방으로 노력했으나 결국 작품은 대여받지 못했고 다만 원판 필름을 제공받아 개관전 때 도록에 싣고, 실물 크기로 인화하여 전시한 바 있다.

그때 나도 두 초상을 원 사이즈대로 인화하여 액자로 꾸며 오랫동안 연구실에 놓고 보아왔다. 문화재청장 시절 당시 조계종 총무원장 지관 스님께 이 초상화 액자를 선물로 드리며 꼭 조계종 불교중앙박물관에서 대여 전시할 수 있게 해달라고 부탁했다. 그러나 이 뜻은 이루어지지 않았고 그 뒤에 스님은 입적하셨다.

그리고 2010년 국립경주박물관에서 「원효대사 특별전」 때 이영훈 관장이 원효대사 초상의 모사본을 제작하여 전시했다. 이 전시회에는 국내에 있는 9폭의 원효대사 진영이 출품되었는데 모두 19세기와 20세기에 그려진 일종의 상상화로 원효대사의 원 모습과는 거리가 먼 수준 낮은 조악한 영정들이었다.

오직 일본 고산사 소장본만이 실제의 이미지에 가깝다. 족좌에 신발을 벗어놓은 것부터가 고식(古式)이며 더부룩한 수염과 검은 피부의 담

| **원효대사(왼쪽)와 의상대사(오른쪽)의 진영** | 고산사에 소장된 원효와 의상의 초상화는 15세기에 제작된 것이지만
두 스님의 실제 이미지에 가장 가깝다고 생각되고 있다. 원효는 파격적인 행적에 아주 걸맞아 참모습을 보는 듯하고,
의상의 모습은 인자하고 고결한 기품이 역력하다.

대한 인상은 원효의 파격적인 행적에 아주 걸맞아 대사의 참모습을 보는 듯한 감동이 일어난다. 이에 반해 의상대사의 모습은 인자하고 고결한 기품이 역력하다. 기법도 대단히 치밀하고 화격(畵格)이 높다.

국립경주박물관 김승희 학예관은 제작처가 일본인지 우리나라인지 단정할 수는 없지만 당시까지 전해지던 두 분 진영을 그대로 모사한 이모본(移模本)으로 추정하며 원효와 의상의 원 모습에 가장 가깝다고 추정했다.

내가 생각하기에도, 우리나라에 있던 원효와 의상의 초상을 모사해 간 것이 고산사에 있었는데 세월이 400년 지나자 낡아져서 이를 중모(重模)한 것으로 보인다.

목조 강아지와 「조수인물희화」

나는 자리를 털고 일어나 석수원 건물 안을 둘러보았다. 한쪽 쪽방 문 위에는 천황이 내려주었다는 '일출선조 고산지사'라는 현판이 걸려 있다. 그리고 한쪽 방에는 아주 귀여운 강아지 목조각상이 전시되어 있다. 까만 강아지로 코는 불룩하고 귀는 조순하게 머리에 붙었는데 고개를 갸우뚱하고 이쪽을 바라보는 모습이 너무도 사랑스럽다.

명혜 상인이 길렀다는 강아지를 당대의 뛰어난 경파 조각가 담경이 히노키로 조각한 가마쿠라시대의 작품(중요문화재)이다. 조실부모하여 외롭게 자란 명혜 상인은 강아지를 아주 사랑하여 그가 꿈을 일기로 쓴 『몽기』에는 꿈속에 나타난 이 강아지 이야기가 여러 번 나온단다.

석수원에는 이 절이 소장한 유명한 국보인 「조수인물희화(鳥獸人物戲畵)」라는 에마키의 복제품이 걸려 있다. 나보다 먼저 석수원에 와 있던 두 일본인 중년 여성은 아까부터 이를 보면서 연신 즐거운 표정을 짓고 이야기를 나누며 떠날 줄을 모른다.

이 두루마리 그림은 갑을병정 4권으로 이루어져 있는데 모두 채색이 없는 수묵화로 글은 없고 그림만으로 구성되어 있다. 당초부터 4권이 한 세트로 제작된 것이 아니라 갑권과 을권은 12세기, 병권과 정권은 13세기에 그려진 것으로 추정된다.

그중 일본 교과서에 반드시 나오는 가장 유명한 것은 갑권으로 토끼·고양이·원숭이·여우·쥐·올빼미 등 11종류의 동물이 수영·활쏘기·씨름

| **강아지 목조각상** | 석수원에 소장된 이 강아지 조각상은 명혜 상인이 사랑했던 강아지를 조각한 것으로, 코는 불룩하고 귀는 조순하게 머리에 붙었는데 고개를 가우뚱한 모습이 너무도 사랑스럽다.

등을 하면서 사람처럼 즐겁게 놀고 있는 그림인데, 에마키 끝에 이르러서는 동물들의 법회 장면이 등장한다.

을권에는 상상의 동물 15마리가 나오고, 병권에는 사람들이 등장하여 바둑·쌍육·투계 등 각종 유희 장면이 이어지고 후반에 가서는 주인공이 동물로 바뀌면서 인간과 똑같이 경마·축국·행렬·무용 등을 하고 있다. 그리고 정권은 인물 스케치들이다.

제작 배경, 주제 등에 대해서는 여러가지 설이 있지만 유머러스한 이 동물 희화는 당대의 뛰어난 만화이자 애니메이션이라 할 만하다. 글로 설명된 기록이 없어 보는 사람 마음대로 해석할 수 있으니 더욱 재미있다. 12세기 일본에 이런 이야기 그림이 있었다는 것이 신기할 정도다.

오늘날에는 일본이 만화와 애니메이션에서 강세를 보이고 있는데, 그

| 「조수인물희화」 중 갑권의 부분 | 갑을병정 4권으로 이루어진 두루마리 그림으로, 모두 채색이 없는 수묵화이며 글은 없고 그림만으로 구성되어 있다. 동물들이 의인화되어 인간처럼 갖가지 행동을 보이고 있어 절로 웃음을 자아내게 된다. 대사 없는 만화 같아 더욱 재미있고 일본 교과서에 반드시 실려 있어서 일본 관광객들에겐 학창시절을 회상케 한다.

문화의 뿌리라고도 읽혀진다. 현재 갑권과 병권은 도쿄국립박물관에, 을권과 정권은 교토국립박물관에 위탁 전시되어 있다고 한다.

교과서에 실린 그림 때문에

우리는 석수원을 나와 경내를 한 바퀴 돌아보았다. 금당과 개산당에 잠시 눈길을 주고 '일본 최고(最古)의 다원(茶園)'이라는 푯말 앞에서 울타리 너머 차밭까지 넘겨다보았다. 그러자니 마치 고국의 절집을 찾아온 것 같은 친숙함과 편안함이 일어난다. 인화사의 인공적이고 화려한 건물과 정원을 보고 온 뒤이기에 고산사의 고즈넉함이 더욱 가슴에 안겨온 것인지도 모른다.

애초에 무슨 기대가 있어서가 아니라 원효대사, 의상대사, 선묘 아가
씨에 이끌려 찾아온 것이었지만 일본에도 이런 아늑하고 아담한 산사가
있다는 새로운 경험을 했다.

나는 고산사를 떠나고 싶지 않았다. 석수원 툇마루에서 좀더 앉았다
가고자 다시 안으로 들어갔다. 툇마루는 아까부터 그림을 보며 재잘거리
던 중년 여성 둘이 차지하고 앉아 이야기꽃이 도통 시들 기미가 보이지
않아 그들 뒤쪽에 물러나 앉아 앞산을 바라보며 앉았다. 에스코트에게
물었다.

"저 사람들은 무슨 얘기가 저렇게 길데요?"
"아, 저분들요? 학창시절 얘기를 하고 있어요.「조수인물희화」는 일본
중·고등학교 교과서에 반드시 나오는데 워낙 재미있기 때문에 다른 건

| **일본 최고의 다원 푯말** | 일본에 처음 차를 들여온 것은 건인사의 영서 스님이었지만, 그 씨앗을 심어 마침내 재배에 성공한 것은 고산사 명혜 상인이었다. 그래서 고산사의 이 차밭은 일본 차의 발아지이자 가장 오래된 다원이라는 기념비적 성지가 되었다.

다 잊어먹어도 이건 생생히 기억하거든요. 그 때문에 고산사를 찾아오는 사람도 많답니다. 교수님이 원효대사와 의상대사 그림 때문에 지금 찾아온 것과 마찬가지죠."

에스코트의 얘기를 들으면서 문득 경주의 괘릉(掛陵)이 생각났다. 괘릉은 통일신라시대 석조조각을 대표하는 돌사자와 서역인(西域人) 모습의 무인상으로 유명하다. 이 괘릉이 교과서에 실렸을 때는 경주 관광객의 80퍼센트가 다녀갔지만, 교과서에서 언급이 빠진 후로는 20퍼센트만 방문한단다. 그 대신 80퍼센트가 감포 바닷가의 대왕암을 찾아간단다.

아무리 볼거리가 없어도 문화유산은 그 존재감만으로도 역사적 향수를 불러일으키는 강렬한 계기가 되는 것이다. 그래서 나는 역사교육은 반드시 문화유산과 함께 이루어져야 한다는 생각을 더욱 굳히게 되었다.

| **고산사 앞 버스정류장** | 10여년 전 한겨울에 고산사에 갔을 때 출발 대기하고 있는 버스에는 미리 타지 못하고 길 건너 정거장에서 찬바람을 맞으며 기다리다가 정시가 된 다음에야 탈 수 있었다. 그때 나는 일본이 얼마나 규칙에 엄격하고 '유도리'라는 것이 없는지 절감했다.

일본인의 유도리

석수원 툇마루에서 앞산을 무심히 바라보며 한껏 시간을 보내다보니 이젠 진짜 돌아갈 때가 되었다. 우리는 서둘러 자리를 털고 일어나 밖으로 나와 이번에는 뒷문으로 나아가는 돌계단길로 내려왔다.

주차장으로 나오니 아침나절에 따스하던 햇살이 언제 그랬느냐는 듯 사라지고 찬바람에 눈발까지 날리기 시작했다. 산골짜기의 한겨울 찬바람이 제법 날카로웠다. 우리는 길가에 서서 택시를 기다렸으나 빈 택시가 올 기미가 안 보였다. 에스코트가 발을 동동 구르더니 내게 묻는다.

"버스로 모셔도 괜찮겠습니까?"
"물론이죠. 빨리 시내로 들어가는 게 중요하죠."

그러자 에스코트는 주차장 저쪽에 있는 버스로 가서 창문으로 고개를 내민 운전사에게 뭔가를 묻는 것 같았다. 그러고는 내게로 달려와서 5분 뒤에 출발한다고 하니 빨리 가자고 했다. 우리가 달려가 버스 문 앞에 서서 운전사에게 문을 열어달라고 하자 운전사는 길 건너편에 있는 정거장을 가리키면서 거기에서 기다리라고 했다.

불과 10미터 떨어진 코앞이었다. 우리는 눈보라를 맞으며 정거장에서 기다렸다. 정확하게 5분 뒤 버스가 정거장에 와서 우리를 태우고 시내 쪽으로 달렸다. 버스엔 우리 둘밖에 없었다. 에스코트는 내 등에 쌓인 눈을 털어주면서 미안하다는 듯 이렇게 말했다.

"이게 일본입니다. 일본사회엔 이렇게 유도리가 없어요. 한국 같으면 정거장에서 기다리는 사람을 보면, 추운데 눈 맞지 말고 버스에 올라와서 기다리라고 했을 법하지 않습니까."

그러고는 잠시 멈추었다가 다시 말을 이어갔다.

"그 대신 한국의 버스 기사들은 손님이 정거장에서 기다리는데 서지 않고 그냥 지나가버리는 것이 문제지만요."

우리는 그렇게 일본은 유도리가 너무 없고, 한국은 유도리가 지나치게 많다면서 각자 경험한 사례들로 즐겁게 이야기꽃을 피우며 눈 내리는 다카오의 깊은 산속을 빠져나왔다.

그들에겐 내력이 있고 우리에겐 사연이 있다

지은원 삼문 / 루스 베니딕트의 『국화와 칼』 / 남판과 여판 /
어영당 / 법연 상인 / 지은원의 7대 불가사의 /
지은원의 고려불화 / 영서 스님 / 「풍신뇌신도」 /
조음정과 ○△□ 정원 / 팔만대장경

역사적 경관으로서 기온

역사 도시의 빼놓을 수 없는 매력 중 하나는 역사적 향취를 느낄 수 있는 거리를 갖고 있다는 점이다. 로마의 스페인 광장에서 트레비 분수에 이르는 거리, 아테네 파르테논 신전 주변, 베네치아의 산마르코 광장 같은 곳은 그 자체가 뛰어난 문화유산이고 큰 볼거리이다.

유럽의 오래된 도시들을 가보면 대개 시청 앞 광장을 중심으로 역사적 경관이 형성되어 관광객들로 하여금 저절로 그곳을 걸어보게 한다. 거기에는 과거와 함께 현재가 어우러져 아늑한 찻집이 있고, 향토색 짙은 토산품 가게가 있고, 맛있는 먹거리가 있다. 밤이 되어도 구경거리가 있다. 경주가 역사관광 도시로서 아쉬움이 있는 것은 이 점이 부족하기 때문이다.

지은원 주차장

● 지은원

4조대로

기온
삼거리

야사카 신사
●

4조대교

마루야마 공원

하
나
미
소
로

건인사
●

고대사
●

니넨 자카

산
넨
자
카

청수사
●

0   300m

  역사 도시 교토에는 기온(祇園)이 있어 낮밤으로 관광객을 불러모은
다. 언제 어느 때 가보아도 내국인, 외국인, 특히 서양인들이 거리를 활보
하며 느긋이 즐기는 것을 볼 수 있다.

  기온이라고 하면 4조대교(四條大橋)에서 야사카 신사(八坂神社)까지
곧바로 뚫린 약 500미터의 거리, 천연기념물 수양벚나무가 중심을 잡고
있는 마루야마(圓山) 공원, 지금도 게이샤가 등장하는 하나미 소로(花見
小路), 찻집(茶屋)과 요정이 어깨를 맞대고 연이어져 일본의 '중요 전통
적 건조물군 보존지구'로 지정된 신바시 거리(新橋通) 등을 말한다. 기온
이 역사의 거리로 더욱 명성을 얻고 있는 것은 주위에 많은 절집들이 포
진해 있기 때문이다. 그중 대표적인 사찰이 가마쿠라(鎌倉)시대의 명찰
인 지은원(知恩院, 지온인)과 건인사(建仁寺, 겐닌지)다.

| 지은원 삼문 | 일본의 삼문 중에서 가장 규모가 크다. 비스듬한 20여 개의 돌계단 위에 우뚝 솟은 지은원 삼문의 위용에 답사객들은 시선을 떼지 못하며 '축소 지향의 일본'에 이런 거대한 대문이 있음에 놀란다.

장엄한 지은원 남문

걸어서 가자면 교토에서 가장 번화한 4조대로에서 가모강(鴨川)을 가로지르는 4조대교를 건너면 곧바로 기온에 다다를 수 있지만, 단체를 인솔할 경우엔 기온 지구에 버스 주차장이 없어 불가불 지은원 주차장을 이용하게 된다. 그리하여 나의 기온 답사는 언제나 지은원 삼문(三門)을 곁들이게 된다.

주차장에 도착하여 버스에서 내리면 답사객들은 한결같이 돌계단 위에 우뚝 솟아 있는 지은원 삼문의 위용에 감탄하며 시선을 떼지 못한다. 정면 5칸, 측면 3칸의 2층 누각 형식으로 팔작지붕의 곡선이 날개를 펼친 듯 뻗어올라갔다. 비스듬한 20여 계단이 인도하는 높직한 축대 위에 번듯하게 올라앉아 더욱 늠름해 보이고 '화정산(華頂山)'이라는 금빛 현판이 세로로 길게 걸려 있어 상승감을 유도한다. 높이 24미터, 폭 50미터

| 삼문 내부 | 삼문은 단순히 대문 역할만 하는 것이 아니라 2층에 불단이 설치되어 불전 기능도 한다. 보관석가여래와 16나한상이 모셔져 있다.

로 일본의 삼문 중에서 가장 규모가 크다.

지은원 삼문을 처음 본 답사객들은 한결같이 "우아, 크다!" "무슨 절집 대문이 저렇게 크지?" "우리나라엔 저렇게 큰 대문이 없지" 하며 그 스케일에 감탄한다. 교토에는 이런 거대한 삼문이 여럿 남아 있다. 교토의 3대 삼문이라고 하여 지은원, 남선사(南禪寺), 인화사(仁和寺)의 삼문을 꼽는다.

일본 사찰에 이처럼 거대한 삼문이 세워진 것은 가마쿠라시대부터 나타난 일본 선종 사찰의 7당(七堂) 가람 체제부터다. 7당이란 이미 동복사(東福寺)에서 보았듯이 삼문, 법당, 방장(方丈), 고리(庫裏, 종무소), 선당(禪堂), 동사(東司, 변소), 욕실 등 7개의 건물을 말한다.

다시 독자들의 기억을 상기시켜드린다면, 삼문(三門)은 삼해탈문(三解脫門)의 준말이다. 해탈에 도달하는 세 가지 법문(法門), 즉 일체 만상이 공(空)이라는 것을 깨닫는 '공 해탈', 모든 존재에 특정한 형상이 없음을 깨닫는 '무상(無相) 해탈', 세상에 원할 것이 없어지게 되는 '무원(無願) 해탈'을 이른다(『나의 문화유산답사기』 일본편 3권 345~46면 참조).

삼문은 단순히 대문 역할만 하는 것이 아니라 2층에 불단이 설치되어 불전 기능도 한다. 지은원 삼문의 2층 내부는 겨울철에만 일반에 공개되어 지난해(2013)에 한번 올라가보았는데 보관석가여래와 16나한상이 모셔져 있었다. 다른 삼문도 마찬가지다.

그런데 여기에는 신기하게도 백목관(白木の棺)이라 불리는 나무관 한 쌍이 안치되어 있고 그 위에 부부 조각상이 있었다. 이것은 지은원의 7대 불가사의 중 하나라고 하는데, 전하기로는 삼문의 공사 책임자가 건설비용이 초과된 데 책임지고 부인과 함께 자살하여 여기에 모신 것이라고 한다.

삼문은 높은 만큼 내려다보는 전망이 참으로 장관이었다. 앞쪽에서 보면 낮은 지붕이 연이어 펼쳐지는 교토 시내가 아스라이 들어오고, 뒤편으로 돌아가면 해묵은 나뭇가지 사이로 가파른 산비탈에 자리잡은 지은원 불전들이 머리를 내밀고 있다.

이 삼문의 서까래에 있는 묵서명(墨書銘)으로 에도(江戶) 막부의 2대 쇼군(將軍)이 기진(寄進)하여 1621년에 세워졌다는 것을 알 수 있는데 이후 대화재에도 살아남아 오랜 연륜과 크기를 자랑하고 있다 한다.

| 삼문에서 내려다본 교토 풍경 | 삼문은 높은 만큼 내려다보는 전망이 참으로 장관이다. 앞쪽에서 보면 낮은 지붕이 연이어 뻗어가는 교토 시내가 아스라이 펼쳐진다.

극대와 극소의 공존

지난해 봄 저명한 기업인들의 모임인 KPO 회원들과 교토에 갔을 때는 일정상 기온을 거닐 시간적 여유가 없었다. 나는 회원들에게 비록 기온은 가지 않더라도 지은원 삼문만은 보아야 한다며 저녁식사 후 호텔로 돌아가는 길에 피로한 기색이 역력한 일행을 이끌고 거의 강제로 이곳을 안내했다.

때는 벚꽃(사쿠라)이 만발한 관광철의 피크여서 히가시야마(東山) 일대 명소들이 앞을 다투어 야간 조명을 환히 비추었다. 밝은 조명 속에 빛나는 지은원 삼문은 더욱 장엄하게 우리를 압도해왔다.

대부분 사업상 일본을 자주 드나들고 일본에 대해서 좀 안다는 회원들이었지만 한결같이 처음 보는 지은원 삼문의 웅장한 스케일에 놀라면서 이건 우리가 알고 있던 일본이 아니라고, 이걸 어떻게 이해해야 하느

| 지은원 안에서 바라본 삼문 | 삼문의 서까래에 있는 묵서명으로 에도 막부의 2대 쇼군이 기진하여 1621년에 세워졌다는 것을 알 수 있다. 이후 대화재에도 살아남아 오랜 연륜과 크기를 자랑한다.

냐고 내게 물어왔다.

대부분의 한국인이 생각하는 일본의 보편적 특질은 깔끔한 것, 획일적인 것, 인공적인 것, 섬세한 것, 그리고 작은 것에 대한 집착이다. 이어령(李御寧)의 『축소지향의 일본인』은 이런 일본인의 생래적 특성을 풍부한 예증과 함께 섬세하게 분석하고 있다.

도자기를 좋아하는 일본인들이 소품, 그들 말로 고모노(小物)에 쏟는 애정은 거의 끔찍스러울 정도다. 일본 여행 중 비즈니스호텔의 단칸방에 묵어보면 일본이 아니고서는 있기 힘든 구조에 혀를 내두르게 된다.

일본인들은 이런 점을 부정하지 않으면서 한편으로는 그 정반대되는 모습도 보아달라고 한다. '가까운 아스카(近つ飛鳥) 박물관'을 설계한 안도 다다오(安藤忠雄)는 깊은 산중에 육중하고도 거대한 건물을 세우고는 이렇게 말한 바 있다.

일본문화에는 정원에 외따로 지은 작은 다실인 스키야(數寄屋)처럼 가공되지 않은 소재를 사랑하는 간소하면서도 집약적인 미학도 있지만 한편으로는 닌토쿠릉(仁德陵)이나 동대사(東大寺)의 대불처럼 웅대하고 대담한 세계를 개척하는 창조력도 있다(『나의 문화유산답사기』일본편 2권 51면 참조).

'극과 극의 공존'을 말하고 있는 것이다.

그러나 또한…

일본인의 특성을 말한 저서로는 루스 베니딕트(Ruth Benedict)가 쓴 『국화와 칼』(The Chrysanthemum and the Sword)이 거의 고전으로 평가되고 있다. 2차대전이 끝나갈 무렵인 1944년 6월 미국 국무부로부터 일본인이 어떤 국민인가를 규명해달라는 연구 용역을 받은 베니딕트가 문화인류학적으로 접근해 분석한 책이다. 일본을 단 한 번도 방문한 적이 없는 이 여성 인류학자가 '문화의 유형'(patterns of culture)이라는 방법론으로 일본을 해부하여 내린 결론이 '국화(평화)와 칼(전쟁)'이다.

문화유산을 통해 볼 때도 일본미술에는 항시 극단적으로 상반된 두 개념이 공존해 있음을 알 수 있다. 극대(極大)와 극소(極小), 화려함과 검박함, 호방함과 검소함이 공존한다. 그것은 서로 조화를 이루는 것이 아니라 따로따로 독립적 가치로 존재한다.

루스 베니딕트가 취재를 위해 일본인들과 인터뷰를 하다보면 가장 많이 나오는 단어가 '그러나 또한(but also)……'이었다고 한다. 도요토미 히데요시(豊臣秀吉)의 황금 다실이 있는가 하면 센노 리큐(千利休)의 다다미 2장 반 다실이 있고, 황홀한 축제의 분위기가 넘치는 금각사(金閣

寺)가 있는가 하면 그 곁에는 무거운 침묵의 용안사(龍安寺) 석정(石庭)이 있다.

환상적인 요변(窯變)이 일어난 송나라 천목(天目, 덴모쿠) 다완(茶碗)을 갈구했는가 하면 조선 막사발의 검박한 이도(井戶) 다완을 높이 쳤다. 금빛 찬란한 장벽화(障壁畵)로 장식했는가 하면 감필법의 수묵화로 장식하기도 했다. 도저히 어울릴 것 같지 않은 극과 극의 공존이 일본미술 곳곳에 나타난다.

우리네 같으면 극과 극의 조화가 중요하고, 극단적인 것에는 절제가 따라야 한다고 생각하지만 일본인의 미감에서는 그런 면이 보이지 않는다. 김부식(金富軾)은 『삼국사기』에서 백제의 미를 말하면서 "검소하지만 누추해 보이지 않고, 화려하지만 사치스럽지 않다"는 검이불루 화이불치(儉而不陋 華而不侈)의 미학을 말했지만, 일본은 화려할 때는 더없이 화려하고 또 검소할 때는 더없이 검소한 극단을 보여준다.

나는 이 '극과 극의 공존'이야말로 일본미의 해답을 찾아가는 하나의 '문화적 패턴'이라고 생각한다.

남자의 비탈길과 여자의 비탈길

지은원은 삼문만 장대한 것이 아니다. 삼문과 함께 일본 국보로 지정된 본전(本殿)인 어영당(御影堂)은 폭 45미터, 깊이 35미터로 실내 공간이 500평 가까이 되어 참배객을 한꺼번에 3천 명이나 수용할 수 있는 엄청난 규모다.

삼문에서 어영당으로 오르는 돌계단은 둘이 있다. 문 안쪽에서 가파른 돌계단으로 곧장 치고 올라가는 길은 남판(男坂, 오토코 자카), 즉 '남자의 비탈길'이라 하고, 문 바깥쪽에서 비스듬히 꺾어 들어가는 돌계단은

| **남판** | 어영당으로 오르는 돌계단은 둘이 있는데, 문 안쪽에서 가파른 돌계단으로 올라가는 길을 남판(남자의 비탈길)이라고 한다. 남판은 수직 20미터를 높이 30센티미터 돌계단 70여 개를 곧장 치고 올라가야 한다.

여판(女坂, 온나 자카), 즉 '여자의 비탈길'이라고 한다.

여판은 솔바람을 느끼며 어영당을 실루엣으로 보면서 느긋하게 오를 수 있고 남판은 수직 20미터를 높이 30센티미터 돌계단 70여 개를 딛고 올라가야 한다. 이 남판의 강파른 돌계단은 아주 극적인 긴장감이 있어 영화 「라스트 사무라이」(The Last Samurai)에서 톰 크루즈가 계단을 뛰어오르는 장면의 무대였다. 이준기와 미야자키 아오이가 주연하여 한국인 남자와 일본인 여자의 사랑을 다룬 「첫눈」(初雪の戀)에서 유카타를 입은 여주인공이 부서지는 햇살을 받으며 조용히 계단을 내려오던 곳도 이 지은원 남판이다.

나는 남판으로 오르는 것이 지은원을 제대로 답사하는 길이라고 생각한다. 비록 허벅지가 땅기고 장딴지가 꼬이는 듯한 힘겨움이 있지만 70계단을 다 올라선 순간 장중한 어영당 건물이 홀연히 나타나는 그 드

| 여판 | 삼문 바깥쪽에서 비스듬히 꺾어 어영당으로 올라가는 돌계단은 여판(여자의 비탈길)이라고 한다. 여판으로는 솔바람을 느끼며 느긋하게 오를 수 있다.

라마틱한 마주함이 이 공간 구성의 묘미이다.

국보 어영당의 위용

1639년 도쿠가와 막부의 3대 쇼군인 이에미쓰(家光)에 의해 재건된 이 어영당은 규모만 큰 것이 아니라 생기기도 아주 잘생겼다. 한국인의 입장에서 보면 일본 건물들은 너무 각이 지고 반듯하여 큰 매력을 느끼기 힘들다. 내가 동대사 삼월당(三月堂)이나 우지(宇治) 평등원(平等院)의 봉황당(鳳凰堂)을 보면서 예찬한 것은 그 지붕 선들이 우리의 건축처럼 아름다운 곡선미를 갖고 있기 때문이다. 그런 곡선미는 일본 건축으로서는 아주 예외적인 것이고 그에 대한 예찬은 우리의 시각적 습성에 잘 맞아떨어진 것에 대한 반가움의 표현이기도 하다.

| **어영당** | 지은원 어영당은 일본 건축의 무시할 수 없는 미감을 보여준다. 상상을 뛰어넘는 규모로, 기왓골이 선명하고 지붕선이 유려하며, 용마루 기와가 14등분으로 나뉜 것이 특이하다.

그러나 지은원 어영당은 진짜 일본 건축의 무시할 수 없는 미감을 보여준다. 상상을 뛰어넘는 규모로 장엄하면서도 우아하다. 기왓골이 선명하고 뻗어내린 지붕선이 유려하다. 지붕 앞머리를 캐노피처럼 살짝 내민 향배(向排, 고하이)가 한껏 멋을 풍긴다.

대단히 위압적인 스케일이지만 육중한 느낌을 주지는 않는다. 재미있는 것은 건물 꼭대기 용마루를 일직선이 아니라 14등분으로 잘게 끊어놓은 점이다. 그렇게 열지어 있는 작은 공간들로 인하여 이 건물은 대지로 내려앉는 것이 아니라 하늘을 향해 뻗어오르는 것 같은 상큼함을 불러일으킨다. 그런데 자세히 보면 가운데 두 칸에는 두 장의 기왓장이 더 얹혀진 것을 볼 수 있다. 이것을 혹자는 미완성의 묘미라고 풀이하기도 한다.

그러나 미완성이라면 한 쌍의 기왓장이 부족해야 할 것인데 오히려 덧붙여진 것을 보면 계획된 의장으로 보아야 한다. 무슨 의도였을까. 그것

| 어영당 내부 | 지은원의 본전인 어영당에는 법연 상인의 초상을 모셨다. 사진 앞쪽에 보이는 거대한 목탁이 인상적이다.

은 이 건물의 축선상 중심이 여기에 있음을 암시하는 효과다. 만약에 이것이 없었다면 용마루에 길게 늘어선 14개의 공간 분할이 밋밋하게 흘러가서 본능적으로 중심을 찾는 사람들의 시선을 어지럽혔을 것이다. 두 장의 기왓장이 이 장중한 건물을 경쾌하게 마무리지은 것이다.

정토종의 법연 상인

지은원의 본전인 어영당은 이 절의 개조(開祖, 초대 주지)인 법연(法然, 호넨, 1133~1212) 상인(上人, 덕이 높은 승려)의 어영, 즉 초상을 모신 곳이다. 이 절집이 지은사(寺)가 아니라 지은원(院)이고 본전에 부처가 아니라 개산조인 법연을 모신 데는 사연이 있다.

법연은 일본에 정토종(淨土宗)을 일으킨 고승이다. 그는 헤이안(平安)

| **법연 스님** | 법연은 일본에 정토종을 일으킨 고승으로, 헤이안시대에서 가마쿠라시대로 넘어가는 과도기에 불교가 민중신앙으로 자리매김하는 데 큰 역할을 했다.

시대에서 가마쿠라시대로 넘어가는 과도기에 불교가 지배층의 이데올로기가 아니라 민중신앙으로 자리매김하는 데 큰 역할을 했다.

그는 일찍이 히에이산(比叡山) 연력사(延曆寺)의 승려가 되었다. 연력사 안쪽에는 '법연 상인 득도처'가 있다. 1175년, 43세 때 법연은 오직 염불을 외움으로써 아미타불이 있는 극락정토로 왕생할 수 있다고 하는 전수염불(專修念佛)을 주장하며 교토로 내려와 지금의 지은원 자리에서 포교에 들어갔다.

엄격한 규율이나 의식이 따르지 않아도 부처의 세계를 믿는 마음만으로 구제될 수 있다는 이 간략한 신앙 형태는 급속히 민중들, 특히 부녀자들의 호응을 얻었다. 이에 불교계 구세력들의 미움을 사, 75세 때(1207)는 멀리 유배되었다가 돌아와 80세로 열반에 들었다.

법연의 사후 제자들은 그를 추모하는 법회를 열면서 '지은강(知恩講)'이라고 했다. 그러나 가마쿠라시대 내내 히에이산 승려들은 전수염불의 금지를 요구하며 법연의 묘소를 파괴했고, 오닌(應仁)의 난 때는 법당이 불타버리는 수난을 겪기도 했다. 그러나 제자들은 교토에서 멀리 떨어진 지역에서 교세를 확장해갔다.

그러다 에도시대로 들어와 도쿠가와 쇼군으로부터 돈독한 비호를 받으면서 많은 농지를 하사받아 법연이 강론을 펼치던 곳에 이처럼 거대한 본전을 짓게 되었다. 그래서 사(寺)가 아니라 원(院)이라 이름했고, 부처가 아니라 법연의 어영을 모신 어영당이 본전이 된 것이다. 지금도 지은원은 600만 명이 넘는 신도를 거느린 정토종의 총본산으로 자리잡고 있다.

지은원의 자랑

지은원에는 많은 볼거리, 자랑거리가 있다. 아미타당(阿彌陀堂), 세지당(勢至堂), 경장(經藏), 방장, 방장 정원 등 많은 건물과 정원이 있고 또 이른바 '지은원 7대 불가사의'라고 하는 스토리텔링도 있다. 7대 불가사의란 삼문의 백목관 한 쌍 외에 어영당 한쪽에 있는 '잃어버린 우산', 그림 속의 참새가 살아나와 날아가버렸다는 '사라진 참새', 꾀꼬리 소리를 내는 복도, 길이 2.5미터의 커다란 나무주걱, 오이가 자라났다는 돌, 그리고 어디서 보아도 정면을 보는 듯한 고양이 그림 등이 있다. 이러한 이야기들은 지은원을 지루함 없이 둘러보게 한다.

그러나 진짜로 지은원이 당당히 내세우는 자랑은 일본은 물론 한국과 중국의 뛰어난 회화 소장품들이다. 지은원에는 가마쿠라시대 일본 불화, 중국 송나라·원나라의 불화·산수화·인물화, 그리고 고려와 조선 초기의 명품 불화들이 많이 소장되어 있다. 미술공예품 35점이 국가지정문화재이고 그 중 5점이 일본 국보이다.

| 지은원의 볼거리들 | 어영당 문빗장에 달린 요괴 모양의 장식(아래)과 '지은원 7대 불가사의'의 하나인 '잃어버린 우산'(위). 이런 디테일이 지은원을 지루함 없이 둘러보게 한다.

일본미술품 가운데 「법연 상인 회전(繪傳)」

| 「법연 상인 회전」 | 법연 스님의 일대기를 10여 년에 걸쳐 그린 그림으로 무려 48권에 이르는 대작이다. 일본 국보인 이 그림은 총 230여 단으로 폭 33센티미터에 전체 길이가 500미터가 넘는다.

은 법연 스님의 일대기를 1307년부터 10여 년에 걸쳐 그린 것으로 무려 48권에 이르는 대작이다. 일찍이 일본 국보로 지정된 이 옴니버스식 그림은 총 230여 단으로 폭 33센티미터에 전체 길이가 500미터가 넘는다.

1982년 교토국립박물관에서 법연 스님 탄신 850년을 기념하여 「지은원과 법연 상인 회전」을 열어 그림 전체를 공개했는데, 회화 역량도 뛰어나고 보존상태도 아주 양호한 것에 놀랐다. 14세기에 이런 대작이 제작되었고 그것이 오늘날까지 전한다는 것은 일본미술사의 큰 자랑이자 복이다.

지은원에는 또 국보로 지정된 「아미타여래 내영도(來迎圖)」라는 희대의 명작이 있다. 가마쿠라시대에 제작된 이 불화는 아미타여래가 25보살을 거느리고 스님, 아마도 법연을 극락세계로 맞이하기 위하여 험준한 산 너머에서 흰 구름을 타고 내려오는 모습을 그린 것이다. 대각선 구도

가 주는 강한 동세(動勢)가 화면에 가득하다. 이 불화는 일본 불교미술사의 최고 명작 중 하나로 꼽힌다.

지은원에 소장된 중국미술품 중 중요문화재로 지정된 것은 남송시대의 「아미타정토도」, 남송시대의 「연화도」, 원나라의 「모란도」, 명나라 구영(仇英)이 그린 「도리원도(桃李園圖)」가 있다. 참으로 대단한 컬렉션이라 하지 않을 수 없다.

지은원의 고려불화

지은원에 소장된 고려불화와 조선 초기 불화는 현재 6점이 알려져 있는데 그 모두가 국내에 있으면 모두 국보로 지정되었을 것이 틀림없을 희대의 명작들이다. 내가 처음 지은원을 찾아가본 것도 도대체 어떤 절이기에 이렇게 우수한 우리 불화들을 소장하고 있는지 궁금해서였다.

| 「아미타여래 내영도」 | 아미타여래가 25보살을 거느리고 스님(법연)을 극락세계로 맞이하기 위하여 험준한 산 너머에서 흰 구름을 타고 내려오는 모습을 그린 것이다. 일본 불화의 최고 명작 중 하나이다.

그러나 지은원의 역사를 보면 우리나라 고려와 조선 초기에 해당하는 시절에는 박해를 받아 이런 불화들을 소장할 형편이 안 되었음을 알 수 있다. 임진왜란 직후에도 그들 차지가 되기는 힘들었다. 나중에 알고 보니 이는 19세기 후반 메이지유신(明治維新) 이후 일어난 폐불훼석(廢佛毀釋)의 부산물이었다.

당시 지은원 75대 주지로 있었던 양로철정(養鸕徹定, 우가이 데쓰조)이라는 스님이 고미술에 조예가 깊어, 폐불훼석 광풍에 절집들이 불화·불상·경전 등 소장품들을 마구 내다 팔아버릴 때 열심히 이를 수집했다는

| 「관무량수경변상도」(왼쪽)와 「미륵하생경변상도」(오른쪽) | 「관무량수경변상도」는 극락세계를 볼 수 있는 16가지 방법을 설명한 그림이며, 「미륵하생경변상도」는 미륵이 중생들을 구제하는 모습을 그린 것이다.

것이다. 고서화에 탁월한 식견을 가진 주지스님 한 분의 안목이 이런 엄청난 컬렉션을 이룩한 것이다.

지은원에 소장된 「관무량수경변상도(觀無量壽經變相圖)」와 「미륵하생경변상도(彌勒下生經變相圖)」는 고려불화 중에서도 아주 드문 것으로 아미타여래도, 수월관음도, 지장보살도처럼 단독 도상이 아니라 모두 경전의 내용을 풀이한 변상도로 스토리를 갖고 있다. 충숙왕 10년(1323)에 설충(薛冲)이 그린 「관무량수경변상도」는 현재까지 알려진 2폭 중 하나로 극락세계를 볼 수 있는 16가지 방법을 압축적으로 보여주는데, 그림 상단에 있는 학과 꽃, 하단에 극락세계에서 연꽃으로 환생하는 모습 등이 아주 아름답게 묘사되어 있다.

「미륵하생경변상도」는 미륵이 이 땅에 내려와 그때까지 남아 있는 중생들을 구제하는 모습을 그린 것인데, 왕과 왕비까지 다투어 미륵 앞에 나아가 머리를 깎는 모습이 생생하다. 이 역시 현재까지 알려진 2폭 중 하나이다.

「오백나한도(五百羅漢圖)」는 조선 초기 불화로 추정되기도 하지만 나는 고려불화라고 생각하고 있다. 이 「오백나한도」는 단독 도상으로 그려진 것이 아니라 화면 속에 500명의 나한이 모두 그려진 유일한 예이고 놀라운 명작이다.

화면 위로 험준한 산들이 첩첩이 쌓여 있는데 화면 중앙의 석가삼존은 마치 동굴 속에 있는 듯하고 그 앞뒤, 아래위, 좌우로 십대제자와 오백나한이 무리지어 화면을 가득 메우고 있다. 그 군상을 표현한 집체미는 현대미술에서도 볼 수 없는 파격적이고 충격적인 화면 경영을 보여준다. 이 3폭의 고려불화가 국내엔 한 폭도 전하지 않는다.

지은원의 조선 초기 불화

일반적으로 조선불화는 고려불화에 비해 우리에게 잘 알려져 있지 않고 그 가치도 제대로 평가되지 않고 있다. 그러나 지은원에 소장된 조선 전기 불화 3폭을 보면 아마 독자들도 조선 전기 불화에 대해서 다시 생각하게 될 것이다.

잘 알다시피 조선왕조는 숭유억불 정책으로 불교에 엄청난 탄압을 가했다. 그러나 민중들의 가슴속에 DNA처럼 전해진 1천 년 전통의 불교신앙이 어느날 없앤다고 없어지는 것은 아니었다. 그것은 왕실도 마찬가지

| 「오백나한도」(왼쪽)와 「구품만다라」(오른쪽) | 「오백나한도」는 한 화면에 500명의 나한이 모두 그려진 유일한 예이고 놀라운 명작이다. 「구품만다라」는 세조 10년에 효령대군이 아버지인 태종의 명복을 빌기 위하여 이맹근에게 그리게 한 기념비적 조선불화다.

였다. 그래서 왕실에서도 불교에 독실한 분이 등장하면 그때마다 사찰이 지어지고 불화가 제작되었다.

김시습(金時習)과 가까웠던 효령대군은 원각사 낙성식에 참여했고, 세조는 아예 불교진흥책을 써서 상원사에 문수동자상을 봉안했으며, 문정왕후는 보우 스님이 회암사·봉은사에서 활약하도록 한 든든한 패트론이었다. 그것을 증언하는 작품이 적어 우리가 그 실체를 제대로 인식하지 못하고 있을 따름이다. 지은원에 소장된 3점의 조선 초기 불화는

이를 명확히 알려준다.

「구품(九品)만다라」는 세조 10년(1465)에 효령대군이 돌아가신 아버지인 태종의 명복을 빌기 위하여 화공 이맹근(李孟根)에게 그리게 한 불화이다. 그림 자체는 「관무량수경변상도」를 구품만다라로 축약해 도상이 간결하게 되어 있지만 그 제작 경위가 말해주는 역사적 의미는 대단히 크다고 하지 않을 수 없다.

기왕 설명한 김에 「지장본원경변상도(地藏本願經變相圖)」를 말하자면 그림도 그림이지만 선조 8년(1575)에 명종의 왕비인 인순왕후의 명복을 빌기 위하여 숙빈 윤씨가 발원한 사실이 갖는 역사성이 있다. 이때는 고려가 망한 지 150년이 넘게 지나 새로운 조선불화의 형식이 창조되어가던 시기이다. 화면 상단엔 지장보살과 지장시왕이 군림하고 있고 하단에는 중생들이 벌을 받는 지옥도가 묘사되어 있어 풍속화적인 요소가 많다. 이는 고려불화와는 또 다른 회화세계이다.

「관음32응신도(應身圖)」는 그림의 질로 보나 내력으로 보나 조선 초기 불화의 최고 명작으로 꼽히는 작품이다. 『관음경』에서 관음보살이 32가지 모습의 인간으로 변신하여 중생을 구제한다는 내용을 그림으로 도해한 것인데, 중앙에 너그러운 관음보살이 편안히 앉아 있고 그 주위 산골짝마다 구체적인 사례를 그려넣었다. 바위에는 각 장면의 구제 내용이 금으로 쓰여 있다. 불화와 산수화의 절묘한 만남이 이루어진 조선시대 회화의 명작이라고 하지 않을 수 없다.

이 그림은 조선 명종 5년(1550)에 인종의 명복을 빌기 위하여 인성왕후가 이자실(李自實)에게 명하여 그리게 하고 영암 월출산 도갑사에 봉

| 「관음32응신도」 | 관음보살이 32가지 모습의 인간으로 변신하여 중생을 구제한다는 내용의 그림으로 노비 출신 화가 이상좌의 그림이다. 불화와 산수화가 절묘하게 만난 조선 초기 회화의 최고 명작으로 꼽힌다.

| **건인사 정문** | 건인사는 교토에서 가장 오래된 선종 사찰이고 일본 차문화의 출발점이다. 그러나 게이샤가 지나다니는 기온 거리와 맞닿아 있어 완전히 길바닥에 나앉아 있는 듯했다.

안한 것으로 밝혀져 있다. 여기서 화공 이자실이 누구인가에 대해서는 여러 추측이 있었는데 근래에 발견된 김광국(金光國)의 『석농화원(石農畵苑)』에 의해 명종 때 활약한 전설적인 노비 출신 화가 이상좌(李上佐)로 확인되었다. 국내엔 이런 조선 전기 불화가 거의 전하지 않는다. 아마도 임진왜란 때 모두 약탈된 때문이 아닌가 생각된다.

지은원은 이처럼 엄청난 소장품을 갖고 있는 대규모 사찰임에도 아직 자체 박물관이 없어 모두 교토와 나라(奈良)의 국립박물관에 기탁되어 있다. 그 때문에 국내에서도 볼 수 없는 이 역사적 명작들을 지은원에 온다고 해도 볼 수 없으니 아쉽고 서운하지 않을 수 없다.

그래서 나는 그들(일본인들)은 내력이 있어 이 절을 찾지만 우리(한국인)는 사연이 있어서 이 절을 찾는다고 말하는 것이다. 이 점은 기온의 다른 명찰인 건인사도 마찬가지다.

| 건인사 삼문 | 건인사가 길가의 절집이 된 것은 메이지유신 시절의 폐불훼석 때문이다. 당시 일본의 모든 사찰이 부지의 약 90퍼센트를 강제수용 당했다.

게이샤의 거리와 맞닿은 건인사

건인사(建仁寺)는 가마쿠라시대에 창건된 기온 지구의 대표적인 명찰로, 역사적으로 말하자면 교토에서 가장 오래된 선종 사찰이고 일본 차 문화의 출발점이기도 하다. 그러나 내가 만난 건인사의 첫인상은 그런 것이 아니었다.

아주 오래 전, 처음 기온 거리에 갔을 때 게이샤가 지나다니는 것을 볼 수 있다는 하나미 소로를 거닐어보는데 그 길의 끝이 놀랍게도 건인사 뒷담에 맞닿아 있었다. 이게 어찌 된 셈판인가 싶어 담벼락을 따라 나아가보니 건인사는 완전히 길바닥에 나앉아 있는 절이었다.

방장 정원을 중심으로 한 건물 몇 채에만 담장이 둘러져 있을 뿐 선종 사찰 7당 가람의 삼문, 법당, 욕실 등이 한길 가에 늘어서 있고 칙사문(勅使門) 앞은 야사카 거리(八坂通り)가 가로지르고 있었다.

그나마 다행이라면 사찰 구역에 민가가 들어서지 않고 개산당(開山堂)을 비롯하여 대여섯 채의 탑두(塔頭) 사원이 길 양쪽에 포진해 있고 넓은 한길엔 벚꽃과 단풍(모미지), 그리고 차나무들이 식재되어 공원 같은 분위기를 자아내는 덕에 건인사가 왕년의 대찰이었음을 상상할 수 있다는 점이었다.

건인사가 이처럼 길가의 절집이 된 것은 필시 메이지유신 시절의 폐불훼석 때문일 텐데, 안내책자에 이런 사실을 언급하지 않는 것이 참으로 이상스러웠다. 건인사뿐 아니라 당시 일본의 모든 사찰이 엄청난 박해를 받아 대개는 사찰 땅의 90퍼센트를 강제수용 당했으면서도 그 아픔과 아쉬움은 고사하고 사찰의 역사를 말해주는 연표에도 이런 사실을 기록하지 않았다. 내가 폐불훼석의 피해를 명확히 언급해놓은 것을 본 것은 나라의 흥복사(興福寺)와 교토의 청수사(淸水寺) 안내서뿐이었다.

왜 그럴까? 일본인들이 자신의 과거 내지 역사를 기억하는 방식이 우리네와 다르기 때문일까? 천황이 행한 일에 대해 잘잘못을 언급하는 것이 금기시되어 있기 때문일까? 한 일본학 연구자가 『나의 문화유산답사기』 일본편에 대한 서평을 쓰면서 내가 폐불훼석 때 흥복사가 망가져가는 과정을 자세히 언급한 것이 일본인들에겐 충격일 것이라고 언급한 대목이 있어 오히려 내가 놀랐다. 그러면 일본에선 폐불훼석을 역사 교과서에서 어떻게 가르치고 있을까? 그저 의문일 뿐인데, 일본인들은 이것을 무지막지한 문화파괴로 심각하게 인식하지 않는다는 인상을 받았다.

영서 스님의 선종 도입

아무리 망가졌어도 건인사가 일본 역사에서 차지하는 절대적인 위상은 바뀔 수 없다. 그 역사적 위상이란 무로마치(室町)시대에 꽃핀 일본문화의 진수라 할 선종과 차문화가 모두 여기서 시작되었다는 사실이다. 건인사의 역사는 영서(榮西, 에이사이, 1141~1215) 선사의 등장과 함께 시작된다.

영서 스님은 13세에 히에이산 연력사로 들어가 이듬해 수계를 받고 천태 교학과 밀교 교학을 열심히 배웠다. 1168년, 28세 때 천태학을 좀더 깊이 배우고자 송나라로 건너가 천태산을 찾아갔으나 당시 송나라에서 천태학이 쇠퇴하고 임제종(臨濟宗)이라는 선종이 크게 일어나는 것을 보고 큰 충격을 받고 반년 뒤 돌아왔다.

귀국 후 그는 지방을 돌면서 선종의 참선에 의한 깨우침을 열심히 탐구했다. 그

| 영서 스님 | 건인사를 세운 영서 스님은 송나라에서 선종의 가르침을 받고 돌아왔다. 그때 차 종자를 가져와 각지에 나누어 주었는데 고산사에서 재배에 성공함으로써 일본 차문화의 출발점이 되었다.

러다 1187년, 47세 때 본격적으로 선종을 배우고자 다시 송나라로 가 5년간 머물면서 명찰을 순례하고 고승들의 가르침을 받고 돌아왔다. 그가 참선의 필수인 차를 일본에서도 재배하고자 차 종자를 가져온 것도 이때였다.

그러나 그가 귀국할 즈음 연력사 승려들이 조정에 건의하여 선종의 포교를 금지했다. 승군(僧軍) 조직까지 갖추고 있던 연력사는 오다 노부나가(織田信長)에 의해 완전히 소실될 때까지 막강한 파워를 갖고 있어 지은원에서도 천룡사(天龍寺)에서도 연력사 승려들이 천황과 쇼군을 통해 압력을 가하는 일이 계속되었다.

이 때문에 영서 스님은 교토가 아닌 규슈(九州) 하카타(博多)에 절을 세우고 머물렀고 선종을 포교하지도 못했다. 우리나라에서도 하대신라

때 도의 선사가 선종을 일으킬 때 경주의 불교계와 귀족들이 마귀 소리라며 박해하여 설악산으로 들어가 진전사 장로가 된 적이 있는데 이와 똑같은 사정이었다.

선종의 근본 취지가 계율에 따르는 것보다 깨우치는 것이 중요하고 신분과 관계없이 누구나 깨우친 자는 부처가 될 수 있다는 대단히 진보적인, 그러나 연력사 입장에서는 대단히 위험한 사상을 내포하고 있기 때문에 보수세력의 저항을 받은 것이다.

임제종 선종 사찰, 건인사

그러다 영서 스님이 선종을 일으키는 새로운 계기를 마련하게 된 것은 미나모토노 요리토모(源賴朝)가 쇼군이 되어 막부를 연 가마쿠라시대에 이르러서다. 당시 처음으로 정권을 잡은 무사 계급은 자신들에게 적합한 새로운 사상을 찾고 있었는데 선종이 그에 잘 맞아떨어진 것이다.

선종에서 자력으로 득도한다는 것은 개인의 능력을 중시하는 것이었으며 이는 실력을 기본으로 하는 무사들의 생리와 통했다. 이 점은 하대 신라에서 선종이 지방의 호족에게 지지를 받은 것과 사정이 똑같다. 그리고 선종은 대중적이라기보다 지적이라는 점에서 지배층의 정서와도 잘 부합했다. 또 참선의 수행에 동반되는 '청규(淸規)'라는 엄격한 규율과 단체수련 또한 무사세계의 그것과 통했다.

그리하여 1200년, 영서 스님은 요리토모의 미망인인 호조 마사코(北條政子)의 지원을 받아 가마쿠라에 수복사(壽福寺)라는 선사(禪寺)를 세웠다. 그리고 1202년, 쇼군으로부터 지금의 건인사가 위치한 땅을 기진받아 마침내 교토에서 선종을 펼치게 된 것이다. 당시는 일본 연호로 건인(建仁, 겐닌) 2년이었는데 바로 그 연호를 절 이름으로 내려준 것이다.

그리하여 건인사는 인화사, 연력사와 마찬가지로 연호를 절 이름으로 삼은 명찰로 태어났다.

영서 스님은 이렇게 교토에 임제종이라는 선종을 뿌리내렸지만, 그는 대단히 현실적이기도 하고 정치적이기도 하여 선종만을 고집하지 않고 천태, 밀교, 선종 셋을 아우르는 3종겸수(三宗兼修)를 지향했다. 그리하여 기존 불교계와 마찰을 일으키지 않았고 쇼군을 비롯하여 많은 무사 계급들이 다투어 임제종에 귀의했다.

훗날 건인사의 승려인 도원(道元, 도겐, 1200~53)은 임제종이 갖는 이런 정치적 타협성과 불순성에 반발하여 조동종(曹洞宗)이라는 선종 분파를 일으켜 참선을 위주로 하는 순수 선종을 지향했다.

영서 스님은 말년에 쇼군을 위하여 『끽다양생기(喫茶養生記)』라는 차에 관한 책을 저술하여 바쳤다. 차의 효용가치를 상세히 언급한 이 책은 일본 최초의 다서(茶書)이다.

영서 스님은 1215년 7월 5일, 75세로 세상을 떠났다. 오늘날에도 스님은 일본의 다조(茶祖)로서 존경받고 있으며, 건인사에서는 지금도 스님의 탄생일이 되면 4두다회(四頭茶會)라고 해서 4명의 다두(茶頭)가 각기 8명의 수행원을 데리고 격식에 맞추어 차를 마시는 다도의 원형을 재현하고 있다.

영서 스님 사후의 건인사와 방장 그림

영서 스님 사후 건인사는 한동안 재정적으로 어려움을 겪다가 동복사의 성일 국사(聖一國師)가 제10대 주지를 맡으면서 부흥기를 맞이했고, 이어 남송의 스님인 대각 선사(大覺禪師, 蘭溪道隆)가 11대 주지로 부임하면서 태·밀·선 3종겸수를 버리고 오로지 참선의 선풍을 일으킴으로써

| 방장 문에 그려진 「죽림칠현도」 | 모모야마시대 화가 가이호 유쇼가 그린 그림으로 인물의 묘사가 정확하고, 필치가 아주 곱고 세련되었으며, 여백을 살린 공간 운영도 시원스럽다.

명실공히 임제종 사찰이 되었다.

　무로마치시대에 들어서는 조정에서 사찰에 등급을 매기는 '교토 5산' 제도를 갖추게 되는데 건인사는 줄곧 제3위의 지위를 차지했다.

　이처럼 역사와 권위를 지닌 건인사였지만 불행히도 1552년에 대화재를 입어 가람이 거의 다 소실되었다. 건인사가 재건된 것은 도요토미 히데요시의 지원으로 히로시마(廣島)에 있는 안국사(安國寺)의 방장 건물을 옮겨다 지어 다시 새 모습으로 단장하면서였다.

　옛날 일본에선 건물의 이축(移築)이 종종 이루어졌는데, 이는 목조건물의 기둥, 들보, 서까래 등 건축 부재들이 못을 쓰지 않고 결구로 이어져 있어 해체·이전이 얼마든지 가능했기 때문이다.

　옮겨온 방장 실내의 미닫이 문짝에는 모모야마(桃山)시대 대표적인 화가인 가이호 유쇼(海北友松, 1533~1615)가 그림을 그렸는데 그 작품들은

| **가노 산라쿠의 인물화** | 칸막이에 그려진 에도시대 화가 가노 산라쿠의 인물화는 담백한 맛이 있어 눈길이 간다.

모두 일본의 중요문화재로 지정되어 있다. 모두 수묵담채화로 「죽림칠현도」「상산사호도(商山四皓圖)」 등 중국 고사인물도와 「산수도」「화조도」「운룡도(雲龍圖)」 등이다. 인물과 동물의 묘사가 정확하고, 필치가 아주 고우면서도 세련되었으며, 여백을 살린 공간 운영도 시원스럽다. 이 그림들은 전형적인 명나라 절강성(浙江省) 화가들의 화풍을 따른 것으로 동시대 조선의 학림정(鶴林正) 이경윤(李慶胤)의 필치와 놀라울 정도로 비슷하다. 쓰이타테(衝立)라고 부르는 커다란 칸막이에 에도시대 가노 산라쿠(狩野山樂, 1559~1635)의 담백한 인물화가 그려져 있는 것도 볼만했다.

에도시대에 들어서서 법당이 복원되고(1765), 개산당(開山堂), 영동원(靈洞院) 등 탑두 사원이 세워지며, 유서 깊은 다실도 이축해 대가람의 격식을 갖추어갔다. 메이지시대에 폐불훼석의 피해를 입었지만 20세기 들어

| **법당 천장의 「쌍룡도」** | 2002년 건인사 창건 800년을 기념하여 법당 천장에 옛 법식에 따라 쌍룡도를 장식했다.

와서도 여러 건물을 이축·신축하면서 여전히 임제종 대본산으로 오늘에
이르고 있다.

2002년엔 창건 800년을 기념하여 법당 천장에 거대한 「쌍룡도」(고이즈
미 준사쿠小泉淳作 그림)가 그려졌고 올봄(2014년 3~5월)엔 도쿄국립박물관에
서 영서 스님 800주기를 맞이하여 「영서와 건인사」라는 특별전이 열리
기도 했다.

일본 국보, 소타쓰의 「풍신뇌신도」

지난겨울(2013년 12월) 내가 건인사를 답사했을 때는 마침 건인사가 자
랑하는 일본 국보인 다와라야 소타쓰(俵屋宗達)의 「풍신뇌신도(風神雷
神圖)」가 특별 공개되고 있었다. 에도시대 초기의 전설적인 화가인 소타

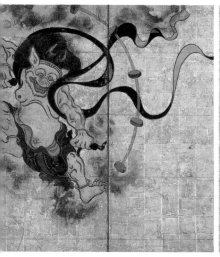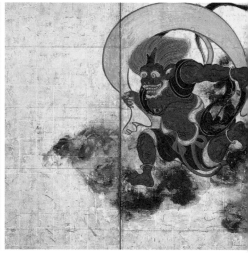

| **「풍신뇌신도」** | 에도시대 초기의 전설적인 화가인 다와라야 소타쓰의 그림으로 일본 국보로 지정되었다. 바람주머니를 어깨에 이고 치달리는 풍신과 북을 짊어지고 있는 뇌신이 모두 완강한 근육질로 표현되어 있다.

쓰의 이 그림은 웬만한 일본미술사 책에 다 실려 있다. 그렇지 않다면 그 책은 매우 간략한 책이거나 부실한 미술사 책임이 틀림없다.

일본의 불교는 우리와 사뭇 달라서 민간신앙의 신이 부처의 세계에 자연스럽게 스며드는 신불습합(神佛習合)이 이루어졌고, 또 본래의 불보살이 일본 땅으로 내려와 일본 신의 모습으로 중생을 구제한다는 본지수적설(本地垂迹說)이 나타났다. 즉 신불동체(神佛同體)가 성립한 것이다. 그리하여 생긴 대표적인 신이 풍신과 뇌신이다. 전통신앙에서는 필시 농사신이었을 이들이 불교에 들어와서는 강력한 수호신이 된 것이다.

풍신과 뇌신의 조각상으로는 삼십삼간당(三十三間堂)에 웅장하고도 빼어난 작품이 있는데 회화로는 소타쓰의 이 작품이 손꼽힌다. 금판 가리개 두 폭에 풍신과 뇌신을 그렸는데 바람주머니를 어깨에 이고 치달리는 풍신과 북을 짊어지고 있는 뇌신이 모두 완강한 근육질로 표현되어 있으며 역동적인 포즈로 천의자락을 휘날리며 강한 동세를 일으킨다. 구름을 나타내는 번지기 기법 외에는 여백을 모두 금판으로 장식했다. 가히 명불허전이다.

회화사적인 의의도 크다. 그간 일본의 장벽화에 나타난 그림들은 장식성이 강하여 깔끔한 디자인적인 마무리를 보이지만 이 그림은 생동하는 붓놀림과 실감나는 묘사라는 순수회화적인 요소가 강하다. 참으로 통쾌한 그림이다.

그리고 방장의 미닫이문에 그린 가이호 유쇼의 후스마에(襖繪) 그림들은 1934년 태풍으로 방장이 붕괴되었을 때 피해를 입어, 원화는 보존처리하여 박물관에 기탁하고 여기엔 실물대로 정교하게 복제해놓았다. 그래서 마음껏 안으로 들어가 볼 수 있어 오히려 편했다.

비록 복제화이지만 그림의 제작 조건과 함께 스케일을 명확히 알 수 있어 박물관 진열장에서는 느낄 수 없는 우아하고 품위있고 시원스러운 느낌을 받았다. 교토의 명찰에는 거의 다 방장이 있지만 그 안을 이렇게 마음대로 둘러볼 수 있는 곳은 천룡사 소방장과 건인사뿐이다.

건인사의 정원과 노지 다실

일본미의 해답을 찾아가는 나의 순례길에 첫 답사처로 건인사를 들른다는 것에는 두 가지 큰 의의가 있다. 하나는 일본미의 근저를 이루는 선종이 어떤 경로로 일본에 들어오게 되었는가를 명확히 알려주는 것이고, 또 하나는 일본미의 해답을 풀어가기 전에 그 힌트를 여기서 엿볼 수 있다는 점이다.

건인사에서는 앞으로 우리가 수없이 만나게 될 일본 정원의 여러 요소를 맛볼 수 있다. 방장 건물의 구조, 수묵화의 깊고 그윽한 미감, 마른

산수〔枯山水, 가레산스이〕라는 석정(石庭)의 추상적 디자인, 다실과 노지의 검박한 아름다움. 일본미가 구체적으로 구현된 그 형식들을 모두 예고편 내지 입문편으로 여기서 맛볼 수 있는 것이다.

대부분의 선종 사찰이 그렇듯이 건인사 방장의 넓은 툇마루 앞에도 마른 산수라 불리는 석정이 있다. 이 석정은 메이지시대에 조성된 것이어서 연륜이 짧지만 백사(白砂)의 면적이 넓고 막힘이 없어 참으로 웅장한 인상을 준다. 이름도 대웅원(大雄苑)이다. 석정에서 중요한 것의 하나는 담장과 그 너머의 풍경인데 이 대웅원은 마주하고 있는 2층 전각인 불전을 차경(借景)으로 끌어안고 있어 더욱 장대한 느낌을 준다.

건인사 안쪽에는 작은 정원이 둘 있다. 하나는 방장과 대서원 건물을 이어주는 낭하(廊下) 한쪽에 있는 조음정(潮音庭)이다. 20세기의 작정가 (作庭家) 기타야마 야스오(北山安夫)의 작품으로 이끼에 덮인 나지막한

| 조음정 | 이끼에 덮인 나지막한 흙무지 중앙에 3개의 돌이 놓여 있는데 사방 어디에서 보아도 정면관을 이룬다. 정원 한쪽의 작은 물줄기에서 맑은 소리가 일어 조음정이라는 이름이 붙었다.

흙무지 중앙에 3개의 돌〔景石〕이 삼존석(三尊石)으로 놓여 있는데 사방 어디에서 보아도 정면관을 이루는 것이 특징이다. 정원 한쪽에 흐르는 작은 물줄기에서 맑은 소리가 일어 조음정이라는 이름을 갖고 있다.

또 하나는 ○△□ 정원이다. 조음정 남쪽, 사방이 낭하로 둘러싸인 이 작은 정원은 이끼, 나무, 돌, 우물로 구성되어 있는데 우물은 □, 흰동백나무는 △, 이끼 언덕은 ○를 상징한다는 것이다. 이것이 작정가의 의도적인 표현인지 사람들이 그렇게 본 것인지는 알 수 없으나, 일본의 정원에는 흔히 이런 상징성이 있고 또 그들이 그런 추상적 사유를 즐긴다는 것을 단적으로 보여준다.

방장 밖으로 나가 뒤쪽 뜨락으로 가면 영조당(靈照堂)이라는 아담한 묘당(廟堂)을 지나 동양방(東陽坊, 도요보)이라는 전형적인 다실이 있다. 일본 다도를 정립한 센노 리큐가 다다미 2장 반짜리 초암(草庵) 다실을

| ○△□ 정원 | 조음정 남쪽, 사방이 낭하로 둘러싸인 이 작은 정원은 이끼, 나무, 돌, 우물로 구성되어 있는데 우물은 □, 흰동백나무는 △, 이끼 언덕은 ○를 상징한다.

지은 이래로 유행한 검소하고 소박한 다실과 노지(露地)라고 부르는 조출한 정원을 맛볼 수 있다.

이 다실은 도요토미 히데요시가 1587년에 개최한 기타노 대다회(北野大茶會) 때 사용된 건물로 1921년에 이곳으로 옮겨온 것이라고 한다. 센노 리큐의 제자인 도요보 조세이(東陽坊長盛)가 이 다실을 좋아한 인연으로 동양방이라는 이름을 얻게 되었다고 한다. 여기까지가 건인사 답사의 끝이다.

건인사의 고려팔만대장경

그러나 나의 건인사 이야기가 다 끝나는 것은 아니다. 여기까지는 그네들의 내력이고, 우리의 사연이 따로 있다. 이 절에 전하는 고려팔만대

| **동양방** | 방장 밖 뒤뜰에 있는 전형적인 다실이다. 센노 리큐 이래로 유행한 검소하고 소박한 다실과 노지(露地)라고 부르는 조촐한 정원을 맛볼 수 있다.

장경 이야기이다. 현재 건인사에는 고려팔만대장경이 두 가지 장정 형태로 남아 있다. 하나는 절첩(折帖) 형식으로 326첩이고, 또 하나는 책자 형식으로 136책이다.

일본은 일찍부터 고려대장경을 구하고 싶어했다. 고려 말 우왕 14년(1388) 사신을 통해 요청한 것을 필두로 하여 조선왕조에 들어와서는 아주 적극적으로 요청했다.『조선왕조실록』에는 일본의 대장경 요청 기사가 150여 년간에 걸쳐 총 82회나 나온다.

일본국왕의 이름으로 쇼군이 승려를 사신으로 보내기도 했고, 쓰시마(對馬) 번주나 야마구치(山口) 지역의 오우치(大內) 다이묘(大名)가 별도로 사신을 보내기도 했다. 이들은 많은 토산물을 선물로 가져와서는 이에 대한 답례로 대장경을 요구했다. 문종 즉위년(1450)엔 대장경을 함(函)까지 갖추어 보내주었다. 그렇게 일본으로 건너간 팔만대장경이 얼

| 영조당 | 방장 옆으로 돌아 동양방 다실로 가다보면 백사 마당 건너편에 영조당이라는 아담한 건물이 있는 것을 볼 수 있다. 건인사에는 이런 작은 건물들이 곳곳에 배치되어 있어 디테일이 살아 있는 사찰이라는 인상을 준다.

마나 되는지 헤아리기조차 힘들다. 일본의 요청에 번번이 경판(經板)을 인출해내는 것이 얼마나 귀찮았는지 『조선왕조실록』 태종 14년(1414)조에는 아예 원판을 주어버리자는 얘기까지 나온다.

"이제 일본에서 대장경을 청하니 (…) 만약 경판을 보낸다면 뒤에 비록 다시 청하더라도 막을 수 있는 구실이 있게 된다."

이에 청성군(淸城君) 정탁(鄭擢)이 말하기를,

"일본 사신이 왕래하는 것은 불법(佛法)을 구하기 위한 것이니, 만약 경판을 보낸다면 다시 오지 않을까 두렵습니다."

라고 했다. (…) 이에 예조에서 경(經)을 주지 말고 종(鍾)을 주고자 하니, 임금이 예조에 다음과 같이 명했다. (…)

"여흥(驪興, 오늘날의 여주) 신륵사(神勒寺)에 소장된 대장경 전부를 일본국왕에게 보내고, 영산(寧山) 풍세현(豊歲縣) 광덕사(廣德寺)에 소장된 대반야경 전부를 사신에게 주어라."

건인사의 고려대장경은 1457년에 은각사를 세운 아시카가 요시마사(足利義政)의 명을 받은 설암(雪巖, 세쓰간)이라는 승려가 조선에 와서 구해간 것이다. 이 사실은 『조선왕조실록』 세조 3년(1457)에 실려 있다.

설암이 이렇게 구해간 대장경은 1458년에 쇼군이 건인사에서 직접 열람했다는 기록이 남아 있다. 당시 건인사에는 팔만대장경 7천여 권의 완질이 있었는데 1837년 화재로 대부분을 잃고 지금은 이렇게 일부만 남아 있는 것이다.

무로마치시대 일본의 대장경에 대한 요구가 이처럼 열화 같았던 것은 고려대장경의 우수함을 흠모한 문화적 열망 때문이었다. 그것은 문명의 수입 차원이었다고 할 수 있다.

이에 비해 조선왕조는 숭유억불 정책으로 사실상 '쓸모없게' 된 대장경을 주는 데 인색하지 않았던 것이다. 심지어는 불상, 불화, 고려 범종까지 답례품으로 주었다. 그때는 문화재라는 개념이 없었던 시절이었다.

나는 건인사가 길바닥에 나앉게 된 폐불훼석의 광폭함을 일본인들이 얼마나 제대로 인식하고 있는가 의심했는데, 마찬가지로 조선왕조가 숭유억불의 폐불 정책으로 대장경을 비롯한 많은 불교 문화재를 외교적 답례품으로 일본에 주었다는 사실을 한국인들이 얼마나 알고 있는가에 대하여 똑같은 질문을 던지지 않을 수 없다. 시각은 공정해야 하고, 잣대는 똑같아야 한다.

지은원이고 건인사고 기온 거리고 일본을 답사하다보면 이처럼 그들에겐 내력이 있지만 우리에겐 사연이 있어 다른 외국 여행과 달리 우리 자신을 되돌아보는 계기가 된다.

무가(武家)에 권력이 있다면
공가(公家)에는 권위가 있다

고다이고 천황 / 사가노 들판과 광택지 / 노렌이 드리워진 현관 /
신전과 무악대 / 낭하 / 가노파의 화려한 장벽화 / 오대당 /
대택지의 관월대 / 나코소의 다키

사가노의 두 명찰

교토의 서북쪽 넓은 들판을 사가(嵯峨), 또는 사가노(嵯峨野)라고 부른다. 사가노 들판 북쪽은 높은 아타고산(愛宕山, 표고 924미터)에서 동쪽으로 뻗어내린 산줄기가 점점 낮게 굽이치듯 흘러내려 인화사·용안사·금각사의 뒷산까지 이어지고, 들판 남쪽은 가쓰라강(桂川)의 물줄기가 아름다운 아라시야마(嵐山)와 가메야마(龜山)를 허리에 끼고 맴돌아 흘러내린다.

산은 푸르고, 물은 맑고, 들판은 넓어 헤이안시대 초기부터 왕과 귀족들이 사냥하며 노니는 유렵지(遊獵地)였고, 사가(嵯峨) 천황, 가메야마 천황 등 천황가의 이궁(離宮)과 귀족의 은거지가 되었다. 이후 사가노 일대에는 무수히 많은 절들이 들어서서 오늘에 이르고 있는데 그중 대표적인 사찰이 대각사(大覺寺, 다이카쿠지)와 천룡사(天龍寺, 덴류지)다.

짧은 일정이라면 당연히 천룡사를 답사하는 것으로 만족해야겠지만 둘 다 다녀온다면 대각사부터 들르는 것이 순서다. 대각사는 일본 역사에서 가장 드라마틱하게 등장하는 절의 하나로, 가마쿠라시대가 막을 내리고 무로마치시대로 넘어가는 과도기에 두 명의 천황이 동시에 존재하던 남북조(南北朝)시대 60년간의 처음과 끝에 이 대각사가 등장한다.

일본 역사가 다른 나라와 크게 다른 점은 정권은 바뀌어도 천황은 폐위시키지 않았다는 점이다. 가마쿠라시대부터 본격적으로 무인정권시대로 들어가 정치적 실권은 쇼군에게 있었지만 쇼군을 임명하는 것은 어디까지나 천황이었다. 그러나 다음 천황을 누구로 옹립하느냐는 전적으로 쇼군의 뜻에 달렸으니 천황의 위상은 형식에 불과했다.

그렇다고 쇼군이 맘대로 할 수 있는 것은 아니었다. 천황가에서 중요한 것은 혈통인데 변란을 자주 겪으면서 천황가의 가계가 여러 지맥으로 나뉘어 아주 복잡해졌고, 왕위 계승 문제, 천황에서 물러난 상황(上皇)이 펼치는 원정(院政, 인세이)의 권한 문제, 상황이 복수로 존재하는 복잡한 관계, 왕실 소속 장원의 상속 문제 등으로 갈등이 빚어지고 있었다. 이에 막부는 해결책으로 대각사통(大覺寺統)과 지명원통(持明院統) 두 계통이 교대로 천황이 되는 방식을 취했다.

그런데 1318년 대각사통으로 즉위한 고다이고(後醍醐) 천황은 즉위 당시 31세로 대단히 야심만만한 사나이였다. 그는 막부를 토벌하고 천황이 직접 통치하는 왕정복고의 뜻을 품었다.

고다이고 천황의 막부 토벌

즉위 6년 뒤인 1324년, 고다이고 천황은 은밀히 막부를 타도하려는 거사 계획을 세웠다. 그러나 한 무사가 이 모의를 자기 부인에게 털어놓는 바람에 들통이 나서 실패했다. 이때 막부는 천황을 추궁하지 않았다.

7년 뒤인 1331년, 고다이고 천황은 승병과 연합하여 다시 거사 계획을 세웠다. 그러나 이번에도 누설되어 실패했다. 이에 막부는 지명원통인 고곤(光嚴) 천황을 새로 즉위시키고 고다이고 천황을 오키(隱岐)섬으로 유배 보냈다.

그러나 고다이고 천황은 불굴의 사나이였다. 유배 온 그해 겨울 그는 아들에게 막부에 반감을 갖고 있던 교토 인근 지역의 신흥 무사와 '악당(惡黨)'이라 불리는 무리들을 불러모아 봉기를 일으키게 했다. 양측이 치열한 공방전을 벌이는 동안 고다이고 천황은 오키섬을 탈출하여 막부 공격에 가담했다.

| **고다이고 천황** | 31세 나이에 즉위한 고다이고 천황은 대단히 야심만만한 사나이로, 천황이 직접 통치하는 왕정복고의 뜻을 품었다. 뜻대로 막부를 토벌했으나 결국은 일본이 남북조시대로 분열하는 결과를 가져왔다.

이런 상황에서 그에게 결정적인 도움을 준 것이 조만간 무로마치 막부를 열게 되는 아시카가 다카우지(足利高氏)와 닛타 요시사다(新田義貞)였다. 다카우지는 교토를 공격하고, 요시사다는 가마쿠라를 함락시킴으로써 가마쿠라시대는 막을 내렸다. 이에 천황은 아시카가에게 '존(尊)' 자를 내려주어 이후 '다카우지(高氏)'는 '존씨(尊氏)'라고 썼다.

겐무 신정과 남북조시대

1333년, 막부를 멸망시킨 뒤 고다이고 천황은 마침내 소원대로 친정을 시작했다. 이듬해 그는 연호를 겐무(建武)라고 바꾸고 여러 가지 새로운 정책을 시행했다. 이를 '겐무 신정(新政)'이라고 한다.

그러나 겐무 신정은 성급하게 개혁을 추진하면서 많은 무리가 따랐다. 막부 타도에 공이 큰 무사들은 포상이 소홀하자 불만을 토로했다. 농민들은 생활이 나아지기는커녕 오히려 세금이 늘어 실망이 컸다. 여기에다 무가와 천황가 사이에 반목이 일어났다.

결국 1336년 아시카가 다카우지가 천황을 이반하여 2년 만에 겐무 신정을 폐기해버리고 교토 시내의 무로마치(室町)에 막부를 세웠다. 그리고 지명원통의 고묘(光明) 천황을 옹립하고 자신은 정식으로 쇼군에 취임했다.

그러자 고다이고 천황은 천황의 상징인 3종의 신기(神器, 검·거울·곡옥)를 들고 남쪽으로 탈주하여 교토 남쪽 요시노(吉野)에 진을 치고 천황의 정통성을 주장했다. 이리하여 일본 역사상 처음으로 두 명의 천황이 존재하는 남북조시대가 시작되었다. 교토의 고묘 천황 세력을 북조, 요시노에 있는 고다이고 천황 세력을 남조라 했다.

남조의 고다이고 천황은 북조 정벌을 갈망했지만 1339년 요시노로 내려온 지 3년 만에 생애를 마쳤다. 향년 52세의 파란만장한 일생이었다. 그는 유언을 남기면서 "내 뼈는 요시노의 이끼에 묻혀도 혼백은 언제나 북궐(北闕, 교토)을 바라보리"라고 했다고 한다.

남북조의 대립은 이후 양쪽 모두 몇 대의 천황을 이어가며 계속되었다. 그러다 1392년 남조의 천황이 북조의 천황에게 양보하는 대신 황태자는 남조 측에서 삼는다는 조건으로 3종의 신기를 넘겨주고 퇴위함으

| 사가노 들판 | 대각사로 가는 길은 농가의 시정이 가득하다. 멀리 병풍처럼 길게 두른 산자락 아래 옹기종기 작은 집들이 동네를 이루고 있는 것이 우리나라 농촌 풍경과 아주 흡사하다.

로써 60년간의 남북조 동란은 끝을 맺게 되었다. 그 강화회의가 열린 곳이 바로 대각사였다.

사가노의 들판 풍경

대각사로 가는 길은 농가의 시정이 가득하다. 사가노의 아래쪽 큰길은 주택가를 지나기 때문에 풍광이랄 것이 없지만, 금각사·용안사·인화사를 거쳐서 사뭇 서쪽으로 뻗은 북쪽 2차선 도로는 낙북(洛北)의 산자락에 바짝 붙어 달리기 때문에 차창 밖으로 사가노 들판의 평화로운 전원 풍경이 펼쳐진다. 멀리 병풍처럼 길게 두른 산자락 아래로는 옹기종기 작은 집들이 동네를 이루고 있는데 한여름이면 넓은 들판에 벼가 한창 익어간다.

그러다 얼마만큼 가다보면 갑자기 넓은 호수가 나타나면서 사가노 들판이 더욱 환하게 트이고 저 멀리로 산자락이 펼쳐진다. 호숫가에는 갈대가 무리지어 자라고 있다. 키 큰 갈대는 가는 줄기를 서로 의지하고 꼿꼿이 서 있다가 지나가는 자동차가 일으키는 바람에 잠시 누웠다가는 다시 몸을 일으킨다.

지난여름 일반인 답사회원들과 이 길로 대각사를 가는데 뒷자리에 앉은 중년의 여성 회원이 참다못해 묻는다는 듯 조용히 물어왔다.

"이 호수가 대각사 옆에 있다는 그 호수인가요?"

"아뇨, 대각사는 좀더 가야 나오고 이 호수는 광택지(廣澤池, 히로사와노 이케)라고 합니다."

"여기도 참 아름답네요. 차에서 내려 마냥 걸어보고 싶어요."

| 광택지 갈대밭 | 도래인 하타씨들이 개척한 저수지로 추정되는 광택지는 사가노 일대를 풍요로운 농지로 만들었다. 호숫가에는 갈대가 무리지어 있어 짙은 서정이 일어난다.

"저도 그렇게 해드리고 싶지만 여긴 찻길도 좁고 버스를 주차할 곳이 없어요."

나도 10년 전 대각사로 가는 길에 처음으로 광택지의 아련한 풍광을 차창 밖으로만 보았다. 그러다 작년(2013) 겨울, 홀로 교토를 답사할 때 처음 들러보게 되었다. 갈대의 서정 때문이 아니라 도래인 하타씨(秦氏)의 자취를 보기 위해서였다.

광택지의 유래

둘레 1.3킬로미터의 작지 않은 이 호수의 유래에 대해서는 두 가지 설이 전한다. 하나는 10세기에 창건한 편조사(遍照寺)의 정원 연못으로 조성된 것이라는 설이고, 또 하나는 8세기에 하타씨 일족이 이곳으로 진출해서 만든 것이라는 설이다.

전자는 호수 한쪽에 남아 있는 편조사 터에 근거를 두고 있고, 하타씨설은 광택지 뒷산인 아사하라산(朝原山, 표고 231미터)이라는 이름의 유래에서 하타씨와의 연관을 찾고 있다(박종명朴鐘鳴 편저『교토 속의 조선(京都のなかの朝鮮)』, 明石書店 1998, 57면).

『일본서기』776년조에는 다음과 같은 기록이 있다.

가도노군(葛野郡, 사가노 일대의 옛 지명)에 사는 하타노 이미키(秦忌寸) 등 97명에게 아사하라노 이미키(朝原忌寸)라는 성씨를 부여했다.

이로 미루어 볼 때 하타씨 일족이 산비탈 아래에 있는 이 땅에 광택지라는 큰 저수지를 만들어 광활한 농지를 개척한 공로로 아사하라라는 성씨를 부여받은 것이 아닌가 생각된다. 이는 광륭사(廣隆寺) 진하승(秦河勝, 하타노 가와카쓰)의 조상들이 누에를 키워 비단을 만든 공으로 우즈마사(太秦)라는 성씨를 부여받은 것과 마찬가지 대우인 셈이다.

이런 사실은 이 지역에 분포되어 있는 많은 고분들이 뒷받침해주고 있다. 광륭사 가까이에 뱀무덤을 비롯한 고분이 있듯이, 광택지 주위로는 6세기 말부터 7세기 전반에 걸친 고분 약 30여 기가 확인되고 있다.

그중 대표적인 것은 대각사 앞 고등학교 운동장과 인접해 있는 마루야마(圓山) 고분으로, 여기서는 신라식 금팔찌, 둥근고리긴칼(環頭大刀), 신라 토기를 닮은 스에키(須惠器)가 출토되었다고 한다. 아사하라씨는 이후 『일본서기』에 몇 차례 더 등장한다.

| **광택지의 변천당** | 광택지 한쪽에 있는 관음도라는 작은 섬에는 재복을 불러준다는 변재천을 모신 사당이 있다.

광택지의 어제와 오늘

이렇게 만들어진 저수지로 사가노 들판은 풍요로운 농지가 되었고, 헤이안시대에 들어서는 들판 한쪽 켠, 오늘날의 대각사 자리에 사가 천황의 별궁이 들어섰다. 세월의 흐름 속에서 호젓하면서도 아련한 서정을 듬뿍 담은 광택지는 많은 시인·묵객들의 시심을 일으켜 그들이 남긴 글들이 호숫가에 시비로 세워져 있다. 이 광택지는 추석 보름달이 뜰 때 더욱 아름다워 대각사의 대택지(大澤池)와 함께 오늘날까지 중추(仲秋) 관월(觀月)의 명소로 알려져 있다.

광택지 곁에 편조사라는 절이 들어선 것은 989년이라고 하는데 이 절이 무슨 이유로 폐사되었는지에 대해서는 알려진 바가 없고, 서쪽 호숫가에 다리로 연결된 관음도(觀音島)라는 작은 섬에 신통력으로 이름난 십일면천수관음보살상과 돈 잘 벌게 해준다는 변재천(弁才天)을 모신

| **십일면천수관음보살상** | 관음도 입구에는 신통력이 영험하기로 유명한 석조 십일면천수관음보살상이 서 있다.

사당이 있어 불교와의 인연을 말해줄 뿐이다.

오히려 오늘날 유명한 것은 매년 12월에 열리는 '잉어 잡아올리기〔鯉
上げ, 고이아게〕'라고 한다. 겨울철이면 호수 정화를 위해 물을 빼고 진흙
을 제거하는데 이때 봄부터 양식한 잉어를 잡아 요정과 일반인에게 판
매하는 것이 한겨울 광택지의 풍물이 된 것이다.

지난겨울 저녁나절 찾아오는 이 없는 광택지에 가서 마른 갈대가 무
성한 호숫가를 홀로 거닐며 그 옛날을 생각해보는데 안내판 어디에도
내가 알고 있는 하타씨의 후손 아사하라씨의 이야기는 없었다.

오직 저 멀리 산그늘이 점점 짙어가는 아사하라산만이 내 발걸음을
묵묵히 지켜보고 있었다.

| **대각사 입구** | 대각사 입구는 다른 유명 사찰들과는 달리 고급 주택가이고, 잘생긴 노송들이 사찰 안쪽으로 방문객을 인도해서 입구부터 품위가 남다르다.

대각사의 전신, 사가 어소

광택지에서 대각사까지는 불과 800미터로 가까운 거리다. 대각사 입구는 제법 큰 규모의 저택들이 줄지어 있는 고급 주택가이다. 진입로에 상점이 늘어선 다른 유명한 절들과는 달리 잘생긴 노송들이 사찰 안쪽으로 방문객을 인도한다. 입구부터 품위가 남다르다.

대각사의 정식 명칭 앞에는 '구 사가 어소(舊嵯峨御所)'라는 말이 붙어 있다. 여기에서도 알 수 있듯이 대각사의 전신은 사가 천황이 살던 별궁이었다.

사가 천황은 아버지 간무(桓武) 천황이 교토로 천도하여 헤이안시대를 연 지 15년이 지난 809년에 즉위했다. 즉위 초에는 귀족들이 정치에 개입하여 천황과 상황 사이에 알력이 일어났지만 청수사를 세운 사카노우에노 다무라마로(坂上田村麻呂) 장군을 보내 귀족들의 준동을 무력으

| 중추 관월 풍경 | 오늘날에도 대택지에서는 추석이면 뱃머리에 봉황이 조각된 배를 띄우는 '관월의 저녁' 행사가
열리는데, 사가 천황 때부터 시작된 것이라고 한다.

로 제압했다. 그 뒤로는 안정적 토대 위에서 율령제도의 뿌리를 내리고
군주다운 통치를 할 수 있었다. 역대 천황 중 천황다운 권력과 권위를 모
두 쥐고 있던 것은 사실상 사가 천황이 마지막이기도 했다.

사가 천황은 학예에 뛰어난 당대 최고의 문화인으로 인문군주다운 면
모가 있었다. 연력사 최징(最澄, 사이초)과 동사(東寺) 공해(空海, 구카이)
스님의 활약은 사가 천황의 강력한 지원 아래 가능했다. 그는 시문에 능
했을 뿐만 아니라 공해와 더불어 당대의 명필로 꼽혔다.

사가 천황은 불심도 깊어 『반야심경』을 사서(寫書)하면서 1자(字) 3배
(拜), 즉 한 자 쓸 때마다 삼배를 올렸다고 한다. 이를 계기로 대각사는
『반야심경』 근본도량으로 매월 3회 사경법회를 열고 있으며, 사가 천황
을 비롯해 여기서 삶을 보낸 역대 천황들이 쓴 『반야심경』이 심경전(心
經殿)에 모셔져 있다.

사가 천황은 아취 있는 풍류의 군주이기도 했다. 오늘날 대택지에서 추석이면 뱃머리에 봉황이 조각된 배를 띄우고 여는 '관월의 저녁(觀月の夕べ)'은 사가 천황 때부터 시작된 것이라고 한다.

또 그는 국화꽃을 사랑하여 뜰에 있는 국화꽃을 꺾어 병에 꽂고 궁인들과 즐기며 시를 짓곤 했다. 이것이 일본 꽃꽂이의 시작으로, 이곳의 전통적인 꽃꽂이를 '이케바나(生花) 사가어류(嵯峨御流)'라고 하여 전국에 150여 분소를 두고 있으며 매년 4월이면 '사가 천황 봉헌(奉獻) 화도제(華道祭)'를 열고 있다.

사가 천황이 여기에 별궁을 지은 것은 왕비를 맞으면서였다. 그는 당나라 문화를 흠모하여 이 전각 이름을 중국 장안 북쪽에 있는 차아산(嵯峨山)의 이름을 따 사가원(嵯峨院)이라고 했고, 대택지라는 거대한 호수를 조성한 것은 동정호(洞庭湖)를 본뜬 것이라고 한다.

사가 천황은 어소보다도 이곳을 더 좋아하여 자주 기거했기 때문에 사가원은 곧 사가 어소라고 불리게 되었다. 사가 천황의 묘소는 사가원 뒤쪽 아사하라산에 있다고 한다.

문적사원 대각사

사가 어소가 대각사로 다시 태어난 것은 876년, 사가 천황의 딸이자 준나(淳和) 천황의 왕비가 중이 된 둘째아들을 개산조로 하여 개창한 것이었다. 이후 역대로 왕자나 법황(法皇, 스님이 된 천황)이 문적(門跡, 몬세키, 주지직)을 맞는 문적사원이 되었다.

1307년 고우다(後宇多) 천황이 출가하여 대각사의 22대 문적을 맡으면서 거대한 규모의 사찰이 되었고 그때의 모습이 「대각사 가람도」에 남아 있는데 지금의 대각사 자리가 아니라 대택지 북쪽에 있었다. 그후 그

| **대각사의 소나무** | 대각사 경내로 들어서면 소나무와 그 너머로 보이는 건물들의 품위있는 모습에 압도된다. 같은 문적사원인 인화사의 어전 입구와 비슷한 왕가의 품위를 보여준다.

의 왕손들은 대각사통이라고 불리게 되었다.

그러나 1336년 화재로 이 절은 크게 소실되었고 1392년엔 역사적인 남북조 강화회의가 여기서 열렸다. 그러다 교토를 불바다로 만든 오닌(應仁)의 난이 일어나면서 1468년에 전소하고 말았다.

대각사가 다시 재건되기 시작한 것은 모모야마시대로 들어온 1589년이며 에도시대에 대대적인 부흥불사를 일으켜 1640년 무렵엔 오늘의 대각사 모습을 갖추고 문적사원으로 그 대를 이어가고 있다.

역사 속의 대각사가 이러하였기 때문에 대각사의 건축·정원·꽃꽂이에는 다른 사찰에서 보기 힘든 왕가의 품위가 넘쳐흐른다. 무가에 권력이 있었다면 공가에는 권위가 있었던 것이다.

| 공대 | '공대'라 불리는 회랑에는 꽃꽂이가 가지런히 진열되어 있다. '사가어류'라고 불리는 이 꽃꽂이는 대단히 화려하면서도 단아한 멋이 있다.

대각사의 주요 공간, 신전과 어영당

표문(表門, 오모테몬)이라 불리는 현관문을 통하여 대각사 경내로 들어서면 관람객들은 우선 앞마당에 넓게 퍼져 있는 누운 소나무와 그 너머로 보이는 건물들의 품위있는 모습에 압도된다. 그것은 같은 문적사원인 인화사의 어전(御殿) 입구와 비슷한 왕가의 품위를 보여준다.

앞마당 왼쪽에는 공대(供待)라 불리는 회랑에 몇 개의 꽃꽂이가 가지런히 진열되어 있다. 이것이 '사가어류' 꽃꽂이인데 대단히 화려하면서도 단아한 멋이 있다. 선가(禪家)와도 다르고, 무가(武家)와도 다르고, 민가(民家)와도 다른 공가(公家, 왕실과 귀족)의 꽃꽂이가 지닌 우아한 멋이다.

일본의 절집 건물 안으로 들어가는 공간을 '시키다이(式臺) 현관'이라 하고 입구엔 천으로 만든 발이 쳐져 있다. 이를 노렌(暖簾)이라고 한다.

| 노렌이 드리워진 현관(위)과 가마(아래) | 일본의 절집으로 들어가는 현관에는 천으로 만든 발이 쳐져 있는데 이를 노렌(暖簾)이라고 한다. 노렌 안쪽에는 화려한 가마와 함께 장엄한 금벽 병풍이 쳐져 있다.

본래는 선종 사찰의 형식이었지만 에도시대에 상업이 발달하면서 상점마다 노렌을 치는 것이 하나의 격식이 되었다. 똑같은 노렌이라도 대각사의 그것은 우리가 흔히 보는 상가의 노렌과 달리 크고 엄정하고 문장(紋章)이 권위있게 새겨져 있다.

　나는 배관(拜觀) 접수처로 가기 전에 먼저 시키다이 현관 앞으로 가보았다. 본래 이 건물의 출입 동선이므로 어떻게 되었는지 그 액세스를 보고 싶어서였다. 노렌 안을 들여다보니 턱마루 안쪽에 화려한 가마와 함

| 신전 | 신전의 신(宸)은 대궐의 궐(闕)과 같은 뜻이다. 신전 앞에는 매화와 귤나무를 좌우에 배치하여 그 권위를 나타내며, 건물 자체에서 왕실 건축이 갖고 있는 권위와 품위가 흥건히 배어나온다.

께 장엄한 금벽(金碧) 병풍이 쳐 있고 동선은 오른쪽으로 열려 있었다.

현관은 이 절집의 메인 건물인 신전(宸殿)과 잇대어 있다. 신(宸)이란 우리의 궐(闕)과 같은 뜻이다. 모서리를 돌아서면 왼쪽으로는 신전의 넓은 툇마루가 길게 뻗어 있고 오른쪽으로는 백사가 침묵의 마당으로 펼쳐져 있다. 신전은 동향의 침전조(寢殿造) 건물이고 그 곁에 어영당(御影堂)이 남향으로 앉아 있어 두 건물이 기역자로 백사 마당을 감싸고 있다. 두 건물은 생김새가 아주 의젓하여 왕실 건축이 갖고 있는 권위와 품위가 흥건히 배어나온다.

신전 앞에는 왕실을 상징하는 두 그루 고목이 사각 목책 안에서 자라고 있는데 왼쪽엔 홍매, 오른쪽엔 귤나무가 심겨 있다. 어소, 헤이안 신궁, 인화사 같은 다른 왕실 관계 건물에선 좌앵우귤(左櫻右橘)로 벚꽃이 심겨 있는데 여기서는 매화가 그 자리를 차지하고 있다. 본래는 매화였

| **무악대** | 신전 앞 백사 마당 가운데 정사각형으로 반듯하게 쌓은 석축은 무악대라고 불린다. 여기서 연회 때 음악과 춤이 공연되었다고 한다.

던 것이 메이지시대 국풍이 일어나면서 벚꽃으로 바뀌었지만 사가 천황이 당풍을 좋아했기 때문에 이곳에는 매화를 심었다고 한다.

백사 마당 가운데에는 정사각형으로 반듯하게 쌓은 석축이 있어 때에 맞추어 여기서 음악과 춤이 공연되었다. 그래서 이름을 무악대(舞樂臺)라고 한다. 무거운 침묵이 흐르는 듯한 백사 마당이 두 그루의 나무로 인하여 무언가 나직이 말을 걸어오는 듯한 정겨움이 살아나고, 무악대라는 공간으로 인해 화려한 연희를 상상케 한다. 이런 것을 두고 공간 운영의 묘라고 하는 것이리라.

관람객을 압도하는 대각사 낭하

대각사에는 곳곳에 여러 전각들이 퍼져 있다. 방문객을 맞이하는 주

| **낭하** | 대각사 건축에서 가장 조형성이 뛰어난 것은 각 건물들을 이어주는 낭하의 조합이다. 쭉쭉 뻗은 기둥들이 마치 소나기가 내리는 것 같다고 해서 '무라사메(村雨)의 낭하'라는 이름이 붙었다.

공간인 신전, 그 뒤로는 침실이 있는 정침전(正寢殿), 이 절과 인연 있는 천황들의 초상화를 모신 어영당과 어영전(御靈殿), 그리고 이 절의 본전인 오대당(五大堂) 등이다.

이 건물들은 에도시대부터 메이지시대에 지어져 오래지 않은 것이지만 건물들을 이어주는 회랑인 낭하(廊下)가 있음으로 해서 대각사가 건축적으로 빛난다. 일본에는 잔비가 자주 내려 우산을 상비해야 하는데 그로 인해 비를 맞지 않고 오갈 수 있게 지붕이 있는 복도로 연결한 낭하가 매우 발달했다. 그 낭하의 디자인 중 조형성이 가장 뛰어난 것이 대각사 낭하다.

대각사의 낭하는 그 기둥들이 마치 소나기가 내리는 것 같다고 해서 '무라사메(村雨)의 낭하'라는 이름을 얻었다. 낭하의 높이가 다소 낮은 듯한데 이는 창이나 칼을 휘두를 수 없는 사이즈로 낮춘 것이며 복도를 걸을 때면 꾀꼬리 소리가 나는 것도 자객의 침입을 막기 위해서라고 한다.

관람 방향을 가리키는 대로 낭하를 따라 걷다보면 수직으로 열지어 있는 기둥, 그 아래쪽에 걸쳐진 난간, 간혹은 몇 단으로 나누어 올라가다가 이어지는 계단, 낭하가 직각으로 꺾이면서 비껴 보이는 지붕의 사선 등등의 기하학적 선들이 열린 공간으로 어우러지면서 시점을 이동할 때마다 새로운 구성미를 연출해낸다.

지난번 대각사에 갔을 때 안내원에게 대각사 낭하가 가장 아름답게 보이는 곳이 어디냐고 물으니 거침없이 정침전 앞쪽을 가리키는 것이었다. 가서 보니 기둥들이 열지어 위에서 아래로 내리꽂는 듯한 모습이 영락없이 굵은 소낙비가 쏟아지는 모습이었다.

일본 장벽화의 중흥

대각사가 문적사원의 장엄함을 보여주는 데는 건축도 건축이고 낭하도 낭하이지만 실내에 있는 화려한 장벽화(障壁畵)가 큰 몫을 하고 있다. 여기서 독자들을 위해 일본의 명소마다 실내에 장식되어 있는 장벽화와 이를 담당했던 가노파(狩野派) 화가들에 대해 잠시 설명해두어야겠다.

도요토미 히데요시의 모모야마시대부터 시작하여 도쿠가와 이에야스 (德川家康)의 에도시대로 들어가는 시기의 건축에 일어난 가장 큰 변화는 건물의 규모가 거대해지고 방의 숫자와 칸수도 전과는 비교할 수 없이 많아졌다는 점이다. 그 실내에 방과 방 사이를 가르는 문짝인 후스마 쇼지(襖障子)가 있어 그림으로 장식했는데 이를 장벽화라 한다.

이에 따라 장벽화를 그리는 새로운 수요가 크게 일어났는데 이를 아주 능숙하게 해낸 이가 가노 에이토쿠(狩野永德, 1543~90)라는 화가였다. 그의 필치는 대단히 섬세하면서도 웅혼하여 마치 뱀이 꿈틀거리고 학이 날

고 풀이 살아나는 듯한 생동감이 있어서 당시의 시대적 기상과 잘 맞아 떨어졌다. 그가 그린 소나무나 매화나무는 길이가 30미터에서 60미터에 달하는 것도 있다고 한다.

그는 당시 우후죽순으로 건립된 대규모 건물의 거대한 장벽화를 도맡아 그렸다. 어소의 다이리(內裏, 궁궐), 오다 노부나가의 아즈치성(安土城), 도요토미 히데요시의 오사카성(大阪城)과 취락제(聚樂第, 주라쿠다이)의 장벽화를 모두 그가 그렸다. 이후 많은 다이묘들의 주문이 쇄도하여 평생 대작 장벽화를 도맡았는데 48세에 갑자기 세상을 떠났다.

그러나 일본에선 정권이 바뀌면 그가 살던 성을 파괴하여 폐허로 만드는 전통이 있어 그가 그린 이 대작들은 그 건물들의 운명과 함께 모두 사라졌다. 그 점에서 가노 에이토쿠는 비운의 화가였다.

그러나 그의 아들(미쓰노부光信)과 손자(단유探幽) 등 후손과 그의 제자

| **장벽화** | 에도시대에는 현관에는 금벽채색화, 손님을 맞이하는 방에는 금벽화조화, 침실에는 수묵산수화를 배치하는 룰이 있었다. 대각사 신전의 네 방은 각기 모란, 홍백매, 학, 버드나무와 소나무 등의 그림으로 가득 채워졌다.

들이 뒤를 이어감으로써 에도시대 일본 장벽화는 '가노파(派)'가 담당하게 되었다. 그의 제자 중에서 가장 뛰어난 기량을 지녔던 이가 대각사 장벽화를 그린 가노 산라쿠(狩野山樂)이다. 산라쿠는 본래 가노씨가 아니었지만 뛰어난 기량으로 가노라는 성씨를 물려받았다. 바로 그가 대각사의 장벽화를 그린 것이니 우리는 여기서 가노파 장벽화의 진수를 맛볼 수 있는 것이다.

에이토쿠의 아들과 손자들이 막부가 있던 에도(도쿄)에서 활동한 데 반해 산라쿠는 교토에 정착하여 활약했다. 훗날 사람들은 에도에 있던 가노의 직손들을 '에도 가노파', 교토에서 활동한 산라쿠와 그 제자들을 '교(京) 가노파'라 했다.

이처럼 가노파가 형성되어 일정한 화풍이 일세를 풍미한 것은 일본미술사의 풍요를 기약하는 것이었다. 그러나 에도 가노파는 혈통을 중심으

| 정침전 내부 구조 | 일본 건물의 내부는 후스마라는 몇 겹의 문짝으로 공간이 분할되어 있다. 방마다 성격에 따라 후스마의 그림 내용이 달라진다.

로 일파를 이루어갔기 때문에 발군의 후계자가 보이지 않았고, 그 화풍의 틀이 너무 엄격하여 개성을 발휘하는 제자들을 파문시키는 일까지 벌어지며 날이 갈수록 매너리즘에 빠질 수밖에 없었다.

이에 비해 교 가노파는 실력있는 제자로 대를 이어감으로써 산세쓰(山雪, 1590~1651) 같은 대가를 낳았다. 그래서 교토의 명찰에는 멋있는 장벽화들이 많이 남아 있게 되었다.

교토 가노파의 화려한 장벽화

에도시대에는 장벽화 배치에 하나의 룰이 생겼다. 현관에는 금벽채색화, 손님을 맞이하는 방에는 금벽화조화, 침실에는 수묵산수화를 배치하는 것이었다. 대각사의 장벽화도 이 룰을 따르고 있다.

| **문짝의 토끼 그림** | 정침전 바깥쪽에 있는 12개의 문짝에는 아래쪽에만 토끼 그림이 그려져 있다. 에도시대 와타나베 시코라는 화가가 여백의 묘를 살려서 그린 아주 귀여운 작품이다.

　신전의 공간은 서로 크기를 달리하는 5칸으로 분할되어 있는데 4개의 방이 각기 모란, 홍백매, 학, 버드나무와 소나무 등 다른 주제의 그림으로 가득 채워졌다.

　특히 가노 산라쿠의 모란 그림은 방의 동·서·북 3면의 18개 후스마(襖)에 장대하게 펼쳐져 있다. 괴석은 먹으로 형태를 추상적으로 요약한 뒤 진초록을 칠하고, 굵은 가지에서 피어난 탐스러운 모란꽃은 연분홍으로 채색하여 사실감을 자아낸다. 그리고 여백을 얇은 금박지로 도배하듯 발라 방 안에 금빛 찬란한 부귀영화를 연출하고 있다.

　한 쌍의 홍백매를 그린 매화 그림은 8면으로 연결되어 있다. 해묵은 노매(老梅)의 굵은 줄기에서 뻗어내린 가지가 율동적으로 넓게 퍼져나가며 탐스러운 꽃송이를 피워내고 있는데 구름이 매화 가지를 덮어 어떤 가지는 구름 속에서 내려온 듯이 보인다. 그리고 몇 마리 작은 새가

그 사이를 날기도 하고 여린 가지에 앉아 맵시를 뽐내기도 한다. 여백은
역시 금판으로 처리하여 그 장식성이 호화롭기만 하다.

이에 비해 정침전에 그려진 산라쿠의 작품은 담담한 수묵화이다. 여
백을 많이 살리면서 실경풍의 산수화로 그리기도 하고, 수묵화조화로 장
식하기도 하고, 또 대담한 생략을 보여주는 감필법의 인물화로 그리기도
했다. 같은 화가의 작품이 이렇게 다른 것에 놀라움도 일어난다. 역시 산
라쿠는 장벽화의 대가였다.

그렇다고 해서 에도시대에 가노파만 있었던 것도 아니고 대작만 있었
던 것도 아니다. 정침전 바깥쪽에 있는 12개의 문짝은 아래쪽에만 좁은
나무단을 둘렀는데 여기에 그려진 토끼 그림이 여간 귀여운 것이 아니
다. 이 그림은 에도시대 와타나베 시코(渡邊始興)라는 화가가 그린 것으
로 산라쿠의 장벽화 대작들을 감상한 뒤의 상큼한 디저트가 된다.

대택지 관월대에서

낭하를 따라 대각사 경내를 답사하다보면 마지막에 다다르는 곳이 오
대당이다. 여기는 이 사찰의 본전으로 헤이안시대에 제작된 오대명왕(五
大明王)상을 모신 곳이다. 이 본전의 유래에 대해 사전(寺傳)에는 이렇게
전한다.

사가 천황은 811년 만민풍락(萬民豊樂)을 위하여 공해(空海) 스님
에게 오대명왕 법회를 열게 하고, 아울러 이궁 내에 오대명왕원을 짓
고 오대명왕상을 모셨다.

대각사에는 3벌의 오대명왕상이 있는데 이 법당에 모셔진 것은 최근의

| **오대당** | 대각사 경내 답사에서 마지막에 다다르는 곳이다. 대각사의 본전으로 오대명왕상을 모셔놓았다. 오대당 동쪽 넓은 난간에 서면 관월대와 대택지가 한눈에 들어온다.

것으로 미술사적·예술적 가치가 낮은 것이어서 나의 시선을 오래 잡아두지 못한다. 헤이안시대의 오대명왕상은 이 절 수장고에 보관되어 있다.

이 오대당이 우리에게 주는 감동은 법당 안보다 법당 앞에서 바라보는 대택지의 풍광에 있다. 오대당 동쪽 넓은 난간에서 대택지를 바라보면 발아래로는 관월대라는 나무 데크가 호수 안쪽까지 길게 뻗어 있고 호수 건너 저편에는 그윽한 숲이 호수를 감싸안고 있다. 참으로 시정이 넘치는 전망이다. 이 자리에 서면 어서 빨리 저 호숫가로 내려가고 싶은 마음이 절로 일어난다.

그리하여 경내 밖으로 나와 호숫가로 나아가면 자연히 관월대까지 걷게 되는데 확실히 호수라는 것은 사람의 마음을 정서적으로 다스려준다. 잔잔한 호수는 바라만 보고 있어도 마음이 편안해진다.

안내문을 보면 호수 저편엔 벚꽃이 식재되어 봄이면 물에 어른거리는

| 오대명왕상 | 모두 3벌의 오대명왕상이 있는데 오대당에 모셔진 것은 최근의 것이고 미술사적·예술적 가치가 높은 것은 수장고에 보관된 헤이안시대 오대명왕상이다.

| **관월대** | 오대당에서 바라보면 관월대라는 나무 데크가 호수 안쪽까지 길게 뻗어 있다. 본래 호수란 시정을 불러일으키지만 관월대가 있음으로써 대택지는 더욱 답사객의 발길을 붙잡는다.

모습이 환상적이라고 하고 이런저런 볼거리가 있다고 한다. 그러나 회원들을 인솔한 나의 답사란 다른 명소로 가기 바빠 거기까지 갈 시간적 여유가 없었다. 그래서 여기엔 내가 아직 풀지 않은 숙제가 하나 있다.

전설적인 도래인 예술가를 기리며

본래 사가 천황의 이궁인 사가원이 있던 자리는 호수 저편 북쪽 산자락 아래다. 지금은 빈터이지만 거기에 '나코소(名古曾)의 다키(瀧)'라는 작은 폭포의 자취가 있는데, 여기가 사가원의 농전(瀧殿) 앞 정원 자리라고 한다.

그런데 이 정원을 설계한 이는 9세기 중엽에 활동한 구다라노 가와나리(百濟河成)로 백제라는 성씨를 가진 분이다. 말할 것도 없이 백제계 도

184

| **대택지 북쪽의 풍광** | 대택지 저편엔 벚꽃이 식재되어 봄이면 호수 물에 어른거리는 모습이 환상적이라고 한다. 그러나 나는 다른 명소로 가기 바빠 거기까지 갈 시간적 여유가 없었다.

래인인 것이다. 『고금이야기 모음(今昔物語集)』에는 그에 관해 다음과 같은 이야기가 나온다.

옛날에 구다라노 가와나리라는 화가가 있어 세상에 견줄 자가 없었다. 농전의 돌도 이 구다라가 놓은 것이고, 어당(御堂)의 벽화도 이 구다라가 그린 것이다.

참으로 묘하게도 대각사 답사는 광택지의 신라계 도래인 이야기로 시작해서 대택지의 백제계 도래인 이야기로 끝나게 된다.

나라국립문화재연구소에서는 1994년부터 이곳을 발굴했는데 그 전설적인 농전의 돌을 말해주는 삼존석과 물을 끌어들인 유구가 발견되어 정비해놓았다고 한다.

| '나코소의 다키' 터 | 본래 사가원이 있던 자리는 호수 저편 북쪽 산자락 아래인데 지금은 빈터이고 구다라(百濟)라는 성을 가진 작정가가 조영한 '나코소의 다키'라는 작은 폭포의 자취만 남아 있다.

　모르긴 몰라도 나는 그것을 보기 위해 대각사에 다시 한번 찾아갈 것만 같다. 기왕이면 구다라가 정원을 만들면서 차경으로 끌어들였을 대택지 호숫가에 벚꽃이 만발할 때 오고 싶다.

일본 정원의 전설은 이렇게 시작되었다

아시카가 쇼군 / 천룡사호 / 몽창 국사 / 이끼 정원의 서방사 /
선불장 / 조원지 연못 / 다보전 / 사가의 대밭길 /
스포츠의 인문정신

낙동의 청수사와 낙서의 천룡사

사가의 명소 천룡사(天龍寺, 덴류지)는 유네스코 세계유산에 등재된 사찰로 일본 특별명승 및 사적 제1호로 지정된 정원이 있는 곳이다. 교토의 대표적 명소로 낙동(洛東)에 청수사가 있다면 낙서(洛西)엔 천룡사가 있다. 청수사와 천룡사는 서로 다른 자랑으로 관광객을 불러들인다.

청수사가 히가시야마에서 내려다보는 빼어난 조망이 일품이라면 천룡사는 가쓰라 강변에서 아라시야마를 올려다보는 수려한 풍광이 있다. 청수사 주위가 기요미즈 자카(清水坂), 자완 자카(茶わん坂), 산넨 자카(三年坂), 니넨 자카(二年坂) 등 언덕길에 있는 오래된 작고 예쁜 상점들의 고풍스러운 분위기로 발 디딜 틈이 없다면, 천룡사 주위로는 풍광명미(風光明媚)한 도월교(渡月橋), 가메야마(龜山) 공원, 사가노의 죽림(竹

林)이 있어 항시 관광객들로 북적인다. 산을 좋아하는 사람이면 청수사로 가면 되고 물을 좋아하는 사람은 천룡사가 제격이다.

그중 천룡사가 청수사보다 크게 내세울 만한 점은 전설적인 고승이자 뛰어난 작정가(作庭家)였던 몽창 소석(夢窓疎石, 무소 소세키) 국사(國師)가 조성한 조원지(曹源池, 소겐치)라는 정원이 있다는 사실이다.

교토에는 무수히 많은 명원(名園)이 있다. 금각사(金閣寺), 은각사(銀閣寺), 용안사(龍安寺), 남선사(南禪寺), 서방사(西芳寺), 시선당(詩仙堂), 가쓰라 이궁(桂離宮), 수학원 이궁(修學院離宮)…… 교토 답사의 반 이상이 이름난 정원을 찾아가는 것이다.

그런데 이 정원들은 대개 무로마치시대 이후에 조성된 것으로 그 모두가 천룡사의 방장 정원에서 출발하고 있으니, 천룡사를 보지 않고는 일본 정원미의 특질은 물론이고 그 역사적 전개 과정을 이해할 수 없다. 그래서 나의 교토 답사에서 천룡사를 빼놓은 적이 없고, 교토의 명원 순례는 천룡사부터 시작하곤 한다.

대각사에서 천룡사로

짧은 일정을 생각할 때 사가노 지역 답사는 천룡사를 보는 것만으로도 부족이 없다. 그럼에도 내가 천룡사에 앞서 대각사 답사기부터 시작한 것은 그렇게 해야 천룡사의 창건 과정을 독자들에게 자연스럽게 이해시킬 수 있기 때문이다. 일본 역사에 어두울 수밖에 없는 우리네 입장에선 대각사를 답사하지 않았다면 일본의 남북조시대라는 시대상을 머릿속에 담기 힘들 것이다.

대각사에서 우리가 알게 된 것처럼 1333년 고다이고 천황은 무장 아시카가 다카우지의 도움을 받아 가마쿠라 막부를 붕괴시키는 데 성공하

| **천룡사 조원지** | 사가의 명소 천룡사는 유네스코 세계유산에 등재된 사찰로 일본 특별명승 및 사적 제1호로 지정된 조원지라는 정원이 있다. 낙동에 청수사가 있다면 낙서엔 천룡사가 있다.

여 소원대로 실권을 갖고 있는 명실상부한 천황으로서 '겐무의 신정'을 펼쳐나갔다. 그러나 3년 뒤 바로 그 아시카가 다카우지가 이반하여 고묘 천황을 등극시키고 무로마치 막부의 쇼군이 되었다.

그러자 고다이고 천황은 이에 굴하지 않고 요시노로 내려가 왕조(남조)를 따로 차리고 권토중래할 불굴의 기개를 보였으나 끝내 뜻을 이루지 못하고 3년 뒤 죽었다. 때는 1339년이었다.

그런데 아이로니컬하게도 아시카가 쇼군이 고다이고 천황의 명복을 빌기 위해 지은 절이 바로 천룡사이다. 우리로서는 참으로 이해하기 힘든 대목이다.

국가 통합 차원인가 원령의 진혼인가

이에 대해 일본 학자들은 대개 두 가지 학설을 말한다. 하나는 당시 무가와 공가 양쪽에서 존경받던 몽창 국사가 남북조의 통합 차원에서 아시카가 쇼군에게 고다이고 천황의 진혼을 권유해 그가 이를 받아들였다는 것이다.

또 하나는 반대로 한을 품고 죽은 고다이고 천황의 원령이 저주를 내릴까 두려워하여 아시카가 쇼군이 어령(御靈)의 차원에서 몽창 국사에게 천룡사를 세우게 했다는 것이다. 마치 간무 천황이 교토로 천도하는 과정에서 죽은 원령을 위무하기 위해 기온 어령제를 베푼 것과 마찬가지로 보는 것이다. 그 내막이 어찌 되었건 천룡사는 고다이고 천황의 진혼을 위하여 몽창 국사를 개산조로 하여 창건되었다.

아라시야마 건너편 가쓰라 강변에 위치한 천룡사터는 워낙에 풍광이 수려해서 일찍부터 왕가의 원찰(願刹)과 이궁(離宮)이 있던 곳이다. 헤이안시대 초기에는 사가 천황의 왕비가 세운 단림사(檀林寺)라는 절이 있었다.

그후 약 400년이 지나 13세기에 들어와서는 고다이고 천황의 할아버지인 고사가(後嵯峨) 천황이 이궁을 세웠고, 아버지인 가메야마 천황이 여기에 머물러 가메야마전(龜山殿)이라 불렸던 곳이다. 그래서 이곳은 고다이고 천황이 어린 시절을 보낸 깊은 연고가 있다.

이리하여 1339년, 고다이고 천황이 죽은 바로 그해에 이 가메야마전을 절집의 전각으로 개조하여 고다이고 천황의 영혼을 모시고 연호를 따서 역응사(曆應寺)라 하였다. 정식 명칭은 '영구산(靈龜山) 역응(曆應) 자성(資聖) 선사(禪寺)'였다. 거북 모양의 가메야마를 '신령스러운 거북산'이라는 뜻으로 영구산이라는 산호(山號)로 칭하고 사찰 이름에 연호를 부여함으로써 격을 한껏 높인 것이다. 그리고 아라시야마에는 요시노 시절 고다이고 천황의 거처에 있던 벚꽃도 옮겨다 심었다.

그러나 아시카가 쇼군이 아무리 권력이 세고 몽창 국사의 도력이 아무리 높다 하더라도 아직 세상이 자신들의 뜻대로만 될 수는 없었다. 기존 불교계가 크게 반발하고 나섰다. 특히 히에이산 연력사 승려들이 연호를 빼라고 거세게 항의했고, 결국 2년 뒤 역응이라는 연호를 빼고 이름을 아예 천룡사로 바꾸었다. 이것이 천룡사의 출발이다.

무역선 천룡사호의 출항

아시카가 쇼군은 기존의 불교 세력을 제압하고 선종에 힘을 실어주기 위해 이 천룡사를 거대한 선종 사찰로 만들 작정이었다. 이 일대 300만 평에 선찰을 세우는 방대한 구상이었다. 일본인들이 한번 마음먹으면 얼마나 장대한 취미가 나오는지 여기서도 엿볼 수 있다.

문제는 자금이었다. 지방의 다이묘들이 몇 백 석의 장원(莊園)을 기진했지만 그 정도로는 어림도 없었다. 몽창 국사는 이 막대한 자금을 마련하기 위해 천룡사에서 독자적으로 원나라에 무역선을 보내는 아이디어를 냈다.

당시 무역선은 황금알을 낳는 거위였다. 중국에서 무역선으로 들여온 물품은 막대한 매매차익을 보았는데 통상 중국 비단은 20배, 도자기·서화·사탕 등은 최소 5배에서 10배는 되었다고 한다.

일본과 송나라와의 교역은 삼십삼간당의 다이라노 기요모리(平淸盛)가 북송에 무역선을 보내면서 시작되었고, 원나라의 두 차례 침공 이후 끊겼다가 14세기 원나라 말기에 남쪽 양자강 하구의 영파(寧波)를 거점으로 재개되었다.

천룡사호가 떠나기 19년 전인 1323년 신안 앞바다에서 침몰한 무역선에서 인양한 유물에서 볼 수 있듯이 그 무역의 규모는 실로 방대한 것이었다(『나의 문화유산답사기』 일본편 3권 332~39면 참조). 그리고 가마쿠라의 건장사(建長寺)가 독자적으로 무역선을 보낸 전례도 있었다.

이리하여 1342년 무역선 천룡사호가 원나라에 가게 되었다. 무역선을 보내는 것은 막부에도 큰 이익이었다. 천룡사가 이익금 일부를 막부에 납입한다는 조건이 있었고 천룡사호의 선주(船主, 고시綱司)인 하카타(博多)의 상인 시혼(至本)은 교역 결과와 관계없이 동전(現錢) 5천 꾸러미(貫文)를 납입하기로 약속했다. 그 대가로 막부는 무역선이 왜구에게 약탈되는 것을 막아주면 됐다.

이렇게 앉은자리에서 자금을 챙길 수 있는 돈맛을 본 막부는 천룡사호 이후 여러 번 무역선을 허가해주었다. 곧이어 원나라가 망하고 명나라가 들어서자 막부는 아예 중국 정부와 정식으로 무역하는 이른바 '감합(勘合)' 무역으로 발전시켰다.

천룡사호를 비롯한 무역선의 빈번한 왕래는 일본사회에 큰 변화를 일으켰다. 화폐경제가 활성화되었으며, 중국의 선승들이 일본으로 건너오면서 선종이 크게 일어났고, 도자기와 그림 등 중국의 발달된 문화가 속속 전래되었다. 이것은 무로마치시대에 일본문화가 꽃피는 물질적·문화적 자산이 되었다.

희대의 고승, 몽창 국사

천룡사의 개산조인 몽창 국사는 난세를 슬기롭게 헤쳐나간 고승으로 어느 승려보다 높은 존경을 받는 영광된 삶을 살았다. 높은 도력 덕분인지 뛰어난 정치력 때문이었는지 모르지만 그는 가마쿠라시대 마지막 천황, 남조 천황, 북조 천황 모두에게서 국사(國師) 칭호를 받았다.

또 가마쿠라 막부의 마지막 쇼군, 무로마치 막부의 초대 쇼군 모두에게 존경을 받았다. 쇼군의 형제가 그를 스승으로 모시기까지 했다. 후대 천황들도 그를 추모하며 국사 시호를 계속 추증하여 모두 7개의 국사 칭호를 받았다. 이런 영광은 일본 불교사에 다시는 없는 것이었다.

몽창 소석은 1275년 이세(伊勢) 지방의 한 호족의 아들로 태어나 18세 때 동대사에서 수계

| 몽창 국사 | 천룡사의 개산조인 몽창 국사는 난세를 슬기롭게 헤쳐나간 고승으로 모두 7번에 걸쳐 국사 칭호를 받는 영광된 삶을 살았다. 그는 정원 조영에도 뛰어났다.

를 받고 20대에는 여러 절을 옮겨다니며 일심으로 참선에 몰두했다.

1325년, 그의 나이 51세 때 고다이고 천황이 그의 높은 평판을 듣고는 남선사 주지를 맡으라는 명을 내렸으나 사양했다. 그러자 이번엔 당시 가마쿠라 막부의 집권자였던 호조 다카토키(北條高時)까지 나서서 촉구하는 바람에 거절하지 못하고 주지에 취임했다가 1년 만에 물러나 다시 수행에 전념했다

그로부터 7년 지난 1333년, 가마쿠라 막부를 타도한 고다이고 천황은 일찍 죽은 아들의 영혼을 위로하기 위해 그가 살았던 가쓰라 강변의 저택에 절을 짓고 몽창을 개산조로 모셨다. 절 이름은 임천사(臨川寺)라 하였고 그에게는 몽창 국사라는 칭호를 내렸다.

몽창 국사는 이처럼 고다이고 천황의 절대적 신임을 얻은 불교 정책의 유력한 조언자였다. 그러나 1336년 아시카가 다카우지가 이반하여 왕조가 남북조로 갈라지는 바람에 그 인연은 끝났다.

그러자 이번에는 무로마치 막부의 초대 쇼군으로 취임한 아시카가 다카우지가 1336년 몽창 국사를 막부로 모셔와 동생과 함께 제자로서 예를 표했다. 이는 무가 정권이 임제종의 선종을 통치이념으로 삼겠다는 표시이기도 했다.

그리고 이듬해 남조의 고다이고 천황이 죽자 쇼군은 천룡사를 세우게 하면서 자금 마련을 위해 천룡사호를 띄우게 했던 것이다. 천룡사를 짓기 위한 자금을 마련하는 동안 몽창 국사는 정토종 사찰인 서방사(西方寺)를 선종 사찰로 개조해달라는 부탁을 받고 주지를 맡았다.

가쓰라강 건너편 마쓰오 신사(松尾大社) 아래쪽 산속 깊숙이 위치한 서방사는 일찍이 쇼토쿠(聖德) 태자의 별저가 있었고 도래인인 동대사 행기(行基, 교기) 스님이 개창했다는 유서 깊은 절이다. 몽창 국사는 이 서방사에 선종 사찰에 걸맞은 새로운 정원을 조성하고 절 이름을 서방사(西芳寺)로 바꾸었다. 이것이 새로운 선종 사찰 정원의 탄생이었다.

첫번째 선종 사찰 정원, 서방사

유네스코 세계유산의 하나인 서방사는 100여 종의 이끼가 있는 정원으로 유명하여 태사(苔寺, 고케데라)라는 별칭으로 불린다. 그러나 이 이끼는 에도시대에 두 차례 홍수가 덮친 후 생태계가 변하면서 생긴 것이고 몽창 국사 당시의 모습은 아니다. 이 절이 역사적으로 더 중요한 것은 몽창 국사가 시도한 정원의 새로운 콘셉트 때문이다.

몽창 국사는 불세출의 정원 설계가이기도 했다. 일본에서는 이를 작

| **서방사의 이끼 정원** | 유네스코 세계유산인 서방사는 100여 종의 이끼가 있는 정원으로 유명하다. 이 이끼는 에도 시대에 두 차례 홍수가 덮친 후 생태계가 변하면서 생긴 것이다.

정가(作庭家)라고 한다. 그는 경사가 가파른 계곡가의 이 절터를 상하 2단으로 나누어 2개의 정원을 조성했다. 위쪽은 일절 꽃과 나무를 배제하고 오직 크고 작은 바위를 조형적으로 배치한 '마른 산수[枯山水] 정원'이고 아래쪽은 황금지(黃金池)라 불리는 심(心)자형의 커다란 연못을 중심으로 주위에 그윽한 산책길을 낸 지천회유식(池泉回遊式) 정원이다.

지동암(指東庵)이라는 암자 곁에 있는 위쪽의 마른 산수 정원은 엄중한 참선 수행 공간에 걸맞은 정원이다. 여기에서 몽창 국사는 일본 정원에서 처음으로 석조(石組)만 이용한 추상 공간의 석정(石庭)을 선보였다. 이것은 훗날 백사를 이용한 석정의 모태가 되었다.

아래쪽 지천회유식 정원에는 상남정(湘南亭)이라는 다실을 배치하여 마음을 편안히 다스리며 평상심을 갖게 해주는 분위기를 연출했다. 이 상남정은 훗날 다조(茶祖)인 센노 리큐의 아들이 초암풍의 다실로 재건

| 서방사의 마른 산수 정원 | 불세출의 정원 설계가였던 몽창 국사는 서방사에 꽃과 나무를 배제하고 오직 크고 작은 바위를 조형적으로 배치한 '마른 산수 정원'을 세웠다. 이후 마른 산수 정원은 수많은 석정으로 발전했다.

하여 더욱 유명해졌다.

몽창 국사가 이렇게 서방사에서 처음 제시한 선종 사찰 정원의 새로운 콘셉트는 이후 일본 정원의 한 모듈(module)이 되었다. 훗날 금각사와 은각사는 이 서방사 정원과 2층 누각을 직접 본받아 만들어졌고, 마른 산수 정원은 수많은 석정으로 발전했다.

서방사는 이후 반복되는 화재와 홍수로 상남정 이외의 건물들은 모두 20세기에 복원된 것이지만 몽창 국사가 조성한 아래위 두 정원은 불후의 명원으로 평가되고 있다.

7조제사 몽창 국사

서방사 정원을 성심으로 조성한 몽창 국사는 다시 천룡사로 돌아와 준공에 전념했다. 천룡사는 6년간의 대역사 끝에 1345년, 고다이고 천황

| 서방사의 담북정 | 서방사 연못은 훗날 지천회유식으로 발전하면서 단아한 다실이 배치되었다. 센노 리큐 풍의 이 다실에 들어가 둥근 창밖을 내다보는 풍경은 서방사의 명장면이라 할 만하다.

의 6주기에 맞춰 개당법회를 개최함으로써 마침내 창건되었다.

천룡사의 사역은 도월교에서 가메야마 공원까지 포함한 엄청난 규모였다. 이때의 모습은 다 사라졌지만 당시 모습을 그린 조감도가 남아 있어 그 장대함을 짐작할 수 있다.

몽창 국사는 '천룡사 10경'을 시로 읊었는데, 여기에는 삼문(三門), 아라시야마, 도월교, 대언천(大堰川)의 청류(淸流), 문전(門前)의 솔밭, 가메야마 사리탑, 그리고 방장 정원인 조원지 등이 있다.

천룡사가 창건되자 아시카가 쇼군은 자손만대로 이 천룡사에 귀의하겠다고 맹세하는 서약문(置文)을 보내면서 영원한 보호자가 될 것을 맹세했다. 천황은 몽창 국사를 스승의 예로 받들고 정각 국사(正覺國師)라는 시호를 내려주며 사격(寺格)을 높이는 데 힘을 실어주었다.

몽창 국사는 천룡사 창건 후 줄곧 주지로 있으면서 제자를 키우고 대중을 위해 법회를 열며 지냈다. 그러다 1351년, 세상을 떠날 날이 가까

워오는 것을 느끼고는 일찍이 주지를 맡았던 임천사로 퇴거하여 조용히 임종을 준비했다. 이 소식을 듣고 사람들이 줄지어 찾아왔는데 그 숫자가 2500명이 넘었다고 한다. 그리고 향년 77세로 입적했다.

그의 제자로는 무극(無極), 춘옥(春屋), 절해(絶海) 같은 고승을 비롯하여 1만 3045명이 있다고 한다. 사후에도 그의 도덕과 영광이 이어졌다. 1382년 개창한 상국사(相國寺)는 몽창 국사를 '권청(勸請) 개산(開山)'으로 모셔갔다. 그는 모두 7개의 국사 칭호를 받아 세상 사람들은 그를 7조 제사(七朝帝師)라고 불렀다.

20세기의 새 절 천룡사

몽창 국사 사후 천룡사는 조카이자 수제자인 춘옥 선사가 주지를 맡아 그 명성을 이어갔고 1386년 교토 5산 체제에서는 상지상(上之上)의 남선사에 이어 제1위의 선사로 지정되었다. 그러나 창건된 지 10여 년 지난 1358년 큰 화재를 입은 것을 비롯하여 여덟 차례나 화마에 휩쓸렸다. 처음 100년간은 20년마다 한 번꼴로 화재가 일어난 것이었다. 그때마다 재건했으나 1467년 교토를 불바다로 만든 오닌의 난 때는 전소되었다.

이후 천룡사는 도요토미 히데요시의 교토 부흥 복원 시책에 따라 다시 크게 재건되었다. 그러나 1815년에 또 화재를 입어 다시 부흥하려고 안간힘을 쓰던 차 막부 말기인 1864년, 이른바 금문(禁門)의 변 때 막부 토벌을 기치로 내걸고 교토로 들어온 조슈번(長州藩)이 천룡사에 머물자 막부군이 여기에 포격을 가하는 바람에 완전히 불타버리고 말았다. 사람들은 무로마치 막부가 세운 절을 에도 막부가 파괴했다고 했다.

뒤이어 일어난 폐불훼석 때 천룡사는 사역의 90퍼센트를 정부에 수용

당하여 한때 150곳이 넘었다는 탑두 사원은 10여 곳만 남게 되었다. 천룡사가 다시 복원된 것은 20세기 다 와서의 일이다.

임천사의 객전(客殿)을 옮겨 서원(書院, 집서헌集瑞軒)을 지은 것을 시작으로 현재 주요 건물인 대방장(1899), 소방장(1924), 다보전(多寶殿, 1934) 등이 순차로 복원되었다.

지금 천룡사의 본당으로 사용되고 있는 승방은 「운룡도(雲龍圖)」가 그려진 천장화로 유명하여 특별공개 때 들어가보았는데 이는 본래는 메이지시대 스즈키 쇼넨(鈴木松年)이라는 화가가 그린 것이 너무 낡고 헐어서 1997년 가야마 마타조(加山又造)가 다시 그린 현대화란다.

이처럼 천룡사는 20세기에 다시 복원된 것이나 마찬가지인 사찰임에도 불구하고 명찰로서 그 명성을 유지하는 것은 몽창 국사가 조성한 조원지라는 정원이 건재하기 때문이다.

천룡사의 정갈한 주차장

천룡사 입구에는 버스도 여러 대가 들어갈 수 있는 넓은 주차장이 있어 곧바로 경내로 들어갈 수 있다. 그러나 왕년의 대찰 천룡사를 제대로 느끼려면 전철 종점인 게이후쿠(京福) 아라시야마역부터 걸어가거나 도월교 주차장에서 내려 걸어가야 제격이다.

도월교에서 천룡사 입구까지는 500미터 거리다. 길가엔 기념품 가게와 식당이 늘어서 있고 언제 어느 때 가도 관광객들로 북적여 시가지를 방불케 한다. 그러나 그 옛날 이 길은 몽창 국사가 천룡사 10경에서 말한 '문전의 솔밭'이었다. 선사로 들어가는 시간적·공간적 거리가 있었던 것이다.

천룡사 입구인 총문(總門) 앞에 다다르면 '대본산 천룡사'라 새겨진 엄청나게 큰 빗돌이 서 있다. 처음 왔을 때 나는 주변 환경과 맞지 않는

| 천룡사 총문(왼쪽)과 선방(오른쪽) | 천룡사 입구인 총문에 다다르면 '대본산 천룡사'라 새겨진 엄청나게 큰 빗돌을 만난다. 총문을 지나면 장중한 선방 건물이 답사객을 안쪽으로 인도한다.

이 과장된 스케일을 보면서 이것은 디자인의 횡포라고 생각했다. 그러나 천룡사의 역사를 알고 나서는 비록 지금은 이런 모양이지만 왕년엔 그렇지 않았다고 관람객들에게 과거를 상기시키고자 하는 뜻이 있다고 생각해주었다.

총문을 들어서면 고풍스러운 칙사문(勅使門)과 중문(中門)이 양 옆으로 갈라서 관람객을 맞이한다. 나는 이 두 문을 바라보면서 그 옛날 천룡사의 장엄함과 기품을 동시에 본다. 모모야마시대에 지어진 궁궐 문을 옮겨온 칙사문에는 모모야마시대다운 화려함이 있고, 무로마치시대 건물인 중문에는 선종 사찰이 지닌 조용한 아름다움이 있다.

통상 출입문인 중문으로 들어서면 홀연히 시야가 트이면서 그 넓은 공간을 주차장이 차지하고 있다. 그렇다고 썰렁하게 빈 공간이 아니다. 방생지(放生池)라는 네모난 연못도 있고, 무리진 동백나무, 줄지어 늘어선 벚꽃이 주차공간과 관람 동선을 차단하여 번잡스럽지 않다.

좌우 어느 쪽으로 가든 한쪽 켠엔 작고 아담한 탑두 사원이 어깨를 맞

| 천룡사의 탑두 사원 | 천룡사 주차장을 지나면 작고 아담한 탑두 사원이 어깨를 맞대고 있다. 탑두 사원의 예쁜 대문 안으로는 깔끔하고 작은 정원이 보여 절로 눈길이 간다.

대고 있다. 탑두 사원의 예쁜 대문 안으로는 깔끔하고 작은 정원이 엇비치어 절로 눈길이 가며 나도 모르게 카메라를 꺼내들게 된다.

간혹 어떤 사람은 나의 상고취미가 너무 지나치다고 말한다. 그러나 내가 오래된 것을 좋아하는 것은 예스럽고 고상한 아름다움을 즐기는 것이고, 현대를 미워하는 것은 현대라서가 아니라 유치한 속물취향이 드러나서이다.

지금 나는 주차장이라는 일상공간을 이처럼 아담하게 경영하는 것을 보면서 현대에 감동하고 있지 않은가. 우리나라 절집 입구 주차장과 비교해보면 부러운 마음, 부끄러운 마음이 동시에 일어난다. 그런 차이가 왜 생긴 것일까? 자학적으로 말하는 사람은 민도의 차이, 혹은 경제력의 차이, 혹은 민족성의 차이로 설명하기도 한다. 그러나 내게 떠오르는 생각은 일본엔 훌륭한 정원의 전통이 있다는 사실이다.

| **방장 정원** | 정원 출입구로 들어서면 오른쪽으로는 방장 건물 난간이 높직이 길게 뻗어 있고, 왼쪽으론 가지런한 석정이 전개된다. 석정을 여기서 처음 만났다면 침묵의 정원에 감동하겠으나 남선사·은각사·용안사의 석정을 이미 봤다면 아주 평범하다는 느낌을 받을 것이다.

방장 서원의 동쪽 석정

주차장을 지나면 곧바로 저 멀리 눈앞에 '선불장(選佛場)'이라는 현판이 걸린 육중한 승방 건물이, 당신은 이미 천룡사 경내로 깊숙이 들어와 있다고 말해주는 것 같다.

승방을 지나 낮은 돌계단을 올라서면 바로 앞에 '대본산 천룡사'라는 현판이 걸린 제법 큰 규모의 종무소 건물이 나온다. 일본의 선종 사찰에선 이런 건물을 고리(庫裏, 구리)라 하는데 대개 방장 건물과 붙어 있다.

이제 고리로 들어가면 우리는 천룡사 방장 안으로 들어가게 되는데 이 앞에 가면 나는 곧장 정원으로 들어갈지, 아니면 방장 건물로 들어가 본 다음에 다시 밖으로 나와 정원을 거닐지 잠시 망설이게 된다. 입장료 차이는 불과 100엔이고 시간은 30분 정도 더 소요된다.

| **방장 현판** | 필치가 자못 굳세고 호방하나 필획의 움직임이 너무 빨라서 목청이 크고 객기가 좀 지나치다는 인상을 준다.

그러나 나의 고민은 돈과 시간의 문제가 아니다. 곧장 정원으로 나아가야 조원지가 드라마틱하게 나타나고 감동적이다. 그래서 특별한 경우가 아니면 나는 답사객을 곧장 조원지로 안내하곤 한다.

정원 출입구로 들어서면 오른쪽으로는 방장 건물 난간이 머리 위 높직이 길게 뻗어 있고, 왼쪽으론 가지런한 석정이 전개된다. 처음으로 석정을 본 분이면 이 모범적이고 평범한 침묵의 정원에 감동한다. 그러나 남선사·은각사·용안사의 석정을 이미 본 분이라면 아주 평범한 석정을 보았다는 느낌 이상을 받지 않을 것이다.

방장 건물 한가운데에는 '방장'이라는 현판이 걸려 있는데 그 필치가 자못 굳세고 호방하다. 그러나 서법에 충실한 동복사의 방장(『나의 문화유산답사기』 일본편 3권 359면), 선적 이미지가 은은히 배어나오는 용안사의 방장 글씨(이 책의 180면)에 비하면 너무 목청이 크고 필획이 신경질적이어서 객기가 좀 지나치다는 인상을 준다.

천룡사 방장 건물은 대단히 장대하다. 그 길이가 몇 십 미터인지 정확

| **조원지** | 조원지의 한쪽 면은 낮은 산자락에 바짝 붙어 있어 자연 풍광과 연장선을 그리는데 한쪽은 장대한 크기의 대방장과 소방장 두 건물이 기역자로 연못을 감싸며 마주하고 있다.

히는 모르지만 기둥과 기둥의 칸수가 14칸이다. 그렇다면 족히 40미터는 된다는 얘기다. 긴 방장 건물과 석정 사이로 난 관람로를 따라가다 건물 모서리를 돌아서면 정원수로 멋지게 자란 해묵은 소나무 너머로 가메야마에서 내려오는 부드러운 산줄기가 한눈에 들어오고 이내 아름다운 연못이 통째로 드러난다. 그 순간 답사객들은 자신도 모르게 "야, 정말 멋있다!"라는 감탄사를 발하고는 잠시 발걸음을 멈추고 망연히 연못을 바라보게 된다.

지천회유식 정원, 조원지

조원지 연못은 보는 순간 가슴을 쓸어내려주는 듯한 시원함을 느끼기 때문에 크다고 생각되지만 가만히 바라보고 있으면 아늑하게 다가오기

| 긴 의자에 앉아 조원지를 관람하는 모습 | 대방장 앞에는 관람객을 위한 긴 의자가 놓여 있는데 길이가 족히 30~40미터는 되며 한꺼번에 거의 100명이 나란히 앉아 조원지의 아름다움을 감상하는 모습을 볼 수 있다.

때문에 그 스케일을 잊게 된다.

연못의 한쪽 면은 낮은 산자락에 바짝 붙어 있어 자연 풍광과 연장선을 그리고 있는데 한쪽은 장대한 크기의 대방장과 소방장 두 건물이 기역자로 연못을 감싸며 마주하고 있다. 자연과 인공이 나란히 마주한 그 공간 안에서 연못은 마치 평온의 절충지대인 양 조용히 자리하고 있다. 그것이 어느 정원에서도 볼 수 없는 조원지의 멋이고 자랑이다.

대방장 앞에는 관람객을 위한 긴 의자가 건물 난간을 따라 양쪽 끝까지 놓여 있다. 그 길이가 족히 30~40미터는 되어 한꺼번에 거의 100명이 나란히 앉아 조원지의 아름다움을 감상할 수 있다. 이 자리는 곧 방장의 툇마루에서 보는 시각과 동일하다.

이곳을 찾아온 관람객은 절집의 이런 배려에 감사하며 누구나 긴 의자 빈자리에 잠시나마 앉아보게 된다. 그래서 수십 명이 엉덩이를 바짝 바짝 붙이면서 길게 늘어서 앉아 연못을 조용히 관조하는 모습은 조원지의 또 다른 풍경이 된다.

조원지의 연못 수면이 우리가 앉아 있는 지점과 거의 비슷한 높이에 있다는 점부터가 큰 매력이다. 대개의 연못들이 둔덕 위에서 내려다보는 시각으로 만들어진 것과는 큰 차이가 있다. 조원지가 평온하게 다가오는 것의 반은 이 때문이다.

연못 둘레는 여러 형태의 곡선으로 이루어져 있다. 날렵한 곡선이 연못 깊숙이 파고들어갔다 나왔다 하는데 물가에는 키 작은 풀포기가 빼곡히 자라나서 곡선을 따라 뻗어가고 연못가 마당에는 하얀 모래가 밭고랑처럼 가지런한 줄무늬를 이루며 길게 펴져 있다. 그 절묘한 어울림을 표현하는 데에 나는 인공과 자연의 조화라는 말 외에는 달리 방도가 없다.

연못 가운데와 가장자리에는 크고 작은 자연석이 배치되어 있어 아기자기한 표정을 연출해낸다. 오른쪽에 보이는 3개의 돌 더미(石組)는 석가삼존석이고, 한쪽에 놓여 있는 돌다리는 일본에서 가장 오래된 정원 석교라고 한다. 연못과 맞닿은 산자락은 잘생긴 바위와 저절로 자라난 키 작은 나무와 풀포기가 자연 그대로의 모습을 보여주는데, 한쪽으로는 물가를 향해 멋지게 자라난 소나무가 자태를 뽐내고 돌 틈에 키운 영산홍을 가지런히 다듬어 인공의 공교로움을 강조하고 있다.

보면 볼수록 한 폭의 그림 같은 풍경이다. 어찌 보면 화사한 야마토에(大和繪)의 한 장면 같고 어찌 보면 담담한 수묵산수화를 연상시킨다. 공가(公家)의 우아함과 선가(禪家)의 차분함이 어우러진 것, 그것이 이 조원지의 특징이자 매력이다.

| **천룡사 단풍** | 천룡사는 사계절 풍광의 변화가 모두 아름다운 것으로 유명하다. 특히 벚꽃이 피는 봄철과 단풍이 짙게 물드는 가을철 조원지의 모습은 교토에서도 손꼽히는 명성을 자랑한다.

침전조 정원, 정토 정원

관광안내서를 보면 이 조원지는 지천회유식 정원이라고 나온다. 그리고 연못 양쪽에 있는 작은 섬을 학섬〔鶴島〕과 거북섬〔龜島〕이라고 설명하곤 한다. 그러나 학자들은 이런 통속적인 해설을 못마땅해한다. 조원지가 결과적으로 일본 정원의 한 정형인 지천회유식인 것은 맞지만 몽창 국사의 작정(作庭) 의도에는 회유(廻遊)의 개념이 없었다고 본다. 연못 주위를 노닐기 위함이 아니라 그것을 바라봄으로써 참선의 이미지로 나아가게 한다는 뜻이 서려 있었다는 것이다.

또 일본 정원에서 장수의 상징성이 있는 학섬과 거북섬이 유행하여 급기야 정형화되기까지 했지만 이것은 후대의 일이고, 이 정원이 고다이고 천황의 진혼을 위한 것이었다면 장수의 상징은 더더욱 말도 안 된다(시라하타 요자부로白幡洋三郎 「천룡사의 정원과 무소 소세키(天龍寺の庭と夢窓疎石)」).

천룡사 정원의 참뜻과 가치는 다른 데 있다. 헤이안시대 귀족의 저택은 '침전조(寢殿造)'라는 형식이 지배적이었다. 1정(町)이라 불린 사방약 120미터의 울타리 안에 생활공간으로 침전 건물을 짓고는 집 안쪽에 정원을 배치한 구조. 오늘날에도 일본에서 집을 지을 때 길가에 바짝 붙여 짓고 햇볕도 잘 들지 않는 안쪽에 그윽한 정원을 조성하는 방식은 이 전통에서 나왔다.

침전조 정원은 연못을 조성하고 그 안에 섬과 다리를 배치하여 이상적인 자연의 모습을 재현하는 것이었다. 그 기본 콘셉트가 자연 풍광을 축약하여 재현한 축경(縮景)이었다.

이 침전조 양식이 사찰 건축에서는 극락세계의 이미지를 구현한 '정토(淨土) 정원'으로 발전했다. 외형상으로도 침전조와 비슷하지만 그 개념이 이상적 공간의 재현이라는 점에서도 비슷하다. 우지 평등원과 정유리사(淨瑠璃寺)가 대표적인 예이며 이는 가마쿠라시대를 관통하는 일본 정원의 룰이었다.

몽창 국사의 선종 정원

이러한 일본 정원에 새로운 바람을 일으킨 것이 몽창 국사였다. 그 핵심적 개념은 선(禪)의 이미지를 정원에 구현하는 것이었다. 종래의 정원은 즐긴다는 측면이 강했다. 그러나 몽창 국사가 설계한 정원에는 선적인 관조가 강하다. 선의 수행공간으로서의 정원이다.

그는 정원은 아름다운 경치를 옮겨 만드는 것이 아니라 거기에서 자연의 본질을 감지하며 선적인 명상으로 이끄는 것이 더 중요하다고 강조했다. 몽창 국사가 아시카가 쇼군의 동생인 다다요시(直義)의 물음에 대한 대답을 법어(法語) 형식으로 저술한 『몽중문답집(夢中問答集)』이 있는데 거기에서 그는 정원의 기본에 대해 이렇게 말했다.

"산수(山水)에는 득실(得失)이 없고, 득실은 사람의 마음에 있다."

그래서 어떤 이는 천룡사 조원지를 지천회유식이라기보다 지천좌시식(池泉座視式)이라고 부르기도 했다. 천룡사 연못의 이름을 조원지라고 한 것은 연못 속에서 '조원일적(曹源一滴)'이라고 새겨진 비석이 발견되었기 때문이라고 한다. 풀이하자면 '여러 물줄기가 모여 하나로 떨어진다'는 뜻이다.

그런데 천룡사 방장 정원이야말로 이제까지 내려온 일본 정원이 여기에서 하나의 정형을 이루어 이후 무로마치시대 모든 정원의 지침으로 흘러갔으니 문자 그대로 일본 정원사의 조원지가 된 셈이다.

다보전 앞의 수양벚나무

방장 건물 앞 긴 의자에 앉아 참선하는 수행승 기분을 내며 조원지를 한껏 감상하다가 밀려오는 관람객에게 자리를 양보하기 위해 일어서면 발길은 자연히 연못가를 따라가게 된다. 가면서도 시점의 이동에 따라 달라지는 풍광을 곁눈으로 놓치지 않고 보게 된다. 그러다 소방장 건물 모서리에 서면 다시 입구 쪽에서 본 것과는 완연히 다른 풍광에 매료되어 잠시 머물게 된다.

아쉬움을 뒤로하고 조원지를 돌아서면 이제부턴 산자락으로 비스듬히 올라가는 오솔길로 들어서게 된다. 산책길 왼쪽으로는 잘 자란 치자나무, 동백나무, 벚나무, 철쭉이 빼곡히 들어서 있고 길가에는 수국과 창포가 점점이 무리지어 배치되어 있다.

| **다보전 앞의 수양벚나무** | 다보전은 고다이고 천황을 모신 곳으로 건물 앞에는 명품으로 이름 높은 수양벚나무가 있어 봄이면 말할 수 없이 아련한 자태를 뽐낸다.

　사람들은 평소엔 관심이 없다가도 여행에만 나서면 꽃나무에 매혹되어 이 나무 저 나무 이름이 무어냐고 묻곤 한다. 다행히도 천룡사 정원의 나무에는 이름표가 붙어 있는데 친절하게도 한글로도 쓰여 있어 그것을 확인하며 걷는 재미가 쏠쏠하다.

　산책길 오른쪽을 보면 조원지로 흘러들어가는 작은 물줄기가 종알거리는 정겨운 냇물 소리가 들리고 그 너머로는 긴 회랑이 줄곧 오솔길을 따라온다. 이 회랑은 소방장 건물에서 지금 우리가 가는 다보전(多寶殿)까지 이어져 있다.

　만약 우리가 매표소에서 건물로 들어갔다면 방장, 소방장을 두루 둘러보고 이 회랑을 따라 다보전으로 갔을 것이다. 천룡사 회랑은 대각사의 그것과는 달리 길의 생김새대로 꺾였기 때문에 걷는 맛이 아주 좋다. 중간엔 잠시 걸터앉을 만한 공간도 있는데 여기서 창살 너머로 수풀을

| 한글로도 쓰인 나무 이름표 | 천룡사 정원의 나무에는 이름표가 붙어 있는데 친절하게도 한글로도 쓰여 있어 그것을 확인하며 걷는 재미가 쏠쏠하다.

바라보는 정경도 아주 아름답다.

다보전은 이 천룡사의 주인 격인 고다이고 천황의 영혼을 모신 곳으로 그의 초상조각이 안치되어 있다. 건물 안은 들여다보아봤자 어둑할 뿐이지만 이 초상을 모시기 위해 천룡사가 건립되었으니 한 번 각별히 눈길이 가지 않을 수 없다. 다보전 건물은 비록 20세기에 복원된 것이지만 가마쿠라시대의 고풍이 역력하여 조금도 생경한 데가 없고 오히려 그 복원 솜씨에 감탄하게 된다.

다보전 앞에는 검고 흰 잔자갈이 넓게 깔려 있고 양옆에는 울타리로 둘러진 수양매화가 수호신인 양 시립해 있다. 그러나 다보전의 명품으로 이름 높은 것은 저 앞에 있는 시다레자쿠라(枝垂れ櫻)라고 불리는 수양벚나무다. 대나무 받침대 위로 늘어진 가지가 치마폭처럼 흐드러지게 펼쳐져 봄이면 말할 수 없이 아련한 자태를 뽐낸다.

| **회랑** | 천룡사 회랑은 대각사와 달리 길의 생김새대로 꺾였기 때문에 보기에도 좋고 걷는 맛도 아주 좋다. 회랑 중간엔 꽃무늬 창살이 나 있는 쉼터가 있다.

천룡사의 사계절

다보전 앞에서는 길이 두 갈래로 갈라진다. 하나는 산자락을 타고 올라 산책을 즐길 수 있는 길이고 하나는 천룡사 북문으로 나가는 길이다. 북문 못 미쳐 넓은 휴게 정자가 울창한 대밭을 마주하고 있어 나는 걷기 힘든 분은 거기서 기다리라고 하고 나머지 일행을 이끌고 몽창 국사의 작정 의도가 무엇이었든 관계없이 지천회유의 상큼한 감정으로 산책길을 한 바퀴 돌아 내려온다.

언덕 위에서 방장 건물과 조원지를 내려다보는 것은 천룡사 답사의 또 다른 기쁨이다. 조금만 올라가도 저 멀리로 교토 시내의 낮은 지붕들이 아득하게 멀어져간다.

교토의 명소들이 모두 내세우는 바이지만 특히 천룡사는 사계절이 모두 다른 모습으로 아름다움을 뽐내고 있어 절 입구엔 천룡사의 사계절

| **눈 내리는 천룡사** | 봄 여름 가을의 천룡사는 사람들로 가득하여 도무지 선종 사찰 같지 않으나 겨울만은 다르다. 화려하면서도 쓸쓸한 표정이었다. 지난겨울 갔을 때 눈이 내리는 모습을 찍은 것이다.

사진이 걸려 있다. 천룡사의 봄가을은 교토에서도 아름답기로 유명하다. 봄이면 요시노에서 옮겨다 심었다는 아라시야마 벚꽃의 연분홍 빛깔이 파스텔 톤으로 온 산을 점점이 물들인다. 멀리서 보아도 커다란 솜사탕처럼 보슬보슬한 질감이 느껴진다. 이때 정원 언덕에 핀 수양벚나무의 삼단 같은 머리채를 아래가 아니라 위에서 내려다보는 흥취가 남다르다.

가을이면 유난히도 잎이 작은 애기손 단풍들이 홍채를 토해낸다. 한여름은 빛깔 없는 계절 같지만 배롱나무가 빨간 꽃을 피우고 방생지에선 분홍빛 연꽃이 화사한 얼굴로 맞아준다. 접때 초여름에 갔을 때는 천룡사 입구에 수국의 개화 시기를 알려주는 안내문이 걸려 있었다.

그러나 봄 여름 가을에 천룡사에 가면 절 안팎이 사람들로 가득하여 도무지 선종 사찰에 들어선 기분이 들지 않는다. 오직 겨울만이 다르다. 지난겨울 모처럼 집사람과 둘이서 천룡사에 갔을 때는 눈발이 날리는 궂은 날씨였다. 방생지 앞 주차장 한편에 무리지어 심어놓은 동백나무에 서는 탐스러운 꽃송이가 홍채를 발하고 있고 풀밭에 떨어진 꽃송이들이 붉은 카펫을 이루고 있었다. 화려하면서도 쓸쓸한 표정이었다.

늦은 시각에 간 탓인지 천룡사 조원지 연못 앞에는 거짓말처럼 관광객이라곤 우리밖에 없었다. 그렇게 조용한 천룡사를 처음 만났다. 흩날리는 눈발은 이내 조원지 앞산을 하얗게 덮어갔다. 연못 속 바위도 나무도 정원석도 모두 검은빛으로 자태를 드러내고 있을 뿐이었다. 그것은 선미(禪味) 넘치는 한 폭의 수묵산수화였다.

사위가 조용했다. 어쩌다 방장 지붕에서 눈이 녹아내리는 낙숫물 소리만 간간이 들려올 뿐이었다. 말수가 적기로 유명한 집사람이 딱 한마디를 내던졌다.

"이것인가보죠. 몽창 국사가 참선의 이미지를 조원지에 심은 뜻은."

사가의 대밭길을 걸으며

천룡사 북문으로 나가면 절 뒤편은 엄청난 대밭이다. 여기가 일본 죽도(竹刀)의 90퍼센트를 만들어낸다는 '사가의 죽림(竹林)'이다. 북문을 나서자마자 산자락 위쪽을 바라보면 한 아름 되는 굵기의 맹종죽(孟宗竹)이 하늘 높이 치솟아올라가 윗머리에서 마주 만나 하늘을 가리는 장관이 펼쳐진다. 일본 영화에 무수히 나오는 명소라고 한다.

빼곡히 자라 서로를 의지하며 바람결에 휘날리는 대밭 한가운데로 하산길이 나 있다. 그 대밭 사이로 난 길을 걸어 내려오는데 집사람이 뜻밖에도 묻지도 않았는데 한마디를 던져준다.

| **천룡사 대밭길** | 천룡사 북문으로 나가면 엄청난 대밭을 만나는데 여기가 일본 죽도의 90퍼센트를 만들어낸다는 유명한 '사가의 죽림'이다.

"천룡사 답사는 그 피날레가 죽림이라는 것이 큰 매력이네요. 다시 온 길을 따라 주차장으로 되돌아가는 것과는 여운이 다르잖아요."

매번 이 길로 나왔으면서도 나는 거기까지 생각하지는 못했다. 사실 따지고 보면 우리나라 고창 선운사와 강진 백련사의 동백숲, 담양 소쇄원의 대밭, 송광사·선암사의 조계산 겨울산 등도 천룡사의 대밭 같은 역할을 하기 때문에 명찰·명원이 되었던 것이다. 매사가 그렇듯이 앞은 밝아야 하고 뒤는 깊어야 한다.

침묵의 배경일망정 거기에 멋진 스토리텔링이 있으면 그 감동이 가슴에 더 진하게 다가온다. 천룡사 대숲엔 그런 감동적인 얘기가 숨어 있다.

1960년 로마올림픽 때 에티오피아의 마라톤 선수 아베베(Bikila Abebe)가 맨발로 뛰어 금메달을 땄다는 이야기는 너무도 유명하다. 이와 비슷한 일이 1936년 우리 손기정 선수가 마라톤에서 금메달을 땄던 베를린올림픽에서 있었다.

당시 일본은 오에 스에오(大江季雄) 선수가 장대높이뛰기에서 동메달을 땄는데 그때 그가 사용한 장대가 바로 이곳 사가의 죽림에서 베어간 맹종죽이었다고 한다. 정말로 불굴의 의지를 말해주는 인간만세의 이야기이다.

스포츠의 인문정신

사가의 긴 죽림을 내려오면서 나는 스포츠 얘기에 발동이 걸려 이야기를 계속 이어나갔다. 나는 어려서 운동을 좋아했다. 동네 피구 선수였고, 키가 크고 동작이 빨라서 군대에서 축구 할 때면 골키퍼를 맡았으며, 야구를 하면 1루수에 1번 타자를 도맡곤 했다. 대학시절 교내 야구대회 때 우리 미학과는 남학생이 열댓 명인데 준우승을 했고, 영남대 미대 재직 시절 남자 교수가 12명인데 4강까지 올라갔던 데는 내 실력도 일정한 공이 있었다고 자부한다.

그러나 나이가 들어 운동경기를 할 기회가 없어지게 되면서 자연히 스포츠 관람으로 취미가 옮겨가 그것이 무엇이든 빅게임은 놓치지 않고 중계를 보며 즐긴다.

사람들은 운동이라는 것을 그저 체력과 훈련으로 다져진 기술 정도로 생각하고 운동선수에게서 어떤 철학적 사고를 기대하지 않는다. 그러나 그들이 거기에 쏟은 집념에는 나름대로 마음가짐이 있는 것이다. 그것을 평소 논리적으로 말하지 않았을 뿐인데, 결정적인 때는 즉발적인 감성으로 자신의 생각을 드러내곤 한다.

김연아 선수가 소치 동계올림픽에서 편파적 판정으로 은메달을 목에

| 천룡사 대숲 | 한 아름 되는 굵기의 맹종죽이 하늘 높이 치솟아올라가 윗머리에서 마주 만나 하늘을 가리는 장관이 펼쳐진다. 일본 영화에 무수히 많이 나오는 명소라고 한다.

걸면서도 의연한 자세를 보인 것은 전 세계에 한국인의 높은 도덕을 보여준 참으로 자랑스럽고 대견한 모습이었다.

당시 김연아 선수가 인터뷰를 하면서 "저보다 절실하게 금메달이 필요한 사람에게 돌아갔다고 생각해요"라고 말하는 것을 보면서 어떻게 저렇게 인생을 달관한 말이 자연스럽게 나올 수 있었을까 놀랍기만 했다.

88서울올림픽 때 얘기다. 폐막식 전날까지 우리는 금메달 11개로 6위였는데 복싱 라이트미들급에서 박시헌 선수가 결승전에 올라가 있어 여기서 금메달을 따면 서독과 헝가리를 제치고 소련, 동독, 미국에 이어 세계 4위를 차지할 수 있는 상황이었다.

그러나 정작 시합에서 우리 선수는 기대만큼 잘 싸우지 못했다. 그런데 주심은 3대 2로 이겼다고 박선수의 손을 번쩍 들어주었다. 그때 어리둥절해하던 박시헌 선수의 모습이 지금도 잊지 않는다. 경기 후 기자

| **천룡사 뒷길** | 사가의 죽림을 돌아나오는 호젓한 길이다.

들이 금메달리스트 박시헌 선수에게 인터뷰를 요청하자 그는 이렇게 말했다.

"나의 명예로운 은메달을 조국이 빼앗아갔다."

우리는 서울올림픽에서 명예로운 6위를 했음에도 치사한 4위를 한 나라로 기억에 남게 된 것이다. 사실 올림픽을 비롯한 스포츠 경기에는 주최국의 텃세를 비롯하여 메달 집계에서 불공정한 면이 많다. 서구의 열강들이 자기들이 잘하는 종목에 메달을 집중시킨 것도 그 대표적인 증거이다.

서구인의 신체에 잘 맞는 수영은 100미터, 200미터, 400미터, 1500미터 등에다 개구리처럼 헤엄치기, 나비처럼 날아가기, 뒤집어서 가기, 제

맘대로 가기 등으로 메달 수를 부풀려놓았다. 그렇다면 육상도 오리처럼 가기, 토끼처럼 뛰기로 해야 할 것 아닌가. 이에 비해 우리가 발군의 실력으로 메달을 독차지하는 양궁에서는 거리별 종목 없이 남녀 개인과 단체 4종목만 만들어놓았다.

이런 것들은 스포츠 정치꾼들의 농간일 뿐이고 스포츠맨들은 오직 자기 자신에 충실하고 최선을 다한다. 1996년 애틀랜타올림픽 때 아프리카의 한 육상선수는 금메달을 따고 수상소감을 말하면서 "기록은 나의 것이고 메달은 조국의 것이다"라고 했다.

스포츠에서는 불굴의 투지를 배울 수 있다. 애틀랜타올림픽 때 여자 유도에서 일본의 다무라 료코(田村亮子)는 그때까지 100회 이상의 공식경기에서 단 한 판도 진 적이 없던 전설적인 선수였다. 그런데 북한의 17세 소녀 계순희가 다무라를 엎어치고 금메달을 목에 걸었다. 계순희 선수는 인터뷰에서 수줍은 표정을 지으면서 "저는 세상에 불가능이란 없다고 생각했습니다"라고 그 투지를 말했다. 이때 다무라 료코는 패배를 인정하면서 "상대방 선수가 나보다 이기겠다는 의지가 강했던 것 같습니다"라고 했다.

2002년 한일월드컵에서 4강에 들었던 우리가 2014년 브라질월드컵에선 16강에도 못 들어간 것은 무엇을 말해주는가. 헤겔은 『논리학』에서 이런 말을 했다. 형식을 규정하는 것은 내용이지만 그렇게 만들어진 형식은 다음 내용을 규정한다고. 그리고 과도한 형식은 내용을 변질시키고 붕괴시키기도 한다고 했다.

나는 사가의 죽림을 나오면서 오에 스에오 선수가 맹종죽 하나를 꺾어들고 베를린으로 가서 장대높이뛰기에서 동메달을 딴 그 불굴의 투지는, 사가의 죽림이 갖고 있는 가치를 더더욱 빛나게 하는 일본의 귀중한 무형의 문화유산이라고 생각한다.

제2부

무로마치시대의 선찰과 정원

상국(相國)의 꿈은 금각에서 이루어졌다네

아시카가 요시미쓰 / 춘옥 선사 / 천장의 「반룡도」 / 승천각 /
슈분과 셋슈 / 금각사의 금각 / 경호지 / 미시마 유키오의 「금각사」

금각사와 은각사의 본사, 상국사

이제 나는 그 이름도 유명한 금각사(金閣寺, 킨카쿠지)로 향한다. 그러나
천룡사를 답사하기 전에 대각사를 들렀듯이 이번엔 금각사로 가기 전에
상국사(相國寺, 쇼코쿠지)를 들러 가기로 한다. 그렇게 해야 역사적 전개과
정을 자연스럽게 이해할 수 있을 뿐만 아니라 금각사는 상국사의 말사
(末寺), 정확히는 산외탑두(山外塔頭)이기 때문이다.

상국사를 모르는 채 금각사로 가면 금각사의 역사·문화적 의의를 제
대로 이해하기 힘들다. 모든 일본 역사책과 교토의 관광안내서에서는 금
각사를 언급하면서 무로마치시대 '북산(北山, 기타야마)문화'의 상징이라
는 구절을 빼놓지 않고 뒤이은 은각사(銀閣寺)의 '동산(東山, 히가시야마)
문화'와 대비해 설명하고 있다.

그래서 앞뒤 사정을 모르는 사람들은 저 금빛 찬란한 화려함이 북산문화라고 생각하기 십상이다. 그러나 북산문화란 무로마치시대 전반기의 난숙한 문화융성을 지칭하는 것으로 그 실체와 내용은 오히려 상국사에 있다. 요약하자면 상국사에서 자라난 문화가 금각사에서 화려하게 만개했다 할 수 있다.

게다가 동산문화의 은각사도 상국사의 산외탑두이니 답사는 생략할지언정 답사기는 상국사부터 시작하지 않을 수 없다.

무가·공가·불가의 북산문화

상국사는 무로마치 막부의 3대 쇼군인 아시카가 요시미쓰(足利義滿)가 1382년에 발원하여 10년간의 대역사 끝에 1392년에 완공되었다. 그해는 조선왕조가 건국한 때이기도 하다. 그리고 5년 뒤인 1397년 요시미쓰는 상국사 북쪽 산기슭에 황금빛 찬란한 금각의 북산전(北山殿)을 조영하기 시작하여 이듬해인 1398년에 완공하고 자신의 거처를 옮겼다. 그러고 나서 10년 뒤인 1408년, 요시미쓰가 51세의 나이에 세상을 뜨자 이 북산전을 사찰로 조영한 것이 오늘의 금각사이다.

이 상국사와 금각사를 중심으로 요시미쓰 치하에서 이루어진 문화를 일본 역사에서 북산문화라고 부르는데, 이를 주도적으로 담당한 것은 상국사를 중심으로 한 선승들이었다.

이들은 폭넓은 지식과 높은 교양을 갖춘 당대의 인텔리로 막부의 외교도 도맡았다. 명나라와 조선왕조에 보내는 외교문서를 작성하는 것은 물론이고 양국에 파견된 사신들도 대개 상국사의 승려들이었다. 이들은 시서화에 능통하여 전에 없이 활발하고 풍부한 문예활동을 보여주었다.

한편 여기에다 변함없이 상징적 권위를 갖고 있던 천황과 조신(朝臣)

들로 이루어진 왕실 귀족의 문화가 더해지게 되었다. 이를 공가(公家, 구게)라 한다. 공가는 정치적 지배력은 미약했지만 그 권위와 품위에는 무가들이 따를 수 없는 그 무엇이 있었다. 특히 무가가 가마쿠라라는 먼 지방에서 따로 놀 때도 공가는 그들의 생명과도 같은 권위와 품위를 지켰다. 무로마치 막부는 공가문화의 그 품위와 우아함을 배우고 흡수했다.

이리하여 막부를 중심으로 한 무가(武家)문화, 선승들의 불가(佛家)문화, 왕실 귀족들의 공가(公家)문화가 어우러지면서 문

| 아시카가 요시미쓰 | 무로마치 막부의 3대 쇼군인 아시카가 요시미쓰는 자신의 권세를 과시하기 위하여 상국사를 세우고 절 북쪽에 북산전을 지어 그곳에서 기거했다. 이 북산전을 사찰로 조영한 것이 오늘의 금각사이다.

화의 꽃을 피운 것이 북산문화의 내용이다. 금각사 금각의 3층 누각은 이를 잘 말해주는데 1층은 공가의 침전조 양식이고, 2층은 무가의 서원조 양식이고, 3층은 선종 양식이다.

나는 니토베 이나조(新渡戶稻造)의 『무사도(武士道)』를 처음 접했을 때 좀 의아스러웠다. 일본 사무라이의 무사문화는 그들의 갑옷과 칼이 상징하듯 문기(文氣) 없는 문화라고 생각해왔는데 용기(勇氣), 명예(名譽), 충절(忠節) 이외에 의(義)·인(仁)·성(誠)·예(禮) 등 동양사상의 훌륭한 덕목을 나열한 것을 이해하기 힘들었던 것이다.

나중에 생각해보니 니토베 이나조는 상세히 설명하지 않았지만 일본

의 전통사상 근저를 보면 무가의 권력, 공가의 권위, 불가의 정신, 이 세 가지가 어우러져 있었던 것이다. 그 만남의 첫번째 현장이 상국사이다.

3대 쇼군 요시미쓰

무로마치시대 3대 쇼군인 아시카가 요시미쓰는 1358년에 태어나 11세 때인 1368년에 막부의 쇼군이 되었다. 할아버지인 초대 쇼군이 막부를 세운 지 30년 지난 시점이다. 처음에는 쇼군 바로 밑에서 보좌하는 관령(管領)인 호소카와 요리유키(細川賴之)의 도움을 받았지만 22세 때인 1379년부터는 친정을 개시하면서 유능한 통치력을 발휘했다.

아직 남북조로 갈라져 있는 상황에서 지방의 슈고 다이묘(守護大名)들을 하나씩 장악하며 정치적으로 안정을 찾아갔다. 1382년 불과 25세의 요시미쓰는 전례없이 공가들의 몫이었던 좌대신까지 겸하여 조정 내에서 절대적인 권력을 장악하고는 무로마치에 새 처소를 지었는데, 이 저택은 지방의 다이묘들이 바치는 꽃이 사계절을 장식하여 '꽃의 어소'라고 불렸다.

그해 가을, 요시미쓰는 어려서부터 스승으로 모시며 정신적 멘토로 삼고 있던 춘옥묘파(春屋妙葩, 슌노쿠 묘하) 선사를 찾아갔다. 춘옥 선사는 몽창 국사의 조카이자 수제자로 당시 천룡사에 이어 남선사 주지로 있으면서 선종을 이끌고 있었다.

요시미쓰는 춘옥 선사에게 선종 사찰 하나를 지어 자신도 도복을 입고 참선 수행에 전념하고 싶다는 뜻을 전했다. 이에 춘옥 선사는 남선사, 천룡사처럼 1천 명의 승려가 수행할 수 있는 굉대한 대총림(大叢林)을 지을 것을 권했고 이에 상국사의 창건이 시작되었다.

상국사의 창건

상국사의 정식 이름은 '만년산 상국 승천 선사(萬年山相國承天禪寺)'였다. 상국이라고 한 것은 요시미쓰의 벼슬인 좌대신을 중국에서는 상국이라고 하는 데에서 따온 것이고, 승천은 하늘로부터 이어받았다는 뜻이다. '하늘로부터 이어받은 상국의 만년산 선종 사찰'이라는 이름이니 그의 권세가 어떠했는지 가히 알 만하다.

요시미쓰는 춘옥 선사에게 개산 주지를 맡아달라고 요청했다. 그러자 춘옥 선사는 돌아가신 몽창 국사를 개산조로 모시면 자신이 기꺼이 2대 주지를 맡겠다고 하여 몽창 국사를 권청(勸請) 개산으로 삼았다.

상국사는 엄청난 대찰로 기획되었다. 부지는 무려 140만 평에 이르러 한쪽은 천황이 기거하는 어소와 붙어 있고, 한쪽은 막부의 저택인 '꽃의 어소'와 맞닿아 있었다. 일설에 의하면 '꽃의 어소'와 상국사가 진입구인 총문(總門)을 함께 사용했다고 한다.

상국사는 10년간의 대역사 끝에 1392년에 완공되었다. 선종 사찰의 7당 가람 체제를 완벽하게 갖춘 거찰이었고, 교토 5산 체제에서 상지상(上之上)의 남선사, 제1위인 천룡사에 이어 제2위의 지위가 되었다.

| 춘옥 선사 | 요시미쓰는 춘옥 선사에게 상국사의 개산 주지를 맡아달라고 요청했다. 이에 춘옥 선사는 돌아가신 몽창 국사를 개산조로 모시고 자신은 2대 주지가 되었다.

비록 제2위에 있었지만 전국 선종 사찰을 통괄하면서 주지의 임면권을 쥐고 있는 승록사(僧錄司)를 상국사에 두었기 때문에 막강한 파워가 있었다. 명나라와 조선에 보내는 사신도 여기서 임명되었다.

상국사가 낙성된 1392년 요시미쓰는 마침내 남조의 천황으로부터 3종의 신기를 넘겨받아 남북조 합일에 성공했다. 2년 뒤인 1394년 요시미쓰는 공가의 몫인 태정대신(太政大臣)이라는 최고의 지위에 올라 무가와 공가 모두를 통솔하게 되었다. 이때 그의 나이 37세였다.

요시미쓰는 남북 합일의 대업을 이루자 곧바로 상국사에 7층 대탑을 건설할 계획을 세웠다. 7년 만에 완공을 본 이 탑은 높이가 무려 109미터였다. 이 높이는 근대로 들어와 송신탑으로 세운 1929년 요사미(依佐美) 송신소 철탑(250미터)이 준공될 때까지 일본에서 깨지지 않은 기록이었다.

상국사, 그후

그러나 상국사의 위용은 오래가지 못했다. 이 7층 대탑은 건립 4년 만인 1403년에 벼락을 맞아 불타버리고 말았다. 피뢰침이 없던 시절 100미터도 넘는 고층 건물의 운명이었다.

그리고 교토를 불바다로 만든 1467년 오닌(應仁)의 난 때 이 절은 결정적 피해를 입었다. 오닌의 난은 쇼군의 후계자 문제를 놓고 다이묘들이 호소카와(細川) 다이묘가 이끄는 동군(東軍)과 야마나(山名) 다이묘가 이끄는 서군(西軍) 두 패로 갈려 10년간 격렬하게 치고받은 내전이었다. 이때 동군이 상국사에 진을 치는 바람에 '상국사 전투'에서 완전히 소실되고 말았다.

이것을 계기로 북산문화는 종말을 고하고, 8대 쇼군(요시마사義政)이 은각사로 은퇴하면서 문화의 중심이 그쪽으로 이동하여 동산문화를 이

| **상국사 솔밭** | 폐불훼석을 당하고 상국사는 마치 도시 속의 섬처럼 갇혔다. 50곳이 넘던 산내탑두도 12곳만 남았고 장대함을 자랑하던 삼문과 불전은 솔밭에서 그 주춧돌만 뒹굴고 있다.

루게 된다. 그러나 그때도 문화를 주도한 것은 여전히 상국사의 선승들이었다.

상국사가 폐허에서 재기한 것은 도요토미 히데요시의 교토 복원 시책과 함께 1584년 서소승태(西笑承兌) 선사라는 능력있는 주지를 맞으면서부터였다. 그러나 이마저도 1620년 교토 시내에서 일어난 대화재 때 다시 태반이 소실되고 말았다. 그리고 1788년 대화재로 법당과 탑두 몇 곳만 남기고 다 소실된 뒤 20세기 들어올 때까지 다시는 재기하지 못했다.

19세기 후반 들어서는 메이지시대에 폐불훼석이라는 돌풍을 맞아 140만 평 대지 중 4만 평만 남기고 다 정부에 수용되었다. 현재 그 자리에는 윤동주와 정지용의 시비가 있는 도시샤(同志社)대학을 비롯해 여러 중고등학교가 들어서 있어 상국사는 마치 도시 속의 섬처럼 갇혀 있다. 왕년에 50곳이 넘던 산내탑두도 12곳만 남았고 장대함을 자랑하던

| **상국사 법당** | 오늘의 상국사를 상징하는 법당은 잘생기도 했지만 건물 앞에 적송들이 도열해 있어 그 운치가 남다르다. 줄기마다 붉은빛을 발하는 노송들과 어울려 우리나라 산사를 연상시킨다.

삼문과 불전은 그 주춧돌만 솔밭에 뒹굴고 있다.

상국사 곁에 있던 '꽃의 어소'도 완전히 파괴되고 오늘날 그 자리엔 민가들이 가득 들어섰다. 옛터에 세워놓은 작은 푯말과 함께 동네 이름만이 그 옛날을 전할 뿐이다.

오늘의 상국사

그러나 상국사의 저력은 여전하다. 큰길에서 상국사로 들어서면 아름답게 자란 키 큰 적송들이 이 대찰의 연륜을 증언하듯 도열하여 법당 앞으로 방문객을 인도해준다. 이 법당 건물은 1605년에 재건된 것으로 교토에서 가장 오래되고 가장 큰 법당이다.

오늘의 상국사를 상징하는 이 법당은 생기기도 잘생겼지만 건물 앞에

| **법당 천장의 「반룡도」** | 천룡사나 건인사의 운룡도는 모두 현대 화가의 신작이고 상국사 법당의 「반룡도」만 고풍을 보여준다. 아래서 올려다볼 때 시선을 사방 팔방으로 이끌어주는 용의 동세가 가히 웅혼하다.

있는 적송들의 행렬 사이로 드러나 있어 그 운치가 남다르다. 일본의 사찰 건물들은 대개 통째로 건물 전체를 드러내지만, 줄기마다 붉은빛을 발하는 노송들과 어울리니 차라리 우리나라 산사의 한 장면을 연상시킨다.

이 법당은 「반룡도(蟠龍圖)」라는 천장의 용 그림이 유명하다. 에도시대 일본화를 이끈 가노파(狩野派)의 시조 에이토쿠(永德)의 장남이자 직계 후계자인 미쓰노부(光信)의 최후의 대작이자 명작이다.

일본은 원래 하나의 룰이 정해지면 일사분란하게 따르는 전통이 있어 선종 사찰의 천장엔 모두 이 용 그림이 그려져 있다. 천룡사와 건인사도 법당의 웅장한 운룡도를 자랑하고 있다. 그러나 그것들은 모두 현대 화가의 신작이고 이 상국사 법당의 반룡도만 고풍을 보여준다. 아래서 올려다볼 때 시선을 사방팔방으로 이끌어주는 용의 동세가 가히 웅혼하다. 용은 불법을 수호하는 신인 동시에 물을 다스리는 신으로, 화재로부터 건물을 방어해준다는 상징성이 있다. 그렇다면 이 법당이 살아남은 것은 이 용 그림 덕이던가.

법당 뒤에는 1807년에 지어진 장대한 규모의 방장이 있는데 여기에서 뷰포인트는 정원이다. 선종 사찰의 방장 정원에도 명확한 룰이 있다. 앞쪽에는 흰 잔자갈의 석정을 조영하고 뒤편은 그윽한 자연의 모습으로 꾸미는 것이다. 특히 상국사 방장은 앞보다 뒤편 정원이 유명한데 아무 때나 간다고 볼 수 있는 것은 아니다. 봄가을로만 잠시 개방된다.

그러나 상국사가 오늘날 교토의 어느 사찰보다 명찰임을 자랑할 수 있는 것은 그 숱한 화재 속에서도 용케 살아남은 무로마치시대 그림, 글씨, 공예품, 그리고 당시 수입한 중국의 명화들 때문이다. 상국사는 1984년 창건 600주년을 맞으면서 절 안쪽 깊숙한 곳에 보물 전시관인 승천각(承天閣)을 개관하여 상국사는 물론이고 말사인 금각사·은각사 소장 유물까지 보관 전시하고 있다.

승천각의 엄청난 소장품

승천각에 소장된 회화, 서예, 도자기, 다도구, 목칠공예 등의 미술품은 그 수도 수이지만 질이 아주 우수하여 일본 국보가 5점, 중요문화재가 143점이나 된다. 금각사 대서원의 장벽화인 이토 자쿠추(伊藤若冲,

| **승천각** | 상국사는 1984년 창건 600주년을 맞으면서 절 안쪽 깊숙한 곳에 보물 전시관인 승천각을 개관하여 말사인 금각사·은각사 유물까지 보관 전시하고 있다.

1716~1800)의 대작 50폭(중요문화재)도 승천각에 보존되어 있고 그중 「포도도」와 「파초도」는 상설전시 중이니 금각사로 가기 전에 여기부터 들른 뜻이 살아난다.

중국 미술품으로는 송나라 하규(夏珪)·목계(牧谿), 명나라 임량(林良) 등 중국회화사 거장들의 진품들이 즐비하다. 이 중국 그림들은 당시 부지런히 중국을 다녀온 선승들이 가져오거나 무역선들이 수입해온 것인데 대개 수묵화이다. 이는 상국사가 무로마치시대에 새롭게 탄생한 일본 수묵화의 종갓집이 된 것과 깊은 연관이 있다.

종래 일본의 회화는 야마토에(大和繪)나 후스마에(襖繪), 에마키(繪卷) 등 장식화·기록화가 크게 발달했다. 그러다 선승들의 중국 견문이 넓어지면서 비로소 수묵화를 받아들이기 시작했다. 수묵화는 감상을 목적으로 하고 화가의 심회(心懷)가 적극적으로 구사된다는 점에서 종래

| 「소상팔경도」8폭 중 4폭 | 존해라는 승려가 1538년에 대장경을 구하러 조선에 왔다가 이듬해에 귀국하면서 가져 간 것이다. 지금도 일본에 조선 초기 수묵산수화가 많이 전해지는 연유가 여기 있다.

의 그림들과는 완전히 달랐다. 이는 장식화·기록화에서 순수 감상화로 의 전환을 의미한다. 본격적으로 회화미를 인식하기 시작한 것이었다. 특히 수묵산수화는 선종의 정신세계와 잘 맞는 장르였다.

이 때문에 조선 초에 온 일본 사신들은 주목적이 대장경의 구입이었지 만 수묵산수화도 많이 구해갔다. 대표적인 예가 대원사(大願寺, 다이간지) 에 소장된 「소상팔경도(瀟湘八景圖)」 8폭 병풍이다. 존해(尊海)라는 승려가 1538년(중종 33)에 대장경을 구하러 조선에 왔다가 이듬해에 귀국하면서 가 져온 것이라는 내력이 병풍 뒷면에 '도해일기(渡海日記)'로 적혀 있다. 지금 도 일본에 조선 초기 수묵산수화가 많이 전해지는 연유가 여기 있다.

상국사의 묵산수

승천각 소장품 중 내가 가장 관심을 갖고 있는 것은 일본 중요문화재로 지정된 작가 미상의 「한산행려(寒山行旅) 산수도」(종이에 수묵, 35×95센티미터)이다. 내가 이 작품의 존재를 알게 된 것은 이동주(李東洲) 선생이 일본에 있는 우리 회화를 찾아가는 탐방문으로 쓴 『일본 속의 한화(韓畵)』(서문당 1974)에 소개한 「상국사의 묵산수」라는 글 덕분이었다.

제법 큰 화폭의 한쪽은 험준한 산세, 한쪽은 평온한 강변 풍경이 차지하며 강한 대비를 이루는데 화면 가운데로는 나그네들이 고갯길을 넘어가고 있는 은은한 고격(古格)의 명화이다.

이 그림엔 화가의 낙관이 없으나 절해중진(絶海中津, 젯카이 주신)이라는 스님의 제시(題詩)가 쓰여 있어 크게 주목받고 있다. 절해 선사는 몽창 국사의 수제자 중 한 분으로 상국사의 주지를 맡으면서 명나라에도 다녀온 바 있는 무로마치시대 오산문학(五山文學)의 대표적인 학승이었다. 그가 세상을 떠난 것이 1405년이니 이 작품은 그전에 제작된 것이 분명하다.

그러면 이 그림은 누구의 작품일까? 이를 일본 화가의 작품으로 생각하는 학자는 한 명도 없다. 일본미술사가들의 견해는 두 가지로 요약되는데, 하나는 이 그림을 보관해온 상자에 원나라 장원(張遠)이라고 쓰여 있어 그의 그림으로 보는 견해이다.

또 하나는 화풍으로 보아 조선 그림으로 보는 견해이다. 나그네를 표현한 점경인물(點景人物)은 중국화에서 볼 수 없는 조선 초기 산수의 한 전형이고 겨울나무를 게 발톱처럼 그린 해조묘(蟹爪描) 또한 조선 초기 산수의 트레이드마크 같은 것이다.

나의 감각적 직감으로 말하자면 이 그림에서 짙게 풍기는 분위기로 볼 때 조선 초기 산수화에 손을 들어주고 싶다. 이게 무슨 소린가 하면 마치 뉴욕 거리에서 어떤 동양인이 걸어가고 있을 때 저 사람이 중국인인가 일본인인가 한국인인가를 어느 정도 느낌만으로 알 수 있는 것과 같다.

| 「한산행려 산수도」 | 화가를 알 수 없으나 조선 산수화풍을 지닌 이 산수도는 일본의 중요문화재로, 제법 큰 화폭의 한쪽은 험준한 산세, 한쪽은 평온한 강변 풍경이 차지하며 강한 대비를 이루는 고격의 명화이다. 화면 왼쪽으로 나그네들이 고갯길을 넘어가는 표현이 전형적인 조선풍이다.

일본 수묵화의 아버지, 슈분

상국사의 이 수묵산수화가 미술사적으로 중요한 것은 무로마치시대에 크게 유행한 일본의 수묵산수화에 조선 초기 산수화가 끼친 영향의 구체적인 물증이기 때문이다.

무로마치시대 문화를 상징하는 대표적인 장르인 수묵화는 '시화축(詩畵軸)'의 유행에서 시작되었다. 이른바 '문아(文雅)한 모임'을 갖고 이를 기념하여 화폭에 참석자들이 각기 시를 한 수씩 쓰고 하단에 수묵으로 그윽한 산수화나 화조화를 그려넣어 두루마리 축(軸)으로 만든 것이다. 상국사에 전하는 「사구도(沙鷗圖)」가 그 전형적인 예이다.

그러다 상국사의 화승인 조세쓰(如拙)가 서서히 산수화를 개척해나가기 시작하여 그의 제자인 슈분(周文, ?~1444/48년경)에 이르러서는 마침내 하나의 독립된 장르로 확립되었다. 그래서 슈분은 일본 수묵화의 아버지로 불리고 있다.

| 「**시우도**」**부분** | 참선의 자세를 소를 찾아가는 것에 비유한 시우도는 '심우도'라고도 하는데, 슈분의 그림으로 전형적인 남송의 마원 화풍이다.

슈분은 상국사에서 도관(都管, 사무장) 직을 맡은 승려였는데, 그의 화풍은 크게 두 가지다. 하나는 남송의 마원(馬遠) 화풍이고 또 하나는 조선 초기의 산수화풍이다. 그 슈분이 1423년(세종 5)에 사신을 따라 조선에 와서 5개월 동안 머물다 간 사실이『조선왕조실록』에 나오니 그는 상국사 소장품을 통해 마원 화풍을 익히다가 조선 방문 이후 조선 산수화풍을 따르게 된 것이 아닌가 생각되기도 한다.

이렇게 슈분이 개척한 수묵산수화는 상국사에서 지객(知客, 안내역) 직을 맡은 셋슈(雪舟, 1420~1506)가 그에게 그림을 배우면서 마침내 일본화한 산수화풍으로 완성되었다. 그리하여 오늘날 셋슈는 일본의 화성(畵聖)으로 추앙받고 있다.

승천각에는 슈분의 작품으로 전하는 마원 화풍의 「시우도(十牛圖)」 10폭이 있고 파격적인 구도가 매력적인 셋슈의 산수화도 있다. 그러나 아쉽게도 슈분의 조선화풍 산수화는 소장된 것이 없다. 셋슈의 전형적인 일본 산수화도 없다.

셋슈 서거 500주년 기념전에서

2002년 봄 이야기이다. 주변의 화가, 미술 애호가 스물댓 명과 함께 벚꽃 만발한 교토의 정원과 박물관을 사흘간 둘러보았다. 미술 전문가 그룹인지라 상국사 승천각도 답사했고 돌아오는 날은 점심 뒤 교토국립박물관을 피날레로 보기로 했다.

박물관에 도착하니 놀랍게도 「셋슈 몰후(歿後) 500년 특별전」이 열리고 있는 것이 아닌가. 박물관 건물에 걸린 플래카드에는 '당신은 50년 후에나 이런 전시를 보게 될 것이다'라고 쓰여 있었다. 이를 보기 위해 관람객들이 장사진을 치고 있는데 한 줄이 아니라 20열 종대로 끝이 보이지 않게 뻗어 있었다.

억울했다. 이런 줄 알았으면 새벽에 와서 줄을 서서 기다리다 보고 갈 것을. 나는 가이드에게 한번 주최 측에 우리 사정을 말해보라고 했다. 가이드가 일본에는 그런 '유도리'가 없으니 포기하라는 것을 혹시 모르니 부탁해보라고 조르자 건물 현관 쪽으로 달려가 책임자 비슷한 분에게 뭐라고 말을 주고받더니 역시 안 통한다고 전한다.

나는 무슨 수를 써서라도 이 전시를 보려고 회원들에게 본관 상설전시를 각자 편하게 보고 1시간 뒤 정문에서 만나자고 해놓고는 따로 떨어져 특별전 출입구로 갔다. 보아하니 5분 내지 10분 간격으로 10열씩 넣어주는데 애 어른 남자 여자 할 것 없이 안내원의 지시에 따라 발맞추어 들어가는 것이 마치 일본 만주군 행렬하듯 질서정연했다.

나는 새치기를 하기로 작정했다. 10분이 지나 다음 10열이 들어갈 때 나는 안면몰수하고 3열과 4열 사이 중간을 비집고 들어가 발맞추어 들어갔다. 우리나라 같으면 새치기하지 말라고 저지할 만도 했으련만 그런 기색이 없었다. 옆 사람들이 다소 당황하는 몸짓이었다. 나중에 알고 보

| 셋슈의 산수화 | 오늘날 일본의 화성(畫聖)으로 추앙받는 셋슈의 화풍을 가장 잘 드러내 보여주는 산수화이다. 일본은 이미 15세기에 이처럼 일본화된 산수화 양식이 확립되었다.

니 일본에는 새치기라는 것이 없단다. 아마도 옆 사람들이 이 망발된 행동에 넋이 나가 할 말을 잃었을 것이라고 했다. 일본은 무서울 정도로 질서, 규칙, 일사분란함이 있는 나라다.

일본인들의 줄 맞추기는 거의 일상화되었다. 한번은 우지 평등원을 답사하고 강변 식당에서 점심식사 후 밖에 나와보니 일본인 관광안내원이 인원 파악을 하기 위해 관광객을 두 줄로 세워놓고 확인한 다음 버스로 올라타라고 지시하는 것이었다. 나는 놀라워서 바라보았고 우리 가이드는 이를 부러운 눈초리로 바라보았다.

셋슈 산수화의 조선 문인 제시(題詩)

전시장에 들어서니 들머리에 셋슈 예술세계의 프롤로그로 그의 스승인 슈분의 작품이 전시되어 있는데 내가 그렇게 보고 싶어하던 조선풍의 산수화였다. 무척 반가웠고 또 아름다웠다. 조선 초기 산수화풍이 이렇게까지 농후할 줄 몰랐고 그래서 정이 더 가 오랫동안 슈분 작품 앞을 떠나지 못했다.

셋슈의 전 작품을 망라한 이 대규모 회고전은 나에게 큰 공부가 되었다. 과연 일본의 화성으로 추앙받을 만하다는 예술적 감동을 받았다. 그리고 조선은 18세기에 와서야 겸재(謙齋) 정선(鄭敾)에 의해 진경산수라는 조선적인 산수화풍이 뿌리를 내렸는데 일본은 이미 15세기에 일본화된 산수화가 나타난 것을 보면서 일본은 외래문화의 토착화가 아주 빠르게 진행되었다는 문화사적 특징을 다시 한번 확인할 수 있었다.

셋슈 작품을 하나씩 뜯어보다가 한 산수화에 이손(李蓀)과 박형문(朴衡文)이라는 조선 성종 때 문인 두 사람의 제찬(題贊)이 쓰여 있어 아주 반가웠다. 셋슈는 조선에 왔던 적이 없으니 아마도 두 분이 일본에 사신으로 갔을 때 쓴 것이리라 가볍게 생각했다.

귀국 후 두 분이 언제 일본에 갔나 조사해보니 그들이 일본에 다녀온 행적은 나오지 않았다. 그러면 어떻게 이런 일이 있을 수 있단 말인가. 이후 이 문제는 미술사적 미스터리가 되어 나의 뇌리에서 떠나지 않았다. 그것은 새치기한 벌로 받은 숙제 같았다.

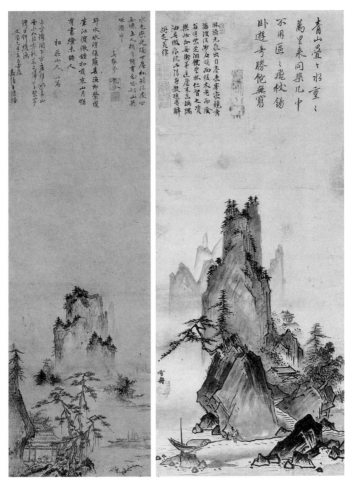

| 슈분의 산수화(왼쪽)와 셋슈의 산수화(오른쪽) | 왼쪽은 조선 초기 산수화풍을 닮은 슈분의 산수화이고, 오른쪽은 조선 성종 때 문인인 이손과 박형문의 제찬이 쓰여 있는 셋슈의 산수화이다.

그로부터 3년 뒤 도쿄에 갔다가 기노쿠니야 서점에서 무라이 쇼스케(村井章介)의 '한시(漢詩)와 외교(外交)'라는 매력적인 부제가 달린『동아시아의 왕환(東アジア往還)』(朝日新聞社 1995)이라는 책을 사서 보았는

데 뜻밖에 거기에 답이 있었다. 나는 그의 논거를 빌려 「셋슈 '산수도'에 보이는 이손과 박평문의 제시에 대해서」라는 논문을 한국미술사학회에 발표함으로써 그때 새치기했던 것의 용서를 세상에 구했다.

요약하자면 셋슈가 야마구치(山口)의 오우치(大內) 다이묘 휘하에 있을 때인 1487년 오우치 다이묘가 별도로 조선에 사신을 보낸 일이 있는데 그때 사신이 이 작품을 조선에 가져와 두 사람의 글을 받아간 것이 틀림없다. 당시 이손은 김해부사였고 박형문은 창원부사였기 때문에 맞아떨어진다.

그러면 왜 셋슈 그림을 조선까지 가져와 제시(題詩)를 받아갔을까? 나는 이렇게 생각했다. 1950년대에 수화 김환기와 고암 이응로는 파리로 가면서 말하기를 파리에 가서 자신의 작품을 한번 평가받아보고 싶다고 했다. 무로마치시대 일본인에게 조선은 1950년대 우리가 프랑스를 생각하는 정도의 문명 선진국이었는지도 모른다. 아무튼 무로마치시대 일본은 이런 식으로 조선왕조 문화의 영향을 끊임없이 받고 있었다. 그 역사의 현장이 상국사이기에 우리에게는 상국사가 각별하게 생각되는 것이다.

환상의 금각사로

이제 금각사로 간다. 금각사는 청수사와 함께 교토 관광의 양대 메카이다. 교토에 와서 금각사를 보지 않았다는 것은 다시 교토를 와야 한다는 뜻이 된다. 금각사는 그 이름에 값하고도 남는 아름다움이 있다.

금각사는 관람 동선이 아주 드라마틱하게 연출되어 있다. 주차장에 내려 총문(總門)이라 불리는 절문으로 들어서면 노송과 홍엽 단풍이 어

| 금각사 | 금각사는 청수사와 함께 교토 관광의 양대 메카이다. 교토에 와서 이 환상적인 금각사를 보지 않았다는 것은 다시 교토를 와야 한다는 뜻이 된다.

| **마주** | 총문을 들어서 진입로를 지나면 말을 매어놓는 마주를 만나게 되는데 최근에 가보니 그 앞에 파란색을 강렬하게 칠한 벤치가 놓여 있었다.

우러진 편안하고 운치있는 진입로가 나온다.

넓은 길 한쪽 가엔 돌기둥 4개가 나란히 서서 머리에 긴 띠지붕을 이고 있는 마주(馬駐)가 나타난다. 말 3마리를 매놓는 그 옛날의 주차장인 셈이다. 그런데 요즘엔 그 앞에 벤치 3개가 놓여 있다. 그것도 촌스러운 파란색이다. 뜻은 알겠지만 볼 때마다 좀 금각사다운 품격이 있었으면 하는 아쉬움이 있다.

매표소에서 입장권을 끊고 낮은 담장 모퉁이에 있는 작은 문을 통해 경내로 들어서서 길 따라 오른쪽으로 90도 꺾어들면 순간 홀연히 호수 너머로 황금빛을 발하는 금각이 나타난다. 그 순간 관람객들은 걸음을 멈추고 겉으로든 속으로든 "아!" 하는 감탄사를 자아내고 만다.

이미 사진으로 익히 보아온 장면이지만 거짓말 같은 아름다움으로 사람을 압도한다. 그 자리에서 오랫동안 바라만 보고 싶어진다. 관람객들

| **금각사의 참로** | 매표소에서 입장권을 끊고 들어서면 낮은 담장이 둘러진 참로가 나온다. 이 길 끝에서 오른쪽으로 꺾어들면 홀연히 호수 너머로 황금빛을 발하는 금각이 나타난다.

의 이런 마음을 잘 알았는지, 아니면 들어오는 관람객마다 그 자리에 멈추어서 움직이지 않는 바람에 입구가 혼잡해졌기 때문인지 한쪽에 금각을 조망할 수 있는 넓은 터가 마련되어 있다.

여기로 들어서면 넓은 호수 너머 금각을 정면으로 마주할 수 있지만 이를 배경으로 사진 찍는 사람들로 초만원을 이루어 차분히 감상할 틈을 주지 않는다. 그래도 금각사는 이 자리에서 볼 때 그 아름다움을 제대로 감상할 수 있다. 이 자리를 떠나면 호수를 따라 거닐면서 금각의 옆뒤 모습을 둘러보고 뒷문으로 나가게 되어 있다.

나는 염치 불고하고 난간에 바짝 붙어서 연못에 그림자 지어 어른거리는 금각을 보면서 지금 내가 받고 있는 이 감동이 어디에서 나왔는지 따져본다.

| **경호지에 비친 금각** | 거울처럼 맑은 경호지에 3층 누각 건물이 통째로 그림자 지면서 수면 아래위로 대칭을 이루고, 가볍게 일렁이는 물결에 그림자가 흔들리며 환상을 일으킨다.

금각의 환상적인 구조

금각은 금빛 찬란함 때문에 대단히 화려하다는 느낌을 주지만, 그 형태를 가만히 바라보고 있으면 벽면의 창살, 난간의 기둥, 층층이 이어지는 지붕의 선들이 어우러지는 모습이 아주 간결하여 날렵해 보인다. 그리고 지붕 꼭대기는 청동으로 만든 봉황 한 마리가 곧 날아오를 듯 날갯짓하며 상승감을 북돋아준다.

그런 경쾌한 느낌이라면 건물이 가벼워 보일 만도 한데 그렇지가 않다. 거울처럼 맑은 호수에 3층 누각 건물이 통째로 그림자 지면서 수면 아래위로 대칭을 이루고, 가볍게 일렁이는 물결에 그림자가 흔들리며 환상을 일으킨다. 그래서 이름이 경호지(鏡湖池), 즉 거울 못이라고 한다.

구조를 보아 일본의 누각은 대개 2층인데 금각은 3층이다. 짝수의 연속감이 아니라 홀수의 안정감이 있다. 1, 2, 3층의 체감률을 보면 1층과 2층은 높이와 폭이 똑같고 3층만 급격히 좁혀져 건물 몸체의 폭이 반으로 줄어들었다.

이런 구조를 도면으로 그려놓고 보면 언밸런스한 체감률이라고 하겠지만 1층은 금박을 입히지 않고 목재의 검붉은 빛을 그대로 남겨두어 마치 2층 건물의 기단부 같은 느낌을 주고, 3층은 넓은 난간을 사방으로 두르고 있어 그 다양한 구성이 미묘한 변화의 아름다움을 일으키며 비례가 어긋난다는 느낌을 주지 않는다. 오직 절묘한 디자인이라는 찬사가 나올 뿐이다.

모르긴 몰라도 일본의 수많은 문사들이 이 금각을 예찬하는 명문을 남겼을 것이 분명한데 이방인인 내가 그런 것을 다 알아볼 수는 없고 나도 이 금각의 아름다움에 도전하고 싶은 마음이 일어난다.

그러나 화려하다, 절묘하다, 환상적이다, 황홀하다, 우아하다, 장엄하다, 장중하다, 상큼하다, 어여쁘다, 멋지다…… 내가 아는 미에 관한 형용사를 다 동원해보아도 금각의 아련한 아름다움을 담아내기엔 부족함이 있다.

이 글을 쓰기 위하여 지난겨울 저녁나절 인적 드문 금각사에 다시 찾아갔을 때 금각은 흩뿌리는 눈발 속에 여전히 당당한 금빛을 발하고 있었다. 눈발 속에서 빛나는 금각은 마치 흰 사라(紗羅)를 휘날리는 아름다운 여인의 자태를 연상케 했다. 그것은 '시각적 관능미!'였다.

그러나 범접하기 힘든 우아한 아름다움을 지닌 '시각적 관능미!'

북산전의 창건

다시 아시카가 요시미쓰 이야기로 돌아간다. 상국사의 완공을 본 지 2년이 지난 1394년, 요시미쓰는 쇼군 직을 장남인 요시모치(義持)에게 넘겨주고 그 이듬해에 출가하여 승려가 되었다. 법명은 도의(道義), 법호는 녹원(鹿苑)이다. 그때 나이 38세였다.

요시미쓰는 막부 저택인 '꽃의 어소'를 아들에게 넘겨주면서 자신이 지낼 처소로 지금의 금각사 땅을 매입했다. 교토 시내 북쪽에 있어 북산(北山, 기타야마)이라고도 불리는 기누가사산(衣笠山) 아래에 위치한 이곳은 본래 서원사가(西園寺家)라는 귀족 가문의 별장 겸 씨사(氏寺)가 들어서 있던 곳이었다.

이 집안은 가마쿠라시대의 명문가였다. 대대로 출세해오다가 태정대신에 오른 인물도 낳았다. 그의 손녀딸을 천황가에 시집보내 왕가와 사돈을 맺고 그 아들이 천황에 오르면서 권세가 섭관가(攝關家, 섭정과 관백을 지내는 집안)를 능가할 정도가 되었다고 한다.

그러나 가마쿠라 막부의 몰락과 함께 이 집안은 쇠퇴일로에 들어 서원사가의 별장과 사찰은 황폐화하였다. 1397년 요시미쓰가 이 버려진 서원사가의 터를 매입하여 새 별저로 조영한 것이 오늘의 금각사이고 그 당시 이름은 북산전(北山殿)이었다.

요시미쓰는 아들에게 쇼군 자리를 물려주었지만 권력의지를 버린 것은 아니었다. 태정대신 자리를 지키면서 공가와 무가를 모두 통솔하는 오히려 더 큰 꿈을 갖고 있었다. 어떤 역사가는 그가 천황 자리까지 넘본 것으로 의심하기도 한다.

그 때문에 북산전은 어느 저택보다도 권세를 자랑하는 화려한 저택으로 지어졌다. 북산전에는 수많은 건물이 들어서 있었는데, 금각이라 불리는 사리전 뒤에는 천경각(天鏡閣), 또 그 뒤에는 천각(泉閣)이 있어 이 전각들을 이어주는 구름다리를 걸으면 마치 "허공을 걷는 것" 같은 환상적인 아름다움이 있었다고 한다.

요시미쓰는 예술적 소양이 뛰어난 인물이었다. 무로마치시대 문화를 상징하는 렌가(連歌, 노래 이어짓기)에도 뛰어났고, 또 다른 무로마치시대 문화의 상징인 노(能)라는 연희도 요시미쓰의 총애와 비호 아래 간아미(觀阿彌)와 그의 아들 제아미(世阿彌)에 의해 성립한 것이었다. 그는 축국(蹴鞠, 오늘날의 축구와 유사한 놀이)도 잘했다고 한다.

또 그는 정원을 설계하는 데에도 타고난 재능이 있었다. 요시미쓰는 젊어서 태정대신인 니조 요시모토(二條良基)에게 공가의 교양을 많이 배웠는데, 그의 저택은 아름다운 정원으로 유명하여 여기서 많은 공부가 있었던 것으로 알려져 있다. 요시미쓰의 첫번째 작정(作庭)은 막부의 저택인 '꽃의 어소'로 이곳은 전통적인 침전조 정원 양식으로 조영했다고 한다.

요시미쓰는 이 북산전에서 다시금 그의 독창적인 작정 솜씨를 발휘하게 된 것이다. 요시미쓰는 지방의 다이묘들에게 멋진 정원석을 가져오게 했다. 이것이 지금도 섬과 연못가에 있어 '호소카와 석(細川石)' 등 다이묘의 이름을 따서 불리고 있다.

그런데 이 건립에 필요한 막대한 자금을 어디서 끌어올 수 있었을까. 그것은 상국사 건립 때와 마찬가지로 명나라에 보낸 무역선을 통해서였다.

일본국왕, 원도의

중국과 교역하는 무역선이 황금알을 낳는 오리와 같았다는 사실은 이미 천룡사, 동복사, 상국사에서 보아왔다. 요시미쓰는 이를 사무역이 아니라 아예 국가 간의 관무역으로 발전시켰다. 이를 위하여 요시미쓰는 명나라와 외교관계를 수립했다.

1368년 원나라 몽골인들이 북방 초원으로 쫓겨나고 명나라가 건국되자 명나라는 일본에게 왜구 문제 처리와 함께 조선처럼 황제와 왕의 관계라는 책봉체제에 들어올 것을 요구했다.

요시미쓰는 과감히 이에 응해 1401년 명나라 황제에게 상표문(上表文)을 올려 황제를 받드는 예를 보였고 이에 명나라는 이듬해에 사신을 보내 그를 일본국왕(日本國王)에 임명한다는 책봉문과 함께 거북이 손잡이가 달린 금인(金印)을 내려주었다. 황제는 옥새, 주변부 국왕은 금인을 사용하는 의례에 따른 것이었다. 이때 요시미쓰는 새로 지은 북산전 금각에서 명나라 사신을 맞이했다.

이후 그는 '일본국왕 신 원도의(日本國王臣源道義)'라는 도인을 사용했다. 원(源)이라 한 것은 아시카가씨의 뿌리가 미나모토(源)임을 말하는 것이고, 도의(道義)는 요시미쓰의 법명이다. 이리하여 오랫동안 외톨이로 있던 일본이 비로소 중국(명나라)이 주도하는 동아시아 국제질서에 편입되었다.

메이지시대 일본의 황국사관론자들은 이런 태도를 굴욕적이라고 비판했다. 그러나 여기에는 요시미쓰의 용의주도함이 있었다. 여기서 일본국왕이라고 한 것은 일본 천황이 아니라 자기 자신이었던 것이다.

그의 공식 직함인 태정대신을 사용하지도 않았다. 그렇다고 아들에게 물려준 쇼군이라는 직위를 빌린 것도 아니었다. 일본의 관직엔 없으나 국제적으로는 통용될 수 있는 일본국왕이라는 직책을 만들어 대외적으로 사용한 것이었던 것이다.

그 결과 요시미쓰는 일본의 천황은 명목상 중국의 황제와 동격이라는 명분과 함께 외교권은 천황이 아니라 무가가 갖는다는 실리도 챙겼다.

대내적으로는 자신의 국제적 위상을 과시할 수 있는 것이기도 했다. 이후 일본의 외교권은 언제나 막부가 쥐게 되었다. 무로마치 막부는 조선과의 외교에서도 '일본국왕 신 원도의'라는 이름과 관인을 사용했다. 일본국왕이란 천황이 아니었던 것이다.

일본과 명나라의 '감합 무역'

명나라와의 외교관계 수립은 곧 무역으로 이어져 일본국왕 요시미쓰와 명나라 황제 영락제 사이에 이른바 '감합(勘合, 간코) 무역'이라는 공식적인 교역이 체결되었다. 감합이란 일본이라는 국호 글자와 일련번호가 쓰인 절부(節符)를 만들어 이를 반으로 쪼개 양국이 갖고 있다가 '짝을 맞추어 확인'(감합)하는 방식이었다. 명나라는 이 감합 절부를 100매 발행했고 무로마치 막부는 말기인 1547년까지 모두 17번의 감합 무역선을 보냈다. 매번 평균 3척의 배가 떠났다.

일본이 조공품으로 보낸 것은 말·칼·유황·금병풍·부채 등이었고 명나라 황제가 내려준 하사품은 백금·비단·동전 등이었다. 특히 중요한 것은 동전의 수입이었다. 일본은 따로 화폐를 주조하지 않고 '영락통보(永樂通寶)' 엽전을 에도시대까지 통용 화폐로 사용했다. 이것이 막부의 엄청난 재원이 되었다.

이와 동시에 상인과 지방의 다이묘가 별도로 보내는 사무역도 빈번하게 행해져 일본에서 돌연 화폐경제가 활기를 띠게 되었다. 중국 도자기·비단·칠기·서화·서적 등 명나라의 발달된 문명이 쏟아져 들어오고 많은 선승들이 명나라 문화를 익히고 돌아오면서 무로마치시대 문화가 융성하게 되었다.

조선에는 막부의 쇼군뿐만 아니라 야마구치 지역을 지배한 오우치 다이묘, 쓰시마의 번주 소씨(宗氏)가 따로 사신과 상인을 보내 교류했다. 그렇게 동아시아엔 평화로운 공생 번영이 있었다.

녹원사의 창건과 금각의 구조

요시미쓰는 북산전에서 변함없이 정무를 보면서 이곳에서 그 권세를 과시했다. 천황을 초대하여 무려 21일간 연회를 열기도 했고, 명나라 사신을 맞이하기도 했고, 매년 10월이면 승려 1천 명이 10일간 『법화경』을 독송하는 '법화경 1만 부 독송'을 행했다.

공가, 무가, 불가의 명사들과 렌가를 짓고 차를 마시고 시를 지으며 중국에서 들여온 도자기와 회화를 감상하기도 했다. 그것이 북산문화의 구체적인 내용이기도 하다.

그러나 북산전 건립 10년 뒤인 1408년, 요시미쓰는 51세의 나이에 갑자기 세상을 떠났다. 이후 북산전은 그의 아내의 거처가 되었고 10년 뒤 그녀가 죽자 그의 아들인 4대 쇼군(요시모치)이 1420년 몽창 국사를 권청 개산으로 하여 녹원사(鹿苑寺)라는 사찰로 조영한 것이 오늘의 금각사이다. 녹원은 요시미쓰의 법호(法號)이다.

금각은 사리전으로 바뀌었다. 금각의 내부를 보면 1층은 침전조 양식으로 천황이 기거하는 어소 건물에 영향받은 것인데, 여기에는 요시미쓰의 초상조각과 보관석가여래상이 모셔져 있다.

2층은 조음동(潮音洞)이라는 이름으로 관음과 사천왕이 모셔져 있지만 본래는 만남의 장소(會所)로 무가사회에 새롭게 생기기 시작한 서원조(書院造) 양식이다.

3층은 선종 양식으로 실내 한가운데 사리함이 모셔져 있고 구경정(究竟頂)이라고 부른다. 이 세 가지 양식의 조합은 무로마치시대 초기 북산

| 금각 내부의 사리함 | 금각 3층에는 사리함이 모셔져 있다. 금각사의 황홀한 표정에 걸맞은 내부 모습이지만 우리가 이를 실견할 수 있는 기회는 없다.

문화가 추구한 공가·무가·불가의 만남이었다.

나는 잘 모르는 분야이지만 요시미쓰가 적극 지원했던 제아미의 노(能)에는 노체(老體)·군체(軍體)·여체(女體)를 말하는 삼체론(三體論)이 있다고 한다. 철학자인 우메하라 다케시(梅原猛)는 이것을 풀이하여 선적(禪的)인 정신(와비사비佗び·寂び)의 노, 무사적인 용장(勇壯)의 노, 왕조적인 우미(優美)의 노라고 하면서 이 삼체론이 금각의 3층과 오버랩된다고 했다. 그래서 공가·무가·불가의 만남이 이루어진 금각사를 북산문화의 상징이라고 하는 것이다.

금각사 산책

금각사 답사는 입구에서 바라보는 것만으로 끝이라고 할 수 있다. 금

| 석가정 | 석가정이라는 노지 다실은 다도가 유행하던 17세기에 새로 지어진 것인데, 저녁에 여기서 바라보는 금각이 아름다워 저녁 석(夕)에 아름다울 가(佳)자를 붙였다고 한다.

각을 조망한 뒤 이상적인 다음 순서는 금각 안으로 들어가보는 것인데 그것이 우리들 차지가 될 리 만무하다. 그래도 금각에서 받은 감흥의 여운을 간직하며 순로(順路)대로 따라가는 것이 답사의 정석이다. 이제 연못가 길을 따라 금각으로 향하면 2천 평에 달하는 경호지에 작은 섬과 큰 바위가 시점의 이동마다 달리 나타나는 다양한 변화를 볼 수 있다.

연못 한가운데는 신선이 산다는 봉래섬으로 위원도(葦原島)라는 갈대섬을 조성하고 이를 중심으로 장수를 상징하는 학섬·거북섬을 금각 앞에 배치했다. 부처님 세계를 상징하는 수미산 바위, 그리고 추상적인 형태미를 보여주는 중국의 유명한 정원석인 태호(太湖) 괴석(怪石) 등을 조성했다. 연못가에는 지방 다이묘들이 진상한 각지의 명석들이 호안 석축(護岸石築)을 이루고 있다. 참으로 그윽한 풍광의 아름다운 호수이다.

금각의 측면과 뒷면을 곁눈으로 보면서 뒷길로 돌아서면 요시미쓰가

| 석가정 내부 | 석가정의 내부는 아기자기한 구조이다. 이 조촐한 분위기는 금각의 화려함과 극명한 대비를 이룬다.

차를 달일 때 애용했다는 은하천(銀河泉)이 있고, 용문롱(龍門瀧)이라는 작은 폭포가 나오는 오솔길로 접어든다. 이 길은 언덕길로 이어져 돌계단을 다 오르면 석가정(夕佳亭)이라는 노지 다실에 다다르게 되는데 이 다실은 다도가 유행하던 17세기에 새로 지어진 것이다.

석가정의 조촐한 분위기는 금각의 화려함과 극명한 대비를 이루어 마치 도요토미 히데요시의 황금 다실과 센노 리큐의 다다미 2장 반의 초암 다실을 비교하는 것만 같다. 다실 이름이 석가정인 것은 저녁에 여기서 바라보는 금각이 아름다워 저녁 석(夕)에 아름다울 가(佳)자를 붙인 것이라고 한다. 그러나 우리에게까지 그런 아름다움을 즐길 수 있는 기회가 주어지진 않는다.

출구인 금각사 뒷문에 다다르면 한쪽에 부동당(不動堂)이라는 불전이 있어 호기심 많은 분, 아니면 답사만 오면 갑자기 학구열이 치솟아 무엇

하나 놓치면 큰일 나는 줄 아는 사람은 거기로 달려가 기웃거려보기도 한다. 이 불전은 금각사 이전 서원사 시절부터 있던 유적으로 가마쿠라 시대에 조성된 부동명왕이 모셔져 있다. 그러나 이 불상은 비불(秘佛)로 봉인되어 있어 정해진 날짜 며칠만 개방되므로 보아도 안 본 것이나 마찬가지다.

여기까지가 금각사 답사의 끝이다.

금각사의 방화와 재건

금각사가 녹원사라는 이름으로 개창된 지 50년쯤 되었을 때 10여 년에 걸친 오닌의 난이 일어나 1467년 금각사도 화염에 휩싸였다. 그러나 금각 사리전만은 화마를 입지 않고 건재했다.

그렇게 전란과 화재 속에서도 500여 년을 잘 버텨온 금각이었지만 1950년 7월 2일 새벽, 금각사의 21세 학승인 하야시 쇼켄(林承賢)의 방화로 전소되는 충격적인 사건이 발생했다. 이때 금각 사리전 안에 있던 요시미쓰의 목조각상(당시 국보), 관음보살상, 아미타여래상 등 6점의 문화재도 소실되었다.

방화범은 절 뒷산에서 할복자살을 시도했으나 응급조치로 살아났다. 그는 사찰이 관광객의 참관료로 운영되고 승려보다 사무관이 판을 치는 등 사찰의 존재 방식이 속물주의에 빠진 것에 염증을 느껴 반발심으로 방화했다고 자백했다. 그러나 그는 심각한 말더듬이에 정신분열증이 있었던 것으로 밝혀졌고, 징역 7년을 선고받아 복역하던 중 1956년 정신분열증과 결핵으로 죽었다.

금각사는 곧 복원에 나섰다. 처음에는 냉소적 분위기가 팽배했지만 교토 시민들이 금각사가 없는 교토는 상상할 수 없다며 모금 운동을 벌여 당시 돈으로 3천만 엔을 모아 재건에 착수할 수 있었다. 다행히 메이지시대의 대대적인 수리 도면이 남아 있어 원형에 더 충실할 수 있었다고 한다. 그리하여 금각은 3년간의 공사 끝에 1955년, 소실 때 모습이 아니라 창건 때 모습으로 2층과 3층에 금박을 입히고 다시 태어났다.

그러나 서둘러 복원한 탓인지 기술이 부족했는지 군데군데 금박이 떨어져나가 '금각'이 아니라 '흑각'이라는 야유를 받기도 했다. 결국 일본 문화청은 1986년 7억 4천만 엔의 거금을 들여 금박 전체를 다시 붙이는 수복(修復) 공사를 시행하여 1년 8개월 만인 1987년 10월에 완공했다.

이때 사용한 순금은 20킬로그램으로 가로세로 약 10센티미터의 금박 20만 장을 접착력이 강한 옻칠로 붙였다. 금박으로 유명한 가나자와(金澤) 공방에서 제작한 이 금박은 보통 금박보다 5배 두껍다지만 1만분의 5밀리미터짜리라고 한다. 일본의 이 금박 기술은 참으로 놀라운 것이다. 그리고 1998년에 누각 지붕의 널을 전면 교체한 것이 오늘의 금각 사리전이다.

미시마 유키오의 「금각사」와 할복자살

소실된 금각사가 재건된 이듬해인 1956년 소설가 미시마 유키오(三島由紀夫, 1925~70)는 「금각사」라는 소설을 발표해 큰 화제를 불러일으켰다. 그는 이 소설에서 금각사 방화 사건을 자신의 탐미주의 미학으로 포장하여 주인공이 금각을 영원한 아름다움으로 간직하기 위해 불을 지른 것으로 묘사했다.

미시마 유키오는 천재적인 소설가로 평가받기도 하지만 나체로 사진을 찍는 등 유별난 행동을 잘한 극우주의자이기도 했다. 동성연애자를 소재로 한 「가면의 고백」으로 문단에 등단했는가 하면 천황에 대한 충성과 동료들에 대한 우정으로 자살하는 젊은 장교 이야기를 담은 「우국(憂國)」을 발표하기도 했다.

그는 "이상한 에로티시즘의 화려한 문체"를 구사했다는 평을 받기도 했는데 대개의 탐미주의자들이 그렇듯이 편집광적으로 자신을 외곬으로 몰아갔다. 1970년 11월 25일 미시마 유키오는 4명의 추종자와 함께 도쿄의 자위대 본부를 점거하고 800명의 자위대원들 앞에서 일장 연설을 했다.

"일본을 지키는 것은 천황 중심의 역사와 문화의 전통을 지키는 것이다. (…) 수컷 한 마리가 목숨을 걸고 제군들에게 호소한다. (…) 지금 일본인이 여기서 일어나지 않으면, 자위대가 일어서지 않으면 헌법 개정이란 없다. (…)
나는 여기서 천황폐하 만세를 외치겠다."

그러고 나서 미시마 유키오는 안으로 들어가 단도로 배를 찔러 할복했고 동료는 그의 죽음을 위해 목을 내리쳐주었다.

미시마 유키오의 할복자살 사건은 우리나라에도 곧바로 전해졌고, 일본의 군국주의 부활을 꿈꾸는 극우들이 건재하다는 사실은 우리에게 큰 충격을 주었다. 이 무렵 「오적(五賊)」으로 유명해진 김지하(金芝河)는 「아주까리 신풍(神風) ─ 미시마 유키오에게」(『다리』 1971년 3월호)라는 시를 발표했다.

별것 아니여
조선놈 피 먹고 피는 국화꽃이여
빼앗아간 쇠그릇 녹여버린 일본도란 말이여

뭐가 대단해 너 몰랐더냐

비장처절하고 아암 처절하고말고 처절비장하고

처절한 신풍(神風)도 별것 아니여

조선놈 아주까리 미친 듯이 퍼먹고 미쳐버린

바람이지, 미쳐버린

네 죽음은 식민지에

주리고 병들고 묶인 채 외치며 불타는 식민지의

죽음들 위에 내리는 비여

역사의 죽음 부르는

옛 군가여 별것 아니여

벌거벗은 여군이 벌거벗은 갈보들 틈에 우뚝 서

제멋대로 불러대는 미친 미친 군가여

동아시아 3국의 상호 문화 융성을 기리며

북산문화의 상징으로 칭송되는 금각사 답사의 마무리를 이렇게 학승의 방화사건과 미시마 유키오의 할복자살이라는 스캔들로 마무리하자니 왠지 이 절이 일본의 역사에서 갖는 의미를 퇴색시키는 것 같아 싫다. 나는 이 절이 지어진 무로마치시대가 동아시아 역사 전체에서 갖는 의미를 되새겨보면서 금각사 답사를 마무리하고 싶다.

한 시대 문화의 꽃을 피우려면 몇 가지 필요조건을 갖추어야 한다. 정치적인 안정, 경제적인 풍요, 정신적인 지주, 선진문화의 과감한 수용, 문화를 주도할 인재의 양성, 그리고 이를 추진할 수 있는 강력한 리더십이다. 만약에 그 리더가 계몽군주 같은 역량이 있다면 더욱 왕성한 추진력을 갖게 된다. 무로마치시대 초기는 그런 시대였고, 금각사의 주역인

3대 쇼군 아시카가 요시미쓰는 그런 리더였다.

그래서 북산문화의 저변에는 공가의 권위, 무가의 권력, 불가의 정신이 어우러져 있었고, 수묵화, 노(能), 렌가와 같은 미술, 연극, 문학, 음악 등 예술이 꽃피고 사상과 인문정신이 살아 있었다. 그것을 저 빛나는 금각사 사리전이 증언하고 있다.

그러나 무로마치시대 북산문화가 꽃필 수 있었던 또 하나의 배경에는 일본이 명나라·조선왕조와 외교 관계를 회복했던 점이 자리잡고 있다. 일본이 동아시아 질서 속에 들어옴으로써 중국·한국·일본, 즉 명나라·조선왕조·무로마치 막부 모두가 평화로운 공존 속에서 서로 문화의 꽃을 피울 수 있었던 것이다. 골치 아팠던 왜구라는 해적 문제도 일단 수그러졌다.

14세기 전반 아시카가 요시미쓰 시절의 명나라 황제는 영락제였고, 조선은 세종대왕 치하에 있었다. 동아시아에 모처럼 평화로운 공존이 이루어진 문예부흥기였다. 그것은 8세기 중엽 당나라 현종, 통일신라 경덕왕, 발해의 성왕, 나라시대의 쇼무(聖武) 천황이 함께 누렸던 문예부흥기 이후 600년 만에 다시 찾아온 문화의 융성이었다.

또다시 600년이 흘러 우리는 21세기를 살아가고 있다. 이제 다시 동아시아 3국이 함께 공존하면서 문화의 꽃을 피울 때가 된 것은 아닌가.

선(禪)의 이름으로 예술이 나타나면

일본미의 상징, 용안사 석정 / 존 케이지 '용안사는 어디에?' /
서양 현대건축과 용안사 / 스즈키 다이세쓰와 선불교 /
석정의 15개 돌 / 방장의 금강산 그림 / 쓰쿠바이 / 용안사 유감

"아무래도 용안사겠지요"

흔히 듣는 말이지만 "많은 것 중 하나만 고르라면 어느 것입니까"라는 물음처럼 대답하기 어려운 것이 없다. 하나를 고른다는 것은 나머지도 다 알 때만 가능하기 때문이다. 그래서 이런 식의 질문에 보통은 불가능하다고 대답을 피한다. 그러나 실력있는 사람은 마침내 대답을 한다.

문화재청장 시절 문화재 복원에 특별예산이 편성된 사례들을 알아보던 과정에 들은 이야기다. 1970년대 중반 청와대의 한 고위공직자가 당대의 석학인 서울대 교수 두 분께 단도직입적으로 질문했단다. 먼저 철학자인 열암 박종홍(朴鐘鴻) 선생에게 "단군 이래 제일가는 사상가를 꼽으면 누구입니까?" 아마도 보통 학자라면 질문 자체가 안 된다고 했을 성싶다. 그러나 열암 선생은 한참을 생각하더니 "아무래도 퇴계 이황을

꼽아야겠죠"라고 대답했다고 한다.

다음에는 정치학자이자 미술사가인 동주 이용희(李用熙) 선생에게 "단군 이래 제일가는 예술가 한 사람을 꼽으라면 누가 될까요?"라고 물었더니 동주 선생은 "아무래도 추사 김정희라고 해야겠죠"라고 했단다. 그것이 전문가 의견을 수렴하는 방식이었다. 그리고 얼마 안 되어 퇴계의 도산서원 복원과 예산의 추사고택 복원을 위한 부지 매입에 특별예산이 편성되었다고 한다.

직접 듣진 못했지만 이때 두 석학이 대답의 첫머리에 붙인 '아무래도'라는 말 속에는 '모든 것을 이리저리 다 따져보았지만'이라는 뜻이 함축되어 있는 셈이다.

영국은 타의 추종을 불허하는 완벽한 의전(儀典) 시스템으로 유명하다. 엘리자베스 여왕이 외국을 순방할 때면 그 나라의 대표적인 유적 한 곳을 꼭 방문하는데 이를 결정하기 위하여 왕실의 의전 관계자들이 각종 자료를 수집하고 전문가까지 대동해 현장을 답사한다. 1999년 방한 때도 영국 왕실 측에서 6개월 전부터 경복궁, 창덕궁, 해인사, 화엄사 등을 두루 검토하고 결국 안동 하회마을을 택했다.

1975년 엘리자베스 여왕이 일본 방문 때 들른 곳은 용안사(龍安寺, 료안지), 정확히는 용안사의 석정(石庭)이었다. 그들이 볼 때 한국적인 풍광을 가장 잘 보여주는 곳이 '아무래도' 하회마을이었듯이 일본의 아름다움, 일본적인 것을 대표하는 유적은 '아무래도' 용안사 석정이었던 것이다.

내가 『나의 문화유산답사기』 '교토의 명소' 편을 펴내면서 표지 사진으로 용안사의 석정을 고른 것도 일본의 이미지(image of Japan)를 단적으로 보여주는 것은 '아무래도' 용안사 석정이라고 생각했기 때문이다.

| **용안사 석정** | 일본의 이미지를 이보다 더 단적으로 보여주는 것은 없다고 할 정도로 강렬한 인상을 준다. 오늘날 용안사의 석정은 거의 전설이 되었다.

일본미의 상징, 용안사 석정

용안사 방장 건물의 남쪽 정원인 석정은 거의 전설처럼 되었다. 용안사 석정은 참으로 고요하고, 정갈하고, 아름답고, 평범성의 가치를 드높여주고, 깊은 명상으로 유도하는 절묘한 정원이다.

선종 사찰에서 방장은 주지스님이 기거하는 곳이자 손님을 맞이하고 참선을 수행하는 공간이다. 대부분 마른 산수 정원으로 참선 수행에 적합한 분위기가 있다. 그래서 요란하지 않고 차분한 분위기를 연출한다. 그 점에선 이 석정도 다를 것이 없다.

대개는 물을 사용하지 않고 백사(白砂)와 돌로 꾸민 마른 산수 정원으로 여기에 진귀한 돌과 잘생긴 나무, 희귀한 꽃을 장식해 각기 다른 자태로 그윽한 서정을 불러일으킨다. 그러나 용안사 석정에는 그런 표정이 없다. 이 점이 다른 것이다.

동서 25미터, 남북 10미터의 80평 정도 되는 공간을 낮은 흙담으로 둘러싸고 거기에 자잘한 백사를 가득 깔아놓은 다음 크도 작도 않고 잘생길 것도 없는 15개의 돌을 여기저기 배치했을 뿐이다. 나무 한 그루, 풀 한 포기 없고 물도 흐르지 않는다.

표정이 있다면 둘씩 셋씩 무리지어 있는 돌 밑에서 자란 파란 이끼와 백사 마당을 갈퀴질해서 그은 긴 직선과 둥근 선밖에 없다. 백사는 그렇게 비어 있음을 말해주고 돌은 그렇게 놓여 있음만을 보여줄 뿐이다. 표정도 없고 서정도 없으니 이 석정에 감도는 것은 고요뿐이다. 그렇다고 해서 이 정밀(靜謐)의 공간이 강한 긴장감을 일으켜 우리를 압박하는 것은 아니다. 오히려 아늑함이 있다.

이는 저 낮고 허름해 보이는 담장 덕분이다. 석정의 담장은 우선 높이에서 부담을 주지 않는다. 그리고 무엇보다도 이 낡은 흙담이 세월의 때를 느끼게 해주기 때문에 갈퀴질한 백사가 일으키는 긴장을 이완시켜주고 인공적인 것의 차가움에 온기를 불어넣어준다.

용안사 석정의 흙담은 유채를 섞어 반죽한 것이라 시간이 흐르면서 자연스럽게 기름이 배어나와 이처럼 세월의 연륜을 느끼게 해준다. 지붕도 널빤지를 너와로 올린 것이라 더욱 멋있고 편안하다(이 지붕은 한동안 암키와 지붕이었지만 1970년대 들어 너와로 바꾸었다고 한다).

그러면 500여 년 전 이 정원을 무슨 의도로 이렇게 조영한 것인가. 용안사 석정은 관조의 정원에서 더 나아가 선(禪) 자체를 정원으로 표현한 것으로 보인다. 공(空), 비어 있다는 것. 불변(不變), 변하지 않는다는 것. 지(止), 머물러 있다는 것. 관(觀), 바라본다는 것. 그리고 명상(冥想), 고요히 마음을 성찰하는 것. 그런 선의 의의를 돌과 백사로 나타낸 것이다.

정원이 '선'의 이름으로 나타난 것인데 현대적 조형 개념으로 말하자면 추상미술이기도 하고 설치미술이기도 하다.

| 석정의 흙담 | 낮고 허름해 보이는 석정의 담장은 높이가 부담스럽지 않고 흙벽이 세월의 때를 느끼게 해주기 때문에 갈퀴질한 백사 정원이 일으키는 긴장을 이완시켜주고 인공적인 것의 차가움에 온기를 불어넣어준다.

서양 전위예술가가 본 용안사 석정

선불교의 문화에 어느 정도 익숙한 우리는 선의 이미지와 닮은 참으로 단순하면서도 고요한 정원이라 생각하며 감동으로 이 석정을 대한다. 그러나 선의 개념이 낯선 서양인들에게 용안사 석정은 놀라움이고 기적의 공간이다. 특히 예리한 감성을 지닌 예술가들에게 이 공간의 감동은 아주 크고 긴 충격의 파장을 준다.

대표적인 예가 존 케이지(John Cage, 1912~92)이다. 백남준(白南準)이 스승처럼 모셨던 작곡가이자 실험미술가였던 존 케이지는 작곡 발표회에서 4분 33초 동안 아무것도 연주하지 않은 「4′33″」로 너무도 유명하다. 그가 이 곡을 작곡한 것, 아니 이런 퍼포먼스를 한 것은 전적으로 그가 1950년대부터 선(禪, Zen)에 심취하면서 얻은 공(空, voidness) 개념을 음악적으로 실현한 것이었다.

존 케이지는 1962년 용안사를 방문한 뒤 이 석정에서 본 공간의 비어 있음(emptiness)과 침묵(silence)의 가치에 영감을 받아 용안사 석정과 같은 숫자의 돌 15개를 놓고 그 둘레를 따라 드로잉을 한 작품들을 선보였다. 그리고 이 작업에 '용안사는 어디에?'(Where R=Ryoanji)라는 타이틀을 붙였다.

존 케이지는 이런 작업을 통해 마침내 "예술은 자기를 표현하는 매개물이 아니라 자기 자체의 변신이다"(not as a vehicle for self expression, but self alteration)라고 선언한다.

서구에서 경험하지 못했던 감성과 정신세계에 대한 이런 실험적인 표현은 다른 현대미술가들에게도 많은 공감을 일으켰다. 백남준의 비디오 아트에서 자주 드러나는 선의 이미지는 사실 존 케이지의 작업들에 영향을 받은 결과물이었다. 2004년 그의 추종자들이 존 케이지에게 헌정한 공동작업의 제목은 '돌의 역할: 용안사를 따라서'(Rock's Roll: After Ryoanji)였다.

서양 현대건축에서의 용안사

동양적 신비와 정신적 가치에 눈을 뜬 미국사회에서는 시각예술에서도 선을 조형적으로 구현한 작업들이 등장했다. 대표적인 것이 아무것도 그려지지 않은 빈 캔버스를 전시한 로버트 라우션버그(Robert Rauschenberg, 1925~2008)의 「하얀 그림」(white painting)이다. 그는 이 작품에 대해서 "비어 있는 캔버스는 가득 찬 것이다"(an empty canvas is full)라고 말했다. 이것은 존 케이지의 침묵의 음악 「4′33″」와도 이어지는 것이었다.

선미술을 상징하는 전설이 된 용안사의 석정은 환경미술 작품으로

도 재현되었다. 일본계 미국인 작가인 이사무 노구치(Isamu Noguchi, 1904~88)는 뉴욕 체이스 맨해튼 은행 광장을 비롯한 여러 공공 프로젝트에 용안사 석정을 응용한 작품을 보여주었다.

용안사 석정을 통해 체득한 선불교의 정신을 돌조각 작품에 담아 그런 이미지의 탁자도 디자인했다. 이런 식으로 서양의 현대 조형이 동양의 정신과 미학을 만나는 창구가 용안사의 석정이었다.

오늘날 세계에서 가장 권위있고 유명하고 연륜있는 미술 전람회인 베네치아 비엔날레는 홀수 해에는 미술전, 짝수 해에는 건축전이 열린다. 전시마다 주제를 새로 정해 세계 각국에서 작가를 초청한다. 2000년 베네치아 비엔날레 건축전의 주제는 21세기를 맞이하여 새로운 건축적 가치를 찾자는 취지로 다음과 같이 내걸었다.

덜 미학적인 것이고 더 윤리적인 것을(Less Aesthetics, More Ethics)

이 전시회의 초대작가들은 각기 이 주제에 맞는 자신의 작품을 출품했는데 오스트리아의 한스 홀라인(Hans Hollein, 1934~2014)이라는 건축가는 자신의 작품 대신 이 용안사 석정을 그대로 축소한 모형을 출품했다. 그는 프랑크푸르트 현대미술관 같은 세련된 포스트모던 계열의 건축을 설계한 이로 세계 최고의 거장 반열에 오른 건축가이다.

그는 서구에서는 윤리의 건축을 찾을 수 없다는 반성을 이런 식으로 데몬스트레이션했던 것 같다. 그의 작품은 서구 건축계에 신선한 충격을 주어 세계적인 건축 잡지 『도무스』(Domus)의 특집 표지로 실리기도 했다. 용안사 석정의 파장은 이렇게 크고 길다.

스즈키 다이세쓰와 선불교

선불교가 현대 서양사회에 크게 퍼져나간 데에는 일본의 불교학자이며 헤겔 철학 연구가였던 스즈키 다이세쓰(鈴木大拙, 1870~1966)의 역할이 결정적이었다. 불교는 19세기 서구 열강의 동양 침략과 함께 서구사회에 소개되기 시작했지만 제1차 세계대전 이후 서구적 정신에 대한 회의가 일면서 본격적으로 알려졌고, 제2차 세계대전 후에는 그 흐름에 더욱 박차가 가해졌다.

서양의 정신에 부족한 그 무엇을 찾는 이들에게 선불교의 정신과 가치는 충격적이기도 했고 구원의 사상이기도 했다. 이때 그들에게 선불교를 전도하고 나선 이가 스즈키 다이세쓰였다.

그는 『대승기신론(大乘起信論)』을 영어로 번역하고(1900) 『대승불교 개론』(1907)을 펴냈을 뿐 아니라 『선불교 입문』(*An Introduction to Zen Buddhism*, 1934) 등의 저술을 통하여 서구 지식인들의 사유체계에 없는 선의 가치를 설득력 있게 펼쳐나갔다. 그는 선을 서구인들이 알아들을 수 있는 논리로 설명했을 뿐만 아니라 수행자로서 자신의 체험을 곁들여 큰 공감과 반향을 일으켰다.

1945년 이후 다이세쓰는 여러 차례 미국과 유럽에 오래 머물면서 서구 지성들과 만났다. 철학자 마르틴 하이데거(Martin Heidegger)와 카를 야스퍼스(Karl Jaspers), 카를 융(Carl Jung)과도 교류했다. 에리히 프롬(Erich Fromm)은 다이세쓰와 공저로 『선불교와 정신분석학』(*Zen Buddhism and Psychoanalysis*, 1960)을 펴내기도 했다.

1950년대에 선불교에 관한 그의 저서가 미국에서 출판되면서 존 케이지 같은 예술가에게 깊은 감명을 주었고, 그의 설득력 있는 명강의는 미국, 특히 동부 지역에 널리 퍼져나갔다. 그리하여 선(禪)이 일본식 발음을 따 '젠(Zen)'으로 번역되기에 이른 것이다. 그리고 용안사 석정은 아예 '선의 정원'(Zen Garden)으로 통하고 있다.

우리가 일본에게 배울 만한 것

내가 지금 용안사 답사기를 쓰면서 미술평론가 시절에 접했던 이런 사실을 독자들에게 전하고자 하는 이유는 여기서 우리 문화를 세계화하는 데 많은 교훈을 얻을 수 있기 때문이다. 본래 선이라는 것이 인도에 뿌리를 두고 중국에서 태동한 것인데 어떻게 일본이 이를 가로채서 일본문화의 상징처럼 세계로 퍼뜨렸는가에 대한 성찰이다.

첫째로 일본은 외래사상을 받아들여 재빨리 자기화해서 자기 문화를 만들어갔다. 그것은 그네들의 오랜 문화 창조 방식이었다.

둘째로 일본인은 자신들이 만들어내는 문화를 논리화하는 데 귀재였다. 그렇게 개념화·논리화·정형화함으로써 자국 내에서는 하나의 양식으로 널리 퍼져나갔고, 서양인들은 명료하게 일본문화를 이해할 수 있었다. 개념으로 정리되어 쉽게 접근할 수 있었던 것이다.

우리나라의 경우 '선비문화와 선비정신' 같은 것은 뛰어난 한국 전통문화의 내용이다. 그런데 이를 체계화·개념화하는 노력과 성과가 없었다는 것은 아쉽고도 억울한 일이다.

셋째는 서구와의 만남 과정에서 스즈키 다이세쓰 같은 학자가 배출되었다는 점이다. 『무사도(武士道)』(1900)라는 책을 통해 일본의 사무라이 정신을 소개한 니토베 이나조(新渡戶稻造), 『차(茶)의 책』(1906)을 통해 일본의 미학을 서구사회에 널리 알린 오카쿠라 덴신(岡倉天心)이 100년 전에 있었고, 50년 전에는 스즈키 다이세쓰 같은 학자가 있었다.

혹자는 중국에서 비롯된 선불교를 일본이 서구에서 선점한 것에 대해 그들을 약삭빠르다고 생각할지 모른다. 그러나 그리스철학과 중세철학을 이어받아 독일이 칸트·헤겔로 근대철학을 발전시킨 것을 우리가 조금도 이상하게 생각지 않듯이 서구인들도 선을 일본문화의 특성으로 자연스럽게 받아들인 것이다. 일본인들이 이뤄낸 성과이다.

마지막으로 용안사 석정이라는 조형물이 있기 때문에 선 사상이 서구에 설득력 있게 큰 파장을 일으켰다는 사실이다. 용안사의 석정이 '젠 가든'이라는 이름으로 감동과 충격을 준 것은 선에 관한 백 권의 저서보다 파급력이 크다고 할 수 있다. 이것이 조형의 힘이다.

건축과 미술의 정신적·사회적 가치는 이렇게 큰 것이다. 그런데 우리는 아직도 조형의 가치를 크게 인식하지 못하고 부차적이거나 주변적인 것으로 보고 있는 것이 사실이다. 그런 사회적 분위기와 통념이 불식되지 않는 한 우리가 바라는 문화 융성의 미래는 보이지 않는다.

석정에 놓인 15개 돌의 해석

용안사 방장으로 가서 신을 벗고 마침내 석정 앞으로 나아가면 긴 툇마루는 이 침묵의 석정을 바라보는 관광객들로 항시 만원을 이룬다. 거기엔 거의 반드시 서구인들이 섞여 있다. 어떤 때는 침묵으로 바라보는 관객들의 모습이 석정보다 감동적이기도 하다.

방장 모서리에 서서 자리 나기를 기다리며 바라보다가 빈자리가 나면 조용히 그리로 가서 앉아 이 말없는 석정을 남들과 똑같이 감상해본다. 몇 번을 가보았지만 참으로 명작이라 하지 않을 수 없다.

그런데 우리의 감상을 방해하는 것이 있다. 그것은 석정에 놓인 돌 15개에 대한 해설이다. 석정의 돌은 있는 그대로 감상하면 그만인데 현대 일본인들은 거기에 무슨 비밀이라도 있는 양 탐색해서 이런저런 애

| **툇마루에서 석정을 보는 관람객들** | 방장의 긴 툇마루는 조용한 표정의 석정을 바라보는 관광객들로 항시 만원이다. 침묵으로 바라보는 관객들의 모습이 석정보다 감동적일 때도 있다.

기를 늘어놓곤 한다.

그 대표적인 얘기가 15개의 돌이 어느 방향에서 보아도 하나는 숨도록 놓여 있어 앉은 자리서 보면 14개만 보인다는 것이다. 혹자는 이를 두고 오직 깨달음을 통해서만이 15개의 돌을 한 번에 볼 수 있음을 의미한다고까지 주장한다. 그런가 하면 어떤 이는 방장 마루 정면 딱 한 곳에서만은 15개가 보인다고 주장한다.

그러나 이는 참으로 유치하기 그지없는 속물적인 얘기일 뿐이다. 이정도 넓이의 정원에 돌을 펼쳐놓으면 하나쯤은 안 보일 수 있기 마련인데, 누가 큰 발견이나 한 것처럼 얘기했을 뿐이다. 그렇다면 이 석정이 '선의 정원'이 아니라 숨은 돌 찾기 게임 마당이었단 말인가.

'호랑이 새끼 물 건너기' 유감

이보다 더 유치한 설도 있다. 15개의 돌이 다섯 그룹으로 되어 있는데 이것이 5개, 2개, 3개, 2개, 3개로 배열된 것에 대한 해설이다. 하나는 '호랑이 새끼 물 건너기(虎の子渡し)'에 맞춘 것이라는 설이다.

일본의 후스마에는 호랑이 그림이 제법 나온다. 일본에는 없는 호랑이를 그림으로 즐겨 그리게 된 것은 호랑이의 용맹이 무사들의 기질과 잘 맞았기 때문으로, 호랑이가 새끼에게 젖을 먹이는 「유호도(乳虎圖)」와 함께 「호랑이 새끼 물 건너기」가 유행하였는데 이는 대개 에도시대의 일이라고 한다(최경국 「중국 유호도의 한일 양국의 수용 양상」, 『일어일문학연구』 제74권, 한국일어일문학회 2010).

그러나 용안사 석정을 여기에서 찾는 것은 난센스다. 이야기인즉슨 어미 호랑이가 새끼 호랑이 세 마리를 데리고 강을 건너려고 하는데 새끼 중 한 마리가 영맹(獰猛)스럽게 사나워서 새끼들끼리만 있으면 이놈이 다른 새끼를 잡아먹으려고 했단다. 그래서 어미 호랑이는 고심 끝에 먼저 영맹스러운 놈을 건네놓고 돌아와서, 다른 한 마리를 데리고 건넌 다음 다시 영맹스러운 놈을 데려오고, 남은 한 마리를 데려다놓고 돌아와서, 마지막으로 영맹스러운 놈을 데리고 건넜는데, 그렇게 오간 숫자로 정원의 돌을 배열했다는 것이다.

참으로 어처구니없다. 참선하는 명상의 공간에서 왜 갑자기 동생 잡아먹는 호랑이 새끼 얘기가 나오는가. 이 얘기는 나 어렸을 때 호랑이가 아니라 '식인종과 강 건너기'라는 버전으로 유행한 적이 있다.

15개는 그냥 돌일 뿐

그런가 하면 이를 수리적으로 분석하여 돌 더미를 둘씩 더하면 7, 5, 3이 되니 이는 황금분할의 배열이라고 주장하기도 하고, 두 무더기씩 더해가면 7, 5, 5, 5가 되어 홀수의 안정감을 유지하고 있다고도 한다. 그렇다면 홀로 있을 때는 뭐란 말인가.

이는 마치 아무런 형상을 그리지 않은 추상미술 작품을 보면서 그냥 거기서 일어나는 감상을 즐기지 못하고 이런 도상, 저런 도상이 있다고 찾아보는 바람에 본래 추상 작품이 가진 고유 이미지를 망치는 꼴과 똑같다. 관람자들은 이런 얘기를 들으면 이리저리 돌을 헤아려보느라 본래 이 석정이 갖고 있던 뜻, 변함없이 거기 그렇게 있음을 말해주는 고요의 이미지를 잃고 만다.

명작에는 이런 현상이 곧잘 생기기 마련이다. 지금은 중단되었지만 금강산 관광길이 열렸을 때 안내원이 깊은 뜻도 없고 심지어는 말 같지도 않은 전설로 개구리바위를 설명하는 것을 들으면서 하도 한심해 『답사기』 5권 북한편에 '풍광은 수려한데 전설은 어지럽네'라는 제목으로 글을 쓴 적이 있다.

이렇게 아무 의미 없는 얘기인 줄 알면서 내가 석정의 미스터리를 소개하는 것은 만약 내가 이를 언급하지 않으면 독자들이 내가 몰라서 안 쓴 줄 알거나, 용안사에 다녀와서는 내 답사기가 부실하다고 책망할 수도 있을 것 같아 이를 옮겨놓기는 하되, 절대로 이런 속설에 현혹되지 말라는 내 뜻을 전하고자 하는 것이다.

방장 마루에 앉아서 석정을 바라보며 선적 명상을 흉내라도 내보려는데 관광안내원이 뒤에서 일어로, 영어로, 한국어로 손님들에게 무슨 재미있는 설화나 되는 양 소리 높여 이런 얘기를 하는 것이 들릴 때면 나는 벌컥 소리 지르고 싶은 것을 억지로 참는다. 이럴 때는 경상도 말로 하는 것이 제격인데 말이다.

"씨끄럽다. 쫌 조용히 해라. 가만히 돌 좀 보자."

용안사 석정은 누가 만들었나

정작 용안사의 미스터리는 돌에 있지 않고 딴 데 있다. 양의 동서, 시대의 고금을 넘어서 사람의 심금을 울리는 '선의 정원'이건만 언제 만들었고 누가 만들었는지가 명확지 않다는 사실이다. 전란으로 불탄 절을 15세기 말에 복원하면서 조성했을 것이라고 추정할 뿐이다.

이 석정을 만든 사람은 당시 유명한 화가였던 소아미(相阿彌)라는 설도 있고 용안사 주지였던 뛰어난 선승인 도쿠호 젠케쓰(特芳禪傑)를 중심으로 한 여러 선승들이라는 설도 있지만 어느 것도 확실한 근거가 있는 주장은 아니다.

그러나 내 생각은 다르다. 일본에는 일찍부터 전문화된 기술 집단이 형성되어 헤이안시대 말기에 불상 제작을 담당하는 불소(佛所) 공방이 있었듯이 정원을 조영하는 작정에도 전문 기술 집단이 있었다. 그렇지 않고는 그 많은 정원을 누가 만들었겠는가.

그중에는 석립승(石立僧, 이시다테소)이라는 승려 출신의 조원 기술자들이 따로 있었다니 그들이 조영했다면 자연스럽게 이해된다. 그러나 용안사 석정은 선에 대한 이해가 깊지 않으면 불가능했을 거라는 생각과, 천하의 명작인 이 정원을 작가미상이라고 하기 뭣하다는 생각에 뛰어난 예술가나 선승을 떠올리는 것 같다.

그러나 석립승이라고 돌만 알고 선을 모른다고 생각한다면 그것은 장인에 대한 모독이다. 나는 그저 석립승이라고 이해하고 무로마치시대는 그 정도로 작정 능력이 뛰어났다고 생각한다.

용안사의 창건 과정

용안사에는 아이러니도 하나 있다. 그것은 창건한 사람과 이를 불태운 사람이 한사람이라는 사실이다. 용안사 자리는 헤이안시대엔 왕가의 차지여서 뒷산인 기누가사산(衣笠山) 기슭에는 역대 천황들의 묘가 있다. 그러다 헤이안시대 말기 후지와라(藤原) 집안의 한 귀족이 여기에 산장과 함께 절을 짓고 덕대사(德大寺)라 했다. 이후 이 집안은 가계에서 분리되어 '덕대사가(家)'라고 불렸는데 가세가 열악해지면서 이 절은 폐허가 되었다.

그러던 것을 무로마치시대에 들어 관령(管領)을 지낸 호소카와 가쓰모토(細川勝元)가 1450년에 이 터를 양도받아 지은 절이 용안사이다. 관령이라는 지위는 무로마치 막부에서 쇼군의 다음가는 자리로 쇼군을 보좌하며 막부의 정치를 통솔하는, 요즘 우리로 치면 청와대 비서실장 같은 직책이다. 이 관령직은 쇼군처럼 세습되었는데 세 명문가가 돌아가면서 맡았다. 막강한 슈고 다이묘였던 호소카와(細川), 시바(斯波), 하타케야마(畠山) 이 세 집안을 '3관령'으로 불렀다.

용안사가 창건되고 17년이 지난 1467년, 교토를 불바다로 만든 오닌의 난이 일어났다. 이 난은 차기 쇼군을 두고 슈고 다이묘들이 다투다가 급기야 동군, 서군으로 패를 갈라 싸운 내란인데 그 동군의 총대장이 바로 호소카와 가쓰모토였고 그가 일으킨 전란 통에 용안사는 불타버리고 말았다.

오닌의 난은 동군과 서군의 대장들이 연이어 죽으면서 흐지부지 끝나

| **방장 현판** | 방장 건물 정면에 걸려 있는 현판 글씨는 석정과 너무도 잘 어울려 조용하면서도 이지적이고 은근한 멋을 풍긴다. 참으로 아름다운 서예 작품이다.

고 말았다. 가쓰모토가 죽자 그의 아들인 마사모토(政元)가 용안사 재건에 나서 1488년에 방장 건물이 낙성되었다. 그래서 방장 정원인 석정이이때 조영된 것으로 추정되고 당시 주지인 도쿠호 젠케쓰 선사가 이 정원을 만들었다는 주장이 나온다.

그러다 1797년 다시 화재를 입어 소실된 것을 복원하면서 서원원(西源院)의 방장 건물을 옮겨다놓은 것이 지금의 용안사 방장이다.

용안사의 사격(寺格)은 그리 높지 않다. 천룡사·남선사·상국사 같은 임제종의 대본산이 아니라 바로 아래쪽에 있는 묘심사(妙心寺)의 산외 탑두로 시작하여 나중에 독립한 묘심사파의 말사이다. 그래서 위압적인 거대한 삼문, 법당, 불전 같은 것이 없고 덕대사가 때부터 내려오는 큰 호수와 방장 건물이 핵심공간을 이룬다.

방장 문짝의 금강산 그림

방장이란 주지(우리나라는 조실)스님이 기거하는 공간을 일컫는 것으로 본래 유마(維摩) 거사가 기거하던 방이 사방 1장(丈), 즉 약 3×3미터의 검소한 공간이었다는 데서 유래한다.

특히 나는 방장 건물 정면에 걸려 있는 '방장(方丈)'이라는 글씨가 석정과 너무도 잘 어울리는 조용하면서도 이지적이고 은근한 멋의 명필이라고 생각하여 석정에서 일어설 때면 다시 한번 현판을 올려다보곤 한다.

선종에서는 참선을 리드하는 고승의 위상이 높아져 예불을 올리는 불전 못지않게 주지스님이 기거하는 방장이 절집에서 중요한 건물이 될 수밖에 없었다. 그래서 무로마치시대에 건립된 일본의 선종 사찰에는 거대한 규모의 방장이 있고, 규격화의 달인인 일본인들답게 일정한 틀을 갖추었다. 그것이 교토의 명찰마다 있는 방장인데 그 내부는 대개 미닫이문을 이용해 다음과 같이 6개 공간으로 분할되었다.

가운데 앞칸: 메인 홀 격인 중심 공간(室中の間)
가운데 뒤칸: 속공간(裏の間)으로 대개 부처를 모신 불간(佛間)
오른쪽 앞칸: 신도의 공간(檀越の間)
오른쪽 뒤칸: 스님들이 의발을 받드는 공간(衣鉢の間)
왼쪽 앞칸: 손님을 맞이하는 공간(禮の間)
왼쪽 뒤칸: 서원(書院)

각 공간을 분할하는 미닫이문은 후스마(襖), 또는 후스마 쇼지(襖障子)라고 하고 여기에는 격식과 취미에 맞게 그림이 그려졌다. 그 때문에 일본에서는 사찰이 많은 만큼 엄청난 양의 회화 생산이 뒤따랐고 이런 수요를 감당하기 위하여 가노파(狩野派)를 비롯하여 많은 공방이 있었다.

이런 후스마에(襖繪)는 규격화되어 있고 또 장식적 목적이 있기 때문에 화가의 개성이 드러나는 운필의 묘가 잘 살아나지 않는 것이 보통이

| **방장의 「운룡도」** | 후스마에는 규격화되어 있고 장식적 목적이 강해 화가의 개성이 드러나지 않는 것이 보통인데 이 「운룡도」는 박력있는 필치로 현대적인 느낌을 준다.

다. 이것이 일본 그림의 큰 특징이자 약점이기도 한데 용안사 방장의 앞 칸에 그려진 「운룡도(雲龍圖)」는 제법 박력있는 필치여서 눈길이 간다. 전통적인 일본의 후스마에와는 다른 현대성이 있다.

나는 직업병처럼 뒤칸의 후스마에도 보고 싶었다. 그러나 뒤칸은 언 제나 닫혀 있었다. 그런데 몇 해 전 갔을 때 보니 뒤칸 왼쪽 문이 모두 열 려 있는데 장대한 산수화가 둘러져 있었다. 필치는 다소 거칠어도 참으 로 통쾌한 구도였다. 갈색 단색 톤이 유지되어 가을 맛이 짙어 보이기도 했다.

그런데 구름 속에 머리를 드러낸 산세가 첩첩이 뻗어간 모습이 마치 금강산을 보는 것 같았다. 마침 오른쪽 위에 화제(畵題)가 적혀 있어 설 마 하고 보니 놀랍게도 만물상대관, 비로봉, 내금강 전봉, 정양사라고 쓰 여 있지 않은가. 진짜 금강산 그림이었다. 정말 반갑기 그지없었다.

| 금강산을 그린 미닫이문 | 방장의 후스마에 중에는 금강산 그림이 있다. 사쓰키 가쿠오라는 화가가 1953년부터 5년에 걸쳐 완성한 그림으로, 그는 18차례나 금강산을 다녀온 금강산 마니아였단다.

자세히 알아보니 이 방장의 후스마에는 사쓰키 가쿠오(皐月鶴翁)라는 화가가 1953년부터 57년까지 5년에 걸쳐 완성한 것이라고 한다. 그의 화력에 대해서는 자세히 나오지 않는데 그는 일제강점기 1926년부터 42년까지 18차례나 금강산을 다녀온 금강산 마니아였단다.

일본이 자랑하는 천하의 명원(名園)에 한국이 자랑하는 천하의 명산 금강산이 그려져 있다는 것은 절묘한 인연이다. 참으로 잘 어울리는 한 쌍이 아닌가.

용안사의 사계절

용안사는 교토의 여느 절과 마찬가지로 사계절의 아름다움을 간직하고 있다. 방장 안쪽 기념품 판매대 위쪽에는 눈 내린 겨울날 석정이 해맑

| **용안사의 단풍** | 가을이면 용안사 곳곳이 붉은 단풍으로 터널을 이룬다.

은 수묵화로 변모한 모습을 담은 큰 사진이 걸려 있다. 그러나 나는 그런 용안사는 보지 못했다.

　여름날에도 석정은 흙담 너머 나무들이 진초록 일색으로 윤기를 발하고 있어 역시 단색 톤을 유지하면서 더욱 차분히 가라앉은 느낌을 준다. 반면에 이때 절 남쪽에 있는 경용지(鏡容池) 큰 연못에는 몇 개의 타원형으로 무리지어 자라난 수련이 색색으로 꽃을 피워 평화로운 분위기를 보여준다.

　가을이면 절문에서 방장 건물로 가는 돌계단 길에 붉은 단풍이 터널을 이루는 것이 용안사의 큰 자랑이다. 그리고 봄이면 그 진입로에는 대나무 받침대에 받쳐져 있는 수양벚나무가 수양버들처럼 늘어진 가지에서 연분홍 꽃잎을 날린다. 이때면 석정 흙담 왼쪽 위로 보이는 키 큰 수양벚나무도 만발하는데 그 모습은 정말로 아련하다.

| **벚꽃 핀 용안사의 석정** | 용안사 관람에는 역시 봄이 제격인데 석정 흙담 위로 드리워진 수양벚꽃이 유난히도 아름답다. 돌담의 허름함과 벚꽃의 화려함이 극명한 대비를 이루면서 왠지 외롭고 쓸쓸한 기분이 일어난다.

   10년 전 미술계 인사들과 벚꽃 만발한 교토에 갔을 때 본 용안사 석정의 그 모습을 지금도 잊을 수 없다. 일행 중에는 미술 감상에 급수가 있다면 당연히 9단에 올랐을 '일암관'이라는 애호가가 있었다. 그는 미술사 공부를 많이 하기로도 정평이 나 있었다. 굳이 이름을 밝히고 싶지는 않은데 얼마 전 사단법인 국립중앙박물관회에서 일본에 있는 국보급 고려 나전칠기경합을 구입하여 박물관에 기증할 때 유물구입위원장으로 구입 경위를 설명한 분이라면 알 만한 분은 알 것이다.

   방장 툇마루 앞에 앉아 석정을 망연히 바라보는데 흙담 위로 수양벚나무가 가볍게 흩날리는 모습을 보면서 그는 흘러가는 말로 내게 감상을 말했다.

   "참 아름답네요. 시다레자쿠라(枝垂れ櫻)가 석정과 묘하게 잘 어울리

네요. 똑같은 시다레자쿠라인데 허름한 흙담과 어우러지니까 그 화려함의 의미가 마루야마 공원이나 이조성이나 천룡사에서 본 화사한 아름다움과 다르게 다가옵니다. 뭐랄까, 꽃의 아름다움을 다한 것이 아니라 뭔가 다하지 못한 아쉬움과 감추어진 아름다움을 간직한 듯한 깊이감이 있어요.

그래서 더욱 쓸쓸하고 막막한 슬픔이 느껴지기도 하고…… 모르긴 몰라도 이런 느낌이 일본인들이 '와비사비(侘び·寂び)'라고 말하는 불완전의 미, 모자람의 아름다움이 아닐까 싶네요. 정말 아름답네요."

확실히 미술 감상에서 입신의 경지에 올랐다고 할 만하지 않은가. 내 주위에는 이런 9단이 많아 그들과 함께 다니면서 미술 감상의 실전 감각을 익혀온 것을 나는 평생의 홍복으로 생각하고 있다.

"나는 오직 족함을 알 뿐이다"

방장 건물 뒤편으로 돌아서면 아무렇게나 자란 듯한 나무들이 들어차 있는 뒤 정원이 나온다. 앞 정원과는 아주 대조적인데 이 또한 방장 정원의 룰이다. 앞쪽 남향의 정원이 인공적인 데 반해 뒤쪽 북향의 정원은 이처럼 천연의 모습으로 가꾼다.

앞면의 적막한 석정은 선종에서 가르치는 '본래무일물(本來無一物)'이라는 공(空)의 개념을 조영한 것이라면, 북쪽에 위치한 뒤 정원에는 일체 사물이 자연의 연장선상에 있음을 보여주는 무한(無限)의 뜻이 서려 있다.

앞쪽 정원에 백사를 가득 깔아놓은 데에는 한밤에 달빛을 반사하여 어둠을 낮추는 기능도 있다. 그 대신 북쪽 뒤편의 정원에는 물줄기가 맴

| 쓰쿠바이 | 일본의 절집 다실 앞에는 샘물을 받아놓는 물확이 있어 다실로 들어가기 전에 가볍게 손을 씻거나 입을 축이게 되어 있다. 물확이 낮은 위치에 있어 자연히 자세를 웅크려야 하므로 절로 경의를 표하는 뜻이 된다.

돌아가게 하여 앞쪽의 마른 산수와 또 다른 대비를 이룬다.

방장 뒤쪽 모서리 한쪽은 대개 조촐한 형태의 다실로 연결되어 있는데 용안사에도 다다미 4장 1칸의 작은 다실이 있다. 이 다실 입구의 편액에는 '장육(藏六)'이라고 쓰여 있는데 이는 거북이가 네 다리와 머리, 꼬리를 다 감춘 것을 비유한 표현이다. 불교적 의미로는 육근(六根)을 청정히 한다는 뜻이다.

다실 앞에는 샘물을 받아놓는 물확이 있어 다실로 들어가기 전에 가볍게 손을 씻거나 입을 축이게 되어 있다. 이를 일본에선 쓰쿠바이(蹲踞)라고 한다. 웅그릴 준(蹲), 웅그릴 거(踞)를 쓴 것은 물확이 낮은 위치에 있어 자연히 자세를 웅크려야 하기 때문인데 이는 절로 경의를 표하는 자세이다.

용안사 쓰쿠바이는 독특하게도 영락통보(永樂通寶) 같은 엽전 모양으

| 용안사 쓰쿠바이의 '오유지족' | '오유지족(吾唯知足)'이라는 네 글자에 모두 있는 입 구(口)자 획을 물확의 물받이로 한 절묘한 구성이다.

로 가운데를 정사각형으로 깊이 파 물확으로 삼고 사방의 돌 표면에 '五' '隹' '矢' '疋'이라는 글자를 새겨 놓았다. 그릇 중앙의 네모를 입 구(口)자로 보아 결합해서 읽으면 각각 吾, 唯, 知, 足이 된다.

오유지족(吾唯知足)이라! 직역하면 '나는 오직 족(足)함을 알 뿐이다' 라는 뜻이다. 이는 석가모니가 남긴 마지막 가르침을 담은 『유교경(遺敎 經)』의 "족함을 모르는 자는 부유해도 가난하고, 족함을 아는 자는 가난해 도 부유하다(不知足者 雖富而貧 知足之人 雖貧而富)"는 말에서 나온 것이다. 참으로 뜻도 깊고 디자인도 아름다운 물확이다.

용안사의 서예 작품

방장을 돌아 나오면 다시 입구의 고리(庫裏)를 통해 밖으로 나가게 된 다. 사실 들어올 때와 똑같은 곳인데 석정으로 달려가기 바빠 곁눈으로 지나쳤던 것이다.

고리의 신발장 옆에는 일본말로 쓰이타테(衝立)라고 불리는 커다란 나무 가리개가 있는데 앞뒷면에 호방한 글씨체로 '운관(雲關)' '통기(通 氣)'라고 쓰여 있다.

'운관'은 당나라 운문(雲門) 선사에게로 들어가는 관문(關門), 즉 '선종 사찰로 들어가는 입구'라는 뜻이고 '통기'는 '만물을 생성하는 기가 통한 다'는 뜻이니 건물 입구의 쓰이타테에 잘 어울리는 말이고 글씨도 힘있

| '운관'(위 왼쪽)과 '통기'(위 오른쪽), 「음주」시 병풍(아래) | 용안사 입구의 신발장 옆에는 커다란 나무 가리개가 있는데 앞뒷면에 호방한 글씨체로 '운관(雲關)' '통기(通氣)'라고 쓰여 있다. 신발장 바로 맞은편 12폭 병풍에는 도연명의 「음주」라는 시를 대단히 호기있는 글씨체로 써놓았다.

고 멋지다.

이는 데라니시 겐잔(寺西乾山, 1860~1945)이라는 분이 1934년에 쓴 것이라고 한다. 그는 불교와 한학에 모두 능통했는데 평생 용안사의 본산인 묘심사파(妙心寺派)의 자제를 교육하는 데 온 힘을 바쳤다고 한다.

신발장 바로 맞은편에는 역시 겐잔의 글씨로 된 12폭 병풍이 있어 고리 안으로 들어와 신을 벗고 올라서면 바로 마주하게 진열되어 있다. 도연명(陶淵明)의 「음주(飮酒)」라는 시를 대단히 호기있는 글씨체로 써놓았는데 자연 속에 사는 참다운 삶의 뜻을 읊은 것이다. 이 시에 나오는 다음 두 구절은 천하의 절창이다.

| '지족' | 「음주」 병풍 위에 걸린 '지족(知足)'이라는 작은 현판은 근대의 유명한 화가인 도미오카 뎃사이의 글씨로 참하면서도 은은한 선미를 풍긴다.

동쪽 울타리 아래 국화꽃 따며   採菊東籬下

유유히 남산을 바라본다   悠然見南山

취필의 도연명의 음주시

그러나 나는 이 12폭 병풍이 용안사 입구에 있다는 것이 정말로 맘에 안 든다. 용안사의 석정과는 너무 어울리지 않아 들어갈 때면 이를 외면하고 회원들을 곧장 방장으로 안내하곤 한다. 도연명의 시 「음주」는 그 내용이 석정과 엇비슷이 통한다고 치더라도 이 글씨는 개성을 넘어 마치 술에 취해 쓴 취필(醉筆)이라고 생각될 정도로 내리갈겨 쓴 것이어서 눈이 어지럽다.

반면에 바로 그 위에 걸려 있는 '지족(知足)'이라는 작은 현판은 근대의 유명한 화가인 도미오카 뎃사이(富岡鐵齋, 1837~1924)의 글씨로 참하면서도 선미(禪味)가 난다. 이쯤 되어야 용안사 석정에 걸맞은 글씨라고 생각한다.

아마도 이 병풍 글씨가 석정과 어울린다고 생각할 사람은 아무도 없을 것 같다. 그럼에도 변함없이 방장으로 들어가는 초입에 세워진 이유가 무얼까. 한번은 같이 간 일본인에게 나의 이런 생각을 말했더니 그분은 이렇게 대답했다.

"잘은 모르지만 용안사 사람들은 이 병풍이 석정과 어울리는지 아닌지에 대해서는 아마도 아무런 개념이 없을 겁니다. 일본 사람들은 한번 해놓은 것은 잘 바꾸지 않습니다. 처음 그 자리에 놓였을 때는 아마도 무슨 깊은 뜻이 있었을 텐데 세월이 지나 그 의도를 아는 사람이 없어졌을지도 모릅니다. 그렇게 되었으면 옮겨놓든지 해야 할 것인데 이제는 저것을 치우라고 말할 사람이 없는지도 모릅니다."

이처럼 일본이라는 나라는 참으로 알다가도 모를 나라라는 생각이 들 때가 많다.

용안사 유감

'깔끔하게 마무리하는(きれいに まとめる)' 것을 생명처럼 여기는 일본인들이지만 그들도 간혹 허점을 보인다.

방장 건물 밖으로 나오면 자연히 '거울 얼굴'이라는 뜻을 지닌 아름다운 경용지를 그야말로 지천회유하여 돌아나가게 된다. 그것은 석정의 아름다움을 여운으로 간직하는 용안사 답사의 또 다른 기쁨이다. 길도 깨끗하고 연못가 보호책은 대나무로 정성스럽게 엮여 있어 일본인들의 세심함에 감탄하게 된다. 그런데 그중 일부는 플라스틱으로 만들어졌다. 이건 정말로 일본답지 않은 모습이다.

방장 건물을 나와 경용지로 가기 위해 오른쪽으로 가다보면 이 절을

| 플라스틱 대나무 담 | 경용지를 끼고 도는 길은 깨끗하고 정성스러운 대나무 울타리로 둘러져 있다. 그런데 그중 일부가 플라스틱으로 세워져 있어 용안사답지도 않고 일본답지도 않다는 생각이 든다.

세운 개기(開基)인 호소카와 가쓰모토의 묘당(廟堂)으로 가는 길에 갑자기 육중한 버마탑이 불쑥 나타난다. 이것을 처음 맞대었을 때 나는 당황스러움과 황당함이 동시에 일었다. 내력을 읽어보니 태평양전쟁 때 버마(오늘날의 미얀마)에서 죽은 이를 위한 위령탑이란다. 뜻은 알겠지만 이건 용안사의 수치이고 이런 것이 일본의 허점이다. 그것이 보기 싫어서 내가 답사를 인솔할 때면 돌계단 아래 한쪽에 모셔져 있는 참으로 넉넉하게 생긴 석불좌상을 보고 돌아간다.

내가 남의 나라 문화유산답사기를 쓰면서 이런 유감을 서슴없이 이야기하는 것은 용안사는 스스로 말하듯이 세계유산이기 때문이다.

일본의 석정과 우리의 마당

작년 겨울 승효상(承孝相) 내외와 교토에 갔을 때 나는 그에게 연못을

| 버마탑(왼쪽)과 석불좌상(오른쪽) | 경용지로 가다보면 갑자기 육중한 버마탑이 나타난다. 태평양전쟁 때 죽은 이를 위한 위령탑이다. 그 황당한 조형물을 만나기 싫어 나는 돌계단 아래 있는 넉넉한 모습의 석불좌상을 보고 돌아간다.

저쪽으로 돌아서 나가자고 했다. 거기에는 등나무 아래 벤치에서 호수를 바라보며 담배를 피울 수 있는 흡연구역이 있기 때문이다. 나는 여기가 세상에서 가장 아름다운 흡연구역이라 생각해왔다. 그런데 작년까지도 흡연구역이어서 재떨이가 두 군데 놓여 있더니 그새 꽃밭으로 바뀐 것이었다. 아, 그 실망과 상실감을 어찌 다 말하겠는가. 교토 시내 전체가 금연구역으로 지정되면서 재떨이가 사라진 것 같다.

나는 호숫가를 걸으면서 승효상에게 건축가로서 용안사를 본 소감을 물었다. 특히 서구인들이 용안사 석정을 이해하고 찬미하는 시각이 어떤 것이냐고 물었다. 그러자 그는 자신의 저서인 『오래된 것들은 다 아름답다』(컬처그라퍼 2012)에서 언급한 적이 있다며 이렇게 말했다.

"1998년, 제가 북런던대학의 객원교수로 있으면서 동료 교수들과 세미나를 할 때면 심심치 않게 듣는 단어가 있었어요. 'indeterminate

| **경용지** | 방장 건물 밖으로 나오면 '거울 얼굴'이라는 뜻을 지닌 아름다운 경용지를 그야말로 지천회유하여 돌아나가게 된다.

emptiness', 우리말로 하면 '불확정적 비움'입니다. 확정되지 않은 비움이라니…… 그들은 이를 새 시대의 새로운 가치라며 열변으로 주장했어요. 그러면서 그들이 돌려가며 보는 사진이 있었는데, 바로 용안사 석정이었어요."

"용안사 석정은 비워둔 공간이 아니라 오히려 선의 이미지를 백사와 돌로 구현한 확정적 공간인데."

"그러게 말이에요. 들어갈 수도 없잖아요. 한스 흘라인이 윤리의 건축으로 본 것도 본질과는 다른 작위적인 해석이죠."

"그러면 승소장 생각에 그들이 말하는 불확정적 비움의 공간은 어디 있어요?"

"그건 우리나라의 마당이죠. 우리의 마당은 언제나 비어 있지만 언제든지 삶의 이야기로 채워지잖아요. 어린이들이 놀든, 잔치를 하든, 제사

| **경용지 주변 산책길** | 경용지 둘레의 산책길은 깔끔하고 정갈하게 조성되어 있어서 석정의 아름다움을 감상한 여운이 된다. 용안사 답사의 또 다른 기쁨이다.

를 지내든, 그 행위가 끝나면 다시 비움으로 돌아오지요. 그거야말로 불확정적인 비움이죠."

그의 열변을 들으면서 나는 안동 의성김씨 종가의 마당, 병산서원의 마당, 봉정사 영선암의 마당, 선암사 무우전 마당, 우리 집 앞마당 등을 떠올려보았다. 그러고 보니 일본은 물론이고 중국, 유럽, 이슬람, 내가 가본 어디에서도 그런 정겨운 공간을 만난 적이 없다.

우리처럼 예술 마당, 놀이 마당, 한 마당, 열린 마당 등등의 이름을 붙이며 거기서 채워지는 내용까지 포함하는 마당의 개념은 더더욱 찾기 힘들다. 세계 어디나 있을 것 같은 마당이지만 우리처럼 편하게 사용되는 공간의 성격을 갖는 경우는 보지 못했다.

일본에는 선의 정원인 석정이라는 뛰어난 관조의 공간이 있다면 우리

| 일본의 철저한 정원 관리 | 방장 담장 밖의 나무들이 잘 자라게 하기 위하여 길가로 뻗어내린 뿌리에 비료를 주고 있다. 일본 정원은 이처럼 나무 하나, 풀 한 포기까지 철저히 관리한다.

에게는 삶의 내용을 다 받아내는 마당이 있다고 할 만하지 않은가. 우리는 그 훌륭한 공간을 갖고 살면서도 그 가치를 제대로 인식조차 하지 못하는 것은 아닌가.

일본 사람들처럼 개념화·논리화·형식화해 발전시켜간다면 '불확정적 비움'의 공간이 이보다 더 잘 구현될 수 없을 것 같다. 용안사 경용지를 지천회유하도록 내 머릿속에서 떠나지 않는 것은 관조의 공간으로서의 일본의 석정과 삶의 공간으로서의 우리의 마당이었다.

무가의 서원조와 일본집 전형의 탄생

아시카가 요시마사 / 은각사의 창건과 변천 /
참도의 동백나무 생울타리 / 은사탄과 향월대 / 동구당 / 동붕중 /
우리 어머니의 이력서

대를 이어가는 문화의 연속성

이제 발길을 낙동의 북쪽으로 옮겨 은각사(銀閣寺, 긴카쿠지)를 답사하고 '철학의 길'을 걸어 남선사까지 다녀오련다. 은각사라고 하면 우리는 으레 금각사를 떠올리며 두 절을 쌍으로 생각하게 된다. 확실히 두 절은 이름부터 잘 어울리는 짝을 이루고 있다.

그러나 금각사와 은각사는 9세기 헤이안시대 공해의 동사와 최징의 연력사 같은 동시대의 짝이 아니다. 금각사는 무로마치 막부의 3대 쇼군이 세운 것이고 은각사는 8대 쇼군이 세운 절이다. 금각사에서 은각사까지의 역사적 거리는 반세기가 넘는다.

일본 역사에서 금각사 시절에 이룩한 문화는 북산(北山)문화라 하고 은각사 시절은 동산(東山)문화라고 한다. 반세기 넘어 대를 이어가는 문화의 연속성이 있다는 것은 무로마치시대 문화의 넓이와 깊이를 확장해준다.

문화변동론의 입장에서 볼 때 전기와 후기가 비슷하면서도 다른 예는 종종 있다. 그리스의 고전문화가 기원전 400년을 경계로 전기와 후기로 나뉜다든지, 유럽의 르네상스가 15세기의 초기 르네상스에서 16세기 전성기 르네상스로 넘어가는 것, 중국에서 8세기 성당(盛唐)문화가 9세기 만당(晚唐)문화로 흘러가는 것, 조선왕조에서 18세기 영조시대 겸재 정선에 이어 정조시대 단원 김홍도가 등장하는 것이 그 대표적인 예이다.

모든 문예부흥기의 전기와 후기가 그렇듯이 동산문화는 북산문화를 이어받아 전개되었지만 그 내용에는 공통점과 함께 차이점이 있다. 둘 다 무가가 중심이 되어 공가와 선가의 문화를 결합해갔다는 점에서는 같다. 그러나 북산문화에서는 공가문화가, 동산문화에서는 선가문화가 우세하게 나타났다. 북산문화가 공가의 우아한 품위를 받아들였다면, 동산문화에서는 선가의 정신적 가치가 한껏 고양되었다. 그래서 금각사에 축제의 분위기 같은 화려함이 있었다면 은각사에서는 참선을 유도하는 조용한 기품을 만나게 된다.

동산문화를 거치면서 일본의 무가문화는 비로소 외형적 세련과 내면적 깊이를 가지게 되었다. 그리고 이렇게 형성된 무가사회의 정신과 문화는 일본 전통사상의 뿌리가 되어 오늘날까지 남아 있다. 마치 다 사라진 것 같아도 우리에게 선비정신, 선비문화가 여전히 남아 있어 어떤 식으로든 작용하는 것과 마찬가지이다.

우리는 일본의 사무라이라고 하면 갑옷과 칼, 천수각이 높이 솟은 히메지성(姬路城) 같은 것을 먼저 떠올리고 그들에게 지적인 분위기가 있을까 의심한다. 다시 한번 상기하건대 일찍이 100년 전 니토베 이나조는 서구인에게 일본정신을 소개하는 『무사도』를 펴내면서 신도(神道)와 함께 선종(불교)과 유교가 일본식으로 어우러져 의(義)·용(勇)·인(仁)·예

(禮)·성(誠)·명예·충성의 덕목이 살아 있는 야마토 다마시이(大和魂)를 설파한 바 있다. 무사가 그냥 칼싸움만 잘하는 것이 아니었다는 것이다.

미술사적으로 말해서 조선시대 선비사상은 안동의 도산서원·병산서원, 하회의 충효당, 의성김씨 종가의 건축에 그 분위기가 서려 있듯이 일본 무사도의 분위기를 건축으로 대변하는 것은 은각사이다. 무사 중에서도 우두머리인 쇼군의 저택이었다는 점에서 일본 무사도의 상징이라고도 할 수 있다.

8대 쇼군 요시마사

무로마치 막부의 8대 쇼군인 아시카가 요시마사(足利義政, 1436~90)는 정치적 무관심 때문에 후세 역사가들의 비판을 받고 있다. 특히나 교토를 불바다로 만든 10년간의 오닌의 난을 불러일으킨 장본인이었으니 그럴 만도 하다.

그는 3대 쇼군인 요시미쓰(義滿, 1358~1408)의 손자로 8세밖에 안 되는 어린 나이에 쇼군이 되었다. 정치는 자연히 쇼군의 보좌역인 관령(管領)이 주도했다. 이때는 이미 막부의 다이묘 장악력이 3대 쇼군 시절 같지 못했고 토일규(土一揆, 쓰치잇키)라는 농민이나 향토 무사들에 의한 민란도 일어났다.

요시마사는 성인이 되어 친정을 펴

| 아시카가 요시마사 | 무로마치시대 8대 쇼군인 아시카가 요시마사는 건축과 정원에도 일가견이 있었다. 그는 훗날 은각사라 불리는 동산전을 직접 조영하여 거기에 머물면서 예술가들을 적극 지원하여 동산문화가 활짝 꽃을 피우게 했다.

게 되자 좌대신의 도움을 받아 다이묘들의 세력을 억제하는 정책을 폈다. 그런데 다이묘들이 공모하여 이 좌대신을 실각시키고 처가인 히노(日野) 집안 사람들의 입김이 강해지자 정치에 뜻을 잃고 사찰 순례, 문예 취미 활동, 별장 조영 등에 몰두했다.

이렇게 막부가 중심을 잃자 다이묘들은 점점 득세하게 되었고 쇼군의 후계자 문제를 놓고 서로 대립하여 마침내 1467년 호소카와(細川)를 총수로 하는 동군과 야마나(山名)를 총수로 하는 서군으로 갈려 격렬하게 치고받는 오닌의 난이 일어났다.

이에 요시마사 쇼군은 더욱 정치에 염증을 느껴 1473년 38세 때 아예 쇼군 직을 아들에게 물려주고 자신은 취미의 세계에 몰두했다. 역사에는 아이러니가 있어서 사회적 혼란기와 문화적 전성기가 겹치는 경우가 종종 있는데 요시마사 시절이 그러했다. 그는 학문과 예술에 높은 교양을 갖고 있어 와카(和歌), 렌가뿐 아니라 시문에도 능했고, 취미는 미술, 음악, 연희, 차 마시기(茶の湯, 차노유)까지 다방면에 걸쳐 있었다.

또 건축과 정원에도 일가견이 있어 훗날 은각사라 불리는 동산전(東山殿)을 직접 조영하여 거기에 머물면서 예술가들을 적극 지원하여 무로마치시대 문예의 꽃을 활짝 피우게 했다. 이것이 은각사로 대표되는 동산문화의 내용이다.

은각사의 창건 과정

은각사는 요시마사가 1482년 47세 때 이곳을 은거처로 삼아 동산전을 짓기 시작한 것에서 유래한다. 그는 일찍이 20년 전에 아내를 위하여 멋진 정원을 만들고자 터를 마련하고 선종 사찰 정원의 효시이자 모범답안처럼 칭송되던 몽창 국사의 서방사 정원을 충실히 모방하여 나무

| **은각사 관음전** | 은각이라는 애칭으로 불리는 관음전은 무가의 서원식과 불가의 선종식이 만난 2층 누각이다. 요시마사는 서방사에 있던 사리전을 벤치마킹하고 금각사를 자주 방문하면서 관음전 건설에 많은 공력과 열성을 보였다.

하나, 돌 하나까지 똑같이 만들려고 했다. 그러나 이 정원 건설은 오닌의 난으로 무산되었다.

쇼군에서 물러난 지 7년이 지난 1480년, 그는 자신이 머물 별장을 짓고자 자리 물색에 나섰다. 교토의 서쪽 사가(嵯峨), 북쪽 이와쿠라(岩倉) 등 산자수명한 곳을 물색하던 중 정토사(淨土寺)라는 절이 오닌의 난 때 불타버려 폐사가 된 것을 보고 그곳으로 결정했다. 그곳이 바로 은각사 자리이다.

그는 별장을 건설하면서 무로마치의 '꽃의 어소' 등 명소에서 명석(名石)과 명목(名木)을 옮겨왔다. 그리하여 1483년 그가 상주할 건물이 낙성되자 천황으로부터 '동산전'이라는 이름을 하사받았다.

동산전의 실내 쇼지(障子)에는 당대 제일가는 화가인 가노 마사노부(狩野正信)에게 명하여 「소상팔경도」를 그리게 했고, 그의 시문학 스승을 비롯한 많은 시인들을 불러모아 시회를 열었다.

2년 뒤인 1485년 50세의 요시마사는 아예 머리를 깎고 중이 되어 법명을 희산도경(喜山道慶)이라 했다. 그리고 부처님을 모시는 지불당(持佛堂)으로 동구당(東求堂)을 완공했고 1489년에는 오늘날 은각이라고 불리는 관음전을 착공했다.

관음전을 지을 때 요시마사는 서방사에 있던 2층 누각의 사리전을 벤치마킹하면서 그것을 뛰어넘는 건물을 만들고자 했다. 그리고 3대 쇼군이 지은 금각사를 자주 방문하면서 관음전 건설에 많은 공력과 열성을 보였다.

그러나 1490년, 관음전이 미처 완공을 보지 못한 상태에서 요시마사는 중풍이 재발해 동산전을 사찰로 만들라는 유언을 남기고 향년 55세로 세상을 떠났다. 그리하여 동산전은 몽창 국사를 권청 개산, 상국사를 본산으로 하는 '동산(東山) 자조사(慈照寺)'라는 이름으로 창건되었다. 이것이 오늘날의 은각사이다.

오늘의 은각사

요시마사 사후 동산전은 자조사로서 부속 건물과 정원 조영이 계속되어 미완성이던 관음전도 이내 완공되었다. 이 관음전이 바로 은각으로 불리는 것이지만 2007년 엑스선에 의한 원소분석 결과 실제로 은박이 입혀지지는 않았던 것으로 확인되었다. 다만 17세기 어느 때부터인가 은각사라고 불렸다는 기록이 있어 아마도 사람들이 금각사에 대비해 은각사라는 애칭을 부여한 것으로 이해하고 있다.

은각사는 16세기 중엽 전국(戰國)시대에 일어난 내전으로 동구당과 은각만 남기고 모두 불타버린 채 한동안 황폐해진 상태였다. 그래도 핵

| **총문과 진입로** | 커다란 은각사 안내판이 있는 공터에 다다르면 여기부터가 은각사다. 총문 앞 참로는 검은 돌로 포장된 반듯한 길이 낮고 작은 대문까지 곧게 뻗어 있다.

심 건물 두 채가 건재한 것은 은각사의 행운이었다. 이것을 다시 복구한 것은 반세기가 지난 1615년의 일이다.

이리하여 오늘날 은각사에는 총문, 중문, 당문(唐門) 등 3개의 문과 후대에 지어진 방장, 고리 등이 들어서 있지만 핵심은 은각이라 불리는 관음전과 요시마사가 서재로 사용한 동구당, 그리고 백사 마당과 연못으로 이루어진 정원이다.

은각사 주차장에 내려 절로 들어가자면 돌계단을 올라선 다음 사뭇 비탈길로 오르게 되어 있다. 길가엔 작은 상점들이 줄지어 있지만 청수사처럼 소란스러운 분위기가 아니고 새중간에 아담한 살림집도 있어 발걸음이 편안하다.

커다란 은각사 안내판이 있는 공터에 다다르면 검은 돌로 포장된 반듯한 길이 낮고 작은 대문까지 곧게 뻗어 있다. 길가로는 벗나무가 도열해 있어 정갈하면서도 친숙한 분위기를 자아내는데 여기가 은각사의 첫 대문인 총문이다.

은각사 참도의 동백나무 생울타리

일본에서 절집 안으로 인도하는 길을 참도(參道)라고 하는데 총문에서 중문을 거쳐 사찰 경내로 인도하는 은각사 참도는 상상을 초월할 정도여서 처음 본 사람은 누구나 소스라치게 놀라고 만다.

반듯하게 다듬어진 높이 7~8미터의 높은 생울타리가 50미터 정도 되는 참도 양쪽에 뻗어 있다. 푸르름으로 가득한 이 생울타리는 빈틈없이 빼곡하게 심겨 위로만 자란 동백나무 수림인데, 이를 반듯하게 가위질하여 영락없이 콘크리트 옹벽을 연상시키니 '동백나무 생울타리 옹벽'이라는 표현 말고 달리 설명할 길이 없다.

나무를 키워 옹벽을 만들고 그것을 일일이 깎고 반듯하게 다듬어 참도의 양옆을 차단한다는 발상은 기발하고 파격적이고 충격적이라 할 만하다. 그렇다고 이것이 요즘 말로 엽기적으로 보이지 않고 놀라운 아름다움으로 다가오는 이유는 철저히 계산된 디테일에 있다.

양쪽이 모두 동백나무 옹벽이지만 아래쪽을 보면 왼쪽은 돌담 위에 대나무 울타리를 둘렀고 오른쪽은 돌담 위가 동백과 질감이 비슷한 치자나무 생울타리로 되어 있는데, 그 사이로 난 가벼운 공간을 통해 바깥쪽의 울창한 대밭이 엿비치게 했다. 그 절묘한 구성과 이를 유지하는 공력을 생각하면 그저 놀라울 뿐이다.

늦겨울부터 초봄까지 동백나무가 순차적으로 꽃을 피울 때면 생울타리 옹벽엔 점점이 화사한 연분홍빛이 가해지고 떨어진 동백 꽃송이들은 냉랭한 참도 길바닥을 수놓듯 장식한다. 그리고 초여름 치자꽃이 피어날

| **동백나무 생울타리** | 은각사로 들어가는 참도는 상상을 초월할 정도여서 누구나 놀랄 만하다. 반듯하게 다듬어진 높이 7~8미터의 높은 생울타리가 약 50미터의 참도 양쪽에 둘러 있다.

때면 수줍은 듯 잎사귀 속에 숨어 피는 그 청순하고 하얀 꽃송이가 맑은 향기를 발한다. 이럴 때면 옹벽이라는 말이 가당치도 않다.

　은각사 참도를 이처럼 정성을 다해 조성한 데에는 깊은 뜻이 있다. 본래 절집의 진입로란 밖에서 안으로 들어오는 공간적·시간적 거리를 의미한다. 거창하게 말해서 세속에서 성역으로 들어가는 전환점이다. 이제 참도를 지나면 곧바로 은각사 정원이 한눈에 들어오게 되는데 그전에 참배객들이 마음을 추스를 수 있게 하는 배려이다.

　일종의 긴장감이 유도되지만 그것은 입학시험장에 들어갈 때의 초조한 긴장, 수술실로 들어갈 때의 불안한 긴장, 또는 관공서에 들어갈 때의 굳어지는 긴장이 아니라 무언가 한껏 기대에 부푼 긴장이다. 보석상자 뚜껑을 열기 직전의 긴장까지는 아니라 해도 최소한 첫선을 보러 갈 때 찾아오는 긴장 같은 것이다.

은각사의 정원

그리하여 동백나무 생울타리 참도 모서리를 꺾어들어 중문을 지나면 홀연히 은각사 경내가 정원부터 한눈에 들어온다. 바로 앞에는 백사 마당에 굵은 물결무늬를 그린 은사탄(銀沙灘)이 '비단 거울 못'이라는 예쁜 이름을 갖고 있는 금경지(錦鏡池)를 끼고 펼쳐진다. 백사 마당 한쪽엔 향월대(向月臺)라는 원추형 돌무지가 우뚝 솟아 있어 수평적 구도에 홀연히 입체감과 함께 신비로움을 자아낸다. 물결무늬를 나타내기 위해 백사 마당에 갈퀴질을 해 고랑을 만든 은사탄은 그 높이가 60센티미터나 되며 후지산을 닮은 향월대는 높이가 180센티미터에 이른다.

정원 왼쪽으로는 은사탄을 끼고 방장과 동구당이 나란히 들어앉아 있고, 오른쪽은 연못가에 2층 누각인 은각이 우뚝 솟아 정원을 내려다보고 있다. 동구당은 넓은 툇마루를 갖고 있는 팔작지붕집으로 그저 수수할 뿐이고 은각은 뽐낼 뜻이 전혀 보이지 않는 늠름한 자태이다. 건물과 정원 모두가 검박하면서 고요한 분위기가 있다. 이것이 북산문화와 다른 동산문화의 선종적인 특질이다.

다만 은사탄과 향월대의 표정이 너무 강해 약간 화려하다는 느낌도 없지 않은데 이는 17세기 에도시대에 새로 추가된 모습이고 그 옛날에는 가벼운 기하학적 직선과 동심원으로 되어 있었다고 한다. 그렇다면 요시마사 창건 당시는 참으로 참선의 분위기로 이루어진 정원이었다고 할 수 있다.

순로 따라 전망대에 올라

은각사는 히가시야마의 낮은 봉우리에 바짝 붙어 자리잡고 있어 마치

| **향월대와 은사탄** | 은각사 경내의 백사 마당에는 굵은 물결무늬를 이룬 은사탄이 펼쳐져 있고, 원추형 돌무지인 향월대가 우뚝 솟아 있다. 은사탄은 그 높이가 60센티미터나 되며, 후지산을 닮은 향월대는 높이가 180센티미터에 이른다.

산자락이 은각사 정원을 품에 안은 듯한 포근함이 있다. 은각사 정원은 지천회유식이다. 순로를 따라가면 은사탄 곁을 돌아 방장과 동구당에 이르러서는 잠시 툇마루에 앉아 금경지 너머로 보이는 은각을 느긋이 감상할 수 있다.

뒷산 허리를 가로지른 산자락을 타고 오르면 하늘을 가린 무성한 숲속에 들어온 기분인데 전망대에 이르면 은사탄, 향월대, 금경지가 한눈에 내려다보이고 고개를 들면 저 멀리 교토 시내가 아련히 다가온다.

다시 발길을 돌려 내리막길로 접어들면 숲속에서 이는 골바람에 냉기가 스며들고 시원스럽게 자란 나무들 아래로는 진초록 이끼가 두툼한 카펫처럼 깔려 있어 여기가 그냥 산길이 아니라 지극정성으로 경영되는 정원임을 다시금 실감하게 된다.

그리하여 은각사 정원으로 다시 돌아오면 이번엔 금경지에 바짝 붙어

| **은각사 전경** | 은각사는 히가시야마의 낮은 봉우리에 바짝 붙어 자리잡고 있어 마치 산자락이 은각사 정원을 품에 안은 듯한 포근함이 있다. 뒷산 산자락을 타고 올라 전망대에 이르면 저 멀리 교토 시내가 아련히 다가온다.

있는 은각과 마주하게 된다. 가까이서 보는 은각은 멀리서 볼 때와 달리 제법 큰 규모여서 높이 올려다보게 되는데, 1층은 가로세로로 엮인 기둥과 창문의 기하학적 구성이 정연하고, 2층은 꽃모양 창틀이 아름답고, 지붕은 작은 나무판자를 포개얹은 너와지붕(고케라부키杮葺)의 모습이 가지런하다.

건물 안을 나는 한 번도 들어가본 일이 없지만 사진으로만 보아도 은각 2층에서 꽃모양 창문을 통해 본 은사탄과 금경지의 모습은 고요한 아름다움을 전해준다. 은각사를 설명한 책에서는 이런 아름다움을 '한아(閑雅)'라고 표현하곤 한다.

은각에서 연못을 바라보면 금경지 가운데로는 섬처럼 보이는 선인주(仙人洲)라 불리는 돌출된 못가에 잘생긴 소나무와 돌다리가 있고 그 너머로 물결무늬로 퍼져가는 은사탄 백사 마당과 동구당 건물이 엇비친다.

| **금경지** | '비단 거울 못'이라는 뜻의 금경지에는 잘생긴 소나무와 돌다리들이 아기자기하게 배치되어 있어 고요한 아름다움을 전해준다.

다시 보아도 은사탄은 아름답고, 향월대는 신비롭고, 금경지는 아기자기하고, 방장은 넉넉하고, 동구당은 편안하고, 은각은 의젓하다.

은각사는 일본 정원의 또 다른 경험이다. 금각사처럼 연못 너머로 금각이 보이거나, 용안사처럼 석정으로 압축되거나, 남선사처럼 담장 안에 소담하게 경영된 것과는 전혀 다르다. 교토에 하고많은 정원이 있지만 이처럼 편안한 분위기를 보여주면서 자연과 인공이 흔연히 어우러지는 곳은 달리 찾아보기 힘들다. 가히 명원이라고 할 만하다.

장인 집단 동붕중

은각사 정원과 건축의 단아하면서도 정교함을 보면서 나는 15세기 일본 무로마치시대 문화능력이 만만치 않았음을 본다. 이를 뒷받침한 경제

| **백사 마당을 갈퀴질하는 모습** | 백사 마당을 유지하기 위해 한 달에 한 번꼴로 마당 전체를 다시 갈퀴질한다. 석정의 관리에 이처럼 공력이 많이 든다.

력도 그렇지만 특히 기술력이 그렇다.

은각사 조영을 담당한 것은 장인 집단인 동붕중(同朋衆, 도보슈)이었다. 동붕중은 무로마치시대에 쇼군에게 봉사하던 예능 집단으로 3대 쇼군 요시미쓰의 전폭적 지원 속에 크게 성장하여 아미(阿彌)라는 이름으로 계승되었다. 노(能)에서는 초대 간(觀)아미, 2대 제(世)아미, 3대 온(音)아미 등으로 이어갔다.

이들은 각기 한 가지씩 특기를 지닌 연희, 회화, 정원 등의 전문 장인이었으며 쇼군가의 재물과 미술 소장품을 관리하는 전문가도 있었다. 8대 쇼군 요시마사 시절 정원에서는 젠(善)아미가 뛰어나 상국사의 정원을 조영했고, 은각사의 정원도 그가 주도했다는 설이 있다. 요시마사는 젠아미를 무척 신뢰하여 그가 병석에 있었을 때는 인삼탕을 끓여 보내주었다고 한다.

그림과 렌가에선 노(能)아미가 '동붕중의 명인'으로 칭송되었고, 그의 아들 게이(藝)아미는 방대한 미술 수집품을 감정하는 데 뛰어났고, 손자 소(相)아미 또한 동붕중의 명인이었다.

동붕중은 이처럼 세습 장인이었고 또 신분과 관계없이 이 기술 집단에 들어와 실력을 발휘하면 아미로서 인정받았다. 이처럼 장인과 기술자에 대한 존경과 대우가 있었기 때문에 무로마치시대 문화는 활짝 꽃필 수 있었다.

은각사 방장의 쇼지는 에도시대 수묵화의 대가로 칭송되는 이케 다이가(池大雅, 1723~76)의 그림으로 장식되었고 서원에는 근대 남화(南畵)의 대가인 도미오카 뎃사이(富岡鐵齋)의 작품이 있어 은각사가 세월의 흐름 속에서 꾸준히 가꾸어져왔음을 보여주는 큰 볼거리이자 자랑이 되어 있다.

방장 건물 처마 밑에는 '동산수상행(東山水上行)'이라는 현판이 걸려 있는데, 이는 '모든 부처님이 나온 곳이 어디냐'는 물음에 운문선사가 '동산이 물 위로 간다'라고 답한 일화에서 왔다고 한다.

서원조의 시원, 동구당

은각사의 핵심 건물인 은각과 동구당은 참으로 검박하면서도 정중한 멋을 지니고 있다. 요시마사가 생전에 낙성을 보지 못했지만 그에 의해 구상된 은각은 금각과 서방사의 사리전을 본받은 2층 누각으로, 1층은 '심공전(心空殿)'이라고 하여 서원풍이고, 2층은 선종풍으로 '조음각(潮音閣)'이라고 하여 관세음보살상을 모셨다.

금각사와 비교하면 금각 1층의 침전조 공간이 사라진 셈이다. 이것만 보아도 같은 무가문화이지만 금각사는 공가의 영향이 강했고 은각사는 선가의 영향이 우세했다는 것을 증언해준다. 귀족다운 외형적인 형식이

| **동구당** | 동구당 건물은 아주 단아한데, 사방 3칸 반에 히노키(편백) 껍데기로 만든 팔작지붕이다. 사방 2칸에 불상을 모셨고, 북동쪽엔 다다미 4장 반의 '동인재'라는 서재가 붙어 있다.

아니라 선종에 입각한 내면적인 분위기가 나타난 것이다.

동구당(東求堂) 건물은 은각보다도 더 단아하다. 사방 세 칸 반에 히노키(편백) 껍데기로 만든 지붕(히와다부키檜皮葺)을 팔작지붕으로 이고 있다. 본래 요시마사의 지불당으로 세워진 것이 절이 되면서 『육조단경(六祖壇經)』에 "동쪽 사람은 죄를 지으면 염불하여 서방에서 태어나기를 바란다(東方人造罪念佛求生西方)"라는 구절에서 이름을 따왔다고 한다.

동구당 안 북동쪽엔 다다미 4장 반의 '동인재(同仁齋)'라는 서재가 있는데 여기가 요시마사가 많은 시회와 다회를 열었던 동산문화의 무대이다. 동인재의 이런 취미활동 공간은 훗날 별체로 지어진 초암 다실로 이어져 '초암 다실의 원류'로 지칭되고 있다.

또한 동인재는 일본집에서 '다다미 4장 반'짜리 방의 시작이었다. 방한쪽 벽에 다도구나 장식품을 놓기 위해 층을 달리하는 선반을 단 '치가

| **동인재 내부** | 방 한쪽 벽에 서화와 꽃꽂이를 장식하는 공간인 '도코노마'와 다도구나 장식품을 놓기 위해 층을 달리하는 선반을 단 '치가이다나'라는 구조가 곁들여져 있는데, 이것이 오늘날까지 일본집의 정형으로 굳어졌다.

이다나(違い棚)'와 서화와 꽃꽂이를 장식하는 공간인 '도코노마(床の間)'는 오늘날 일본집의 정형으로 굳어져 있다.

은각사 정원과 건축의 이런 남다름은 무가사회 생활양식의 변화에 따른 새로운 형식이었다. 이것이 이른바 무가사회의 대표적인 건축양식인 서원조(書院造)의 시원이다.

일본의 지배층 건축이 침전조에서 서원조로 바뀌게 된 것은 무가사회의 생활 패턴이 공가와 달랐기 때문이다. 무가의 저택은 의식(儀式)이 이루어지는 공간, 손님을 맞이하기 위한 공간, 수양을 위한 공간, 휴식을 위한 공간, 차를 마시는 공간, 공부를 하기 위한 공간, 살림을 위한 주거공간을 필요로 했다. 이것을 모두 갖춘 것이 서원조이다. 지금의 동구당은 현존하는 일본에서 가장 오래된 서원조 건물이며, 이 동인재는 '다다미 4장 반'짜리 다실의 시작이었다.

도코노마와 치가이다나는 대개 다다미 한 장 크기로 바닥엔 합판을 깔아 다다미방과 구별하기도 하고, 도코노마는 약간 단을 높여 성스럽게 나타낸다. 그리고 두 공간 사이에는 나무기둥을 가공하지 않고 생목 그대로 형태와 질감을 나타내어 와비사비의 공간적 분위기를 연출한다.

우리 어머니의 이력서

내가 이렇게 일본집의 구조를 마치 살아본 사람처럼 말하고 있는 것은 진짜 그런 집에서 살았기 때문이다. 몇 해 전에 내가 살던 일본식 집은 헐려 카페의 주차장이 되고 말았지만 나 어릴 때 우리 집은 대지 20평에 작은 뒷마당이 있고 1층은 미닫이문으로 나뉜 방 2칸, 2층은 다다미 8장에 '도코노마' '치가이다나' '오시이레(押入れ, 수납공간)', 낭하(복도)가 모두 달려 있는 전형적인 일본식 집이었다.

나는 초등학교부터 대학 4년까지 이 집에서 살며 누나, 동생과 함께 2층 방을 썼다. 나는 내가 어떻게 서울 시내 주택가의 전형적인 일본식 집에서 살게 되었는지 자세히는 몰랐다. 그런데 얼마 전 어머니로부터 이 내력을 들을 수 있었다.

지난(2014) 9월 27일, 음력 9월 4일은 우리 어머니의 88세 생신날이어서 우리 6남매 가족과 어머니 친구 세 분과 내 친구 8명 등이 함께 식사하는 조촐한 미수연을 가졌다. 88세를 미수라고 하는 것은 한자의 쌀 미(米)자가 팔(八), 십(十), 팔(八)로 구성되었기 때문이다.

잔치가 끝날 무렵 어머니께서 88년 동안 살아온 옛날 생각이 나셨던지 이제껏 내게도 해준 적이 없던 얘기를 하시는데 나는 들으면서 속으로 많이 울었다. 그것은 어머니만이 아니라 우리 민족이 해방 전후와 한국전쟁 중에 겪었던 고난의 삶을 생생히 전하는 한 편의 다큐멘터리였다.

우리 어머니는 1927년생, 돌아가신 아버지는 1923년생이다. 경기도 포천 깊은 산골 농사꾼의 딸인 우리 어머니는 만 16세 소녀이던 1944년 2월, 맞선도 보지 않고 서울 종로구 창성동 유씨 집으로 급하게 시집오셨다.

그때 갑자기 혼사가 이루어지게 된 것은 정신대 때문이었다. 외할아버지는 징용에 끌려가지만 않는 자라면 불구자라도 좋다며 사방에 중매를 부탁해두었는데, 창성동 유씨 집이 7남매 대가족이라 살림할 여자가 부족하여 셋째 아들인 우리 아버지를 빨리 장가보내려고 하는데 마침 이 총각은 비행기 정비소에 다니기 때문에 징용을 안 간다는 것이었다.

그리하여 어머니 쪽에서는 정신대를 피하기 위해, 아버지 쪽에서는 일할 며느리를 얻기 위해 한겨울에 급히 혼례를 치렀다는 것이다. 이리하여 어머니는 신혼생활이 아니라 대가족 시집살이를 시작하였는데, 얼마나 고되었던지 친정집에 가서 사나흘 잠만 자다 오는 것이 소망이었다고 했다.

설상가상으로 대동아전쟁이 막바지로 치달으면서 아버지에게도 영장이 나왔다. 이에 우리 아버지는 집을 나가 도망갔다. 순사가 가족 중 한 명을 서로 데려가 문초할 때면 우리 어머니는 죄인의 처지가 되어 몸 둘 바를 몰랐다고 한다.

그러나 우리 아버지는 집안 식구들이 이런 고초를 겪는 것을 아는지 모르는지 종무소식이었단다. 그러다 근 1년이 지나 평안북도 어디라며 편지가 왔다는 것이다. 이에 백부께서는 '이 녀석 때문에 집안 식구 다 죽겠다'며 이 주소로 어머니가 돌아가셨다는 거짓 사망 전보를 보내니 사흘 만에 집으로 달려왔다는 것이다.

이에 경찰서로 가서 신고하고 일본으로 징용 갈 준비를 하고 있었는데, 닷새 뒤 감격스러운 8·15해방을 맞이하게 되었다. 그리하여 비로소 우리 어머니는 신접살림을 할 수 있게 된 것이다. 그래서 낳은 첫아이인 우리 누나가 46년하고도 동짓달 생이다.

그러다 내가 갓 돌을 지났을 때 한국전쟁이 일어나 우리 집은 경기도 안성 고모 댁으로 피난을 갔다. 3년 뒤인 1953년 휴전협정이 되자 아버지는 일자리를 알아보러 서울로 가시더니 몇 달 뒤 돌아와서는 취직이 되었다고 좋아하시며 서울엔 전쟁 통에 죽은 사람이 많아 빈집이 있으니 일단 들어가 살자며 식솔을 이끌고 상경해서 궁정동의 빈 초가집에서 살았다.

그래서 1955년 4월, 내가 서울 청운국민학교에 입학하기 한두 해 전에 우리는 창성동 130번지, 일본식 2층집으로 이사했던 것이다. 일본인이 살다가 떠난 빈집이 싸게 나와 아버지가 얼른 취득했단다. 여기까지가 내가 처음 들은 우리 어머니의 삶이다.

옛날 어머니의 아들 친구 사랑

우리 어머니는 이 일본식 2층집에서 6남매를 다 키웠다. 대학시절 우리 집은 친구들의 사랑방이었고 데모꾼의 아지트였다. 대부분 지방 촌놈인 나의 문리대 친구들이 몰려다닐 때면 서울에 있는 유인태 집 아니면 우리 집으로 모였다. 우리 집 2층 방은 다다미 8장 넓이인지라 10명도 자곤 했다. 그렇게 되면 누나와 동생은 건넌방으로 내려가 잤다. 일찍 곯아떨어진 녀석은 일본 사람들이 신성시했던 도코노마를 독차지하고 먼저 누웠다. 인태 집으로 우르르 몰려가면 동생 인완이와 인택이는 다락으로 올라갔다.

우리 집에 친구들이 많이 온 것은 무엇보다 어머니의 마음이 좋아서였다. 10명이 와서 자고 가도 싫은 기색은커녕 꼭 아침을 해서 먹여 보냈다.

그렇게 떼를 지어 몰려다니더니 우리들은 삼선개헌 반대, 삼과폐합 반대, 교련 반대 데모로 군대에 끌려갔고, 제대하고 나서는 유신헌법을 반대하여 긴급조치 4호, 9호로 감옥에 갔다.

내가 1974년 2월 군복무를 마치고 두 달도 채 안 된

| **내가 살던 동네 모습** | 내가 살던 창성동 130번지 일본식 집은 헐려 카페의 주차장이 되었고 우리 집 앞에 있던 똑같이 생긴 일본식 집만 옛 모습 그대로 남아 있다.

4월에 중앙정보부로 끌려갔다가 결국 징역 7년 형을 언도받고 교도소에 있을 때 우리 어머니는 종로 5가 기독교회관에서 열리는 목요기도회에 꼬박꼬박 참석하여 아들의 석방을 기도했다. 시위가 있으면 빠짐없이 참석했다. 그때 아픔을 같이하신 분들이 우리 어머니 친구분들이다.

어머니나 나나 힘들고 괴로운 시절이었지만 교도소 시절에 나는 앞으로 한국미술사를 전공하겠다는 뜻을 세우고 열심히 책을 읽었고, 어머니는 목요기도회를 통해 여학교도 다녀본 것 같다고 하셨다. 어머니 기도 덕인지 나는 1년 만에 출소하였다.

그 목요기도회가 나중엔 민주화실천가족운동협의회(민가협)로 발전하였다. 세월이 흘러 그 옛날 구속학생이던 나는 어느새 정년퇴임하는 나이가 되었고 어머니 친구분들도 한 분 두 분 세상을 떠나고 미수연에 오신 분은 고 리영희 선생, 고 유인호 교수, 이해동 목사의 사모님 세 분뿐이었다.

미수연에 내 친구로는 우리 어머니 밥을 많이 먹은 녀석들을 불렀다. 가장 많이 먹은 안병욱과 서중석은 지방에 강연회가 있어 못 왔지만 유인태, 유영표, 이광호, 안양노, 심지연, 서상섭, 그리고 감방 동무 장영달,

미학과 후배 곽병찬 등 8명이 왔다.

내 친구들은 학창 시절 일본식 집 2층 다다미방에서 뒹굴던 얘기꽃을 피웠다. 지명수배되어 도망 다니던 친구가 더 이상 갈 데 없으면 찾아온 곳이 우리 집이었다며 아들 친구를 내 아들처럼 대해주는 이런 어머니가 지금 세상에도 있는지 모르겠다고들 했다. 이때 영표가 내게 한마디 던졌다. "너, 답사기에 남의 얘기만 쓰지 말고 오늘 어머니가 하신 얘기를 꼭 써넣어라. 옛날 어머니들이 어떻게 사셨는지 우리 아이들도 알게 하고, 일본어판도 나온다니 일본 사람들도 읽어보게."

그래서 나는 한겨레신문 10월 3일자 특별기고란에 '우리 어머니의 이력서'를 써서 부끄럼 빛내며 세상에 공개했다. 우리 어머니 이름은 신(辛)자 영(榮)자 전(全)자이시다.

은각사 답사가 내게 남달리 각별한 감회가 있었던 것은 도코노마가 있는 일본식 2층집에서 20여 년을 살았던 나의 어린 시절 생각이 절로 일어나기 때문이었다.

1. 교토의 유네스코 세계유산
2. 답사 일정표

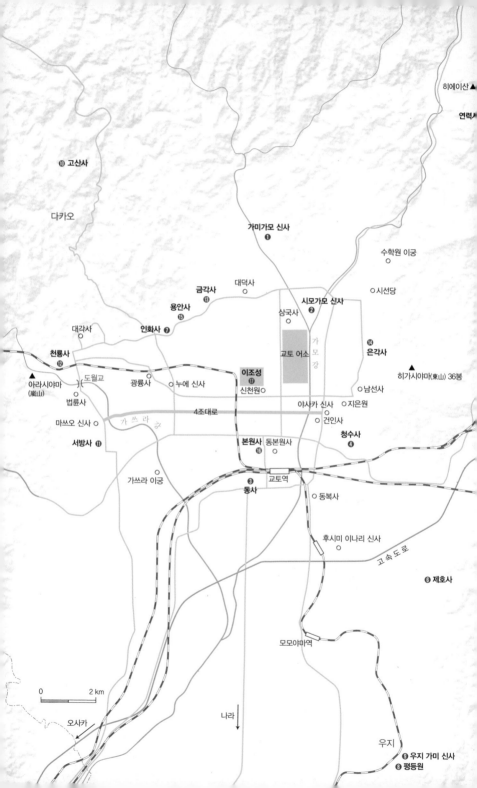

히에이산 ▲

연력사

⑩ 고산사

다카오

가미가모 신사 ❶

수학원 이궁

금각사 ⑬ 대덕사

○시선당

시모가모 신사 ❷

용안사 ⑮ 상국사

인화사 ❼ 교토 어소

대각사 ⑭ 은각사

천룡사 ⑫ 히가시야마(東山) 36봉 ▲

아라시야마 (嵐山) ▲ 도월교

이조성 ⑰

법륜사 광륭사 ○누에 신사 신천원○ ○남선사

마쓰오 신사 4조대로 야사카 신사 ○지은원

서방사 ⑪ 가쓰라 강 ○건인사 청수사 ❹

가쓰라 이궁 ○ 본원사 동본원사○

❸ 동사 교토역

동복사 ○

후시미 이나리 신사

고속도로 ❻ 제호사

모모야마역

0 2 km

오사카 나라

우지

우지 가미 신사 ❾

평등원 ❽

교토의 유네스코 세계유산

1. 가미가모 신사(上賀茂神社)

헤이안시대 이전부터 이 지역을 차지하고 있던 호족 가모씨
(賀茂氏)의 신사로 알려진, 교토에서 가장 오래된 신사. 정식
명칭은 '가모 별뢰 신사(賀茂別雷神社)'이다. 시모가모 신사(下
鴨神社)와 함께 가모 신사(賀茂神社)라고도 불린다. 경내에는
개천이 흐르고 고목들이 얽혀 있으며, 신이 내려오는 곳이라
는 세전(細殿) 앞 2개의 모래더미가 신비하고 청정한 분위기를
풍긴다(『나의 문화유산답사기』 일본편 3권 104~108면. 이후로는 권과
면수만 표시).

2. 시모가모 신사(下鴨神社)

고대 원시림이 남아 있는 '다다스노 모리(糾の森)'에 있으며,
정식 명칭은 '가모 어조(御祖) 신사'이다. 두 채의 사전(社殿)으
로 이루어진 본전은 가모씨의 두 조상신을 헤이안쿄(平安京)
의 수호신으로 모시고 있다. 가미가모 신사와 함께 전국에 퍼
져 있는 유조(流造, 나가레즈쿠리) 양식 본전 건축의 전형을 보여
준다(3권 104~108면).

3. 동사(東寺, 도지)

헤이안쿄 천도 당시 국가 수호를 위해 서사(西寺)와 함께 건설
된 국가 수호 사찰로 공해(空海) 스님이 진언종의 밀교를 펼친
곳이다. 강당에는 '입체 만다라'라 불리는 일본에서 가장 오래
된 밀교 조각상들이 배치되어 있으며, 오중탑은 교토의 상징
이자 일본에서 가장 높은 목조탑이다(3권 153~86면).

4. 청수사(清水寺, 기요미즈데라)

'청수의 무대'로 이름 높은 곳으로, 헤이안 천도 무렵 백제계 도래인 후손이자 최초의 쇼군인 사카노우에노 다무라마로(坂上田村麻呂)가 창건하였다. 벼랑 위에 세워진 '청수의 무대'와 본당에서 보이는 시가지의 조망이 훌륭하며, 봄의 벚꽃, 여름의 신록, 가을의 단풍 등 사계절의 아름다움을 간직하고 있어 관광객이 가장 많이 찾는 곳이다(3권 223~54면).

5. 연력사(延曆寺, 엔랴쿠지)

최징(最澄) 스님이 천태종을 개창한 이래 1200여 년에 걸쳐 일본 불교의 핵심을 이루어온 곳이다. 헤이안시대 이후 법연(法然)·영서(榮西)·도원(道元)·일연(日蓮) 등 많은 고승들을 배출했으며, 오늘날에도 여전히 수행 도량으로서 엄숙한 분위기를 지키고 있다. 근본중당(根本中堂)이 핵심 건물이며 히에이산(比叡山) 정상에 동탑, 서탑, 요카와(橫川) 등 세 영역으로 넓게 퍼져 있다(3권 187~222면).

6. 제호사(醍醐寺, 다이고지)

도요토미 히데요시가 죽던 해 장대한 벚꽃놀이를 연 곳으로 잘 알려져 있다. 차분하고 묵직한 모습의 오중탑은 951년에 건립된, 교토에서 가장 오래된 목조 건축이다. 경내는 하(下)제호, 상(上)제호로 나뉘어 100여 개의 불당·탑·승방 등이 산재해 있다. 삼보원(三寶院) 표서원(表書院) 앞의 지천회유식 정원은 명석(名石)을 곳곳에 배치해 호화롭고 웅대한 모습을 자랑한다.

7. 인화사(仁和寺, 닌나지)

우다(宇多) 천황이 888년에 창건한 이래 법친왕(法親王, 스님이 된 왕자)이 기거하는 승방으로 어실어소(御室御所)라 불렸다. 삼문(三門)은 교토의 3대문 중 하나이다. 경내에는 금당(金堂)과 오중탑이 있으며, 별도의 영역인 어전(御殿)은 어소(御所)풍 건축으로 헤이안 왕조문화의 향취를 전한다(3권 369~81면).

8. 평등원(平等院, 뵤도인)

후지와라씨(藤原氏) 가문의 영화를 보여주는 곳으로 우지강(宇治川)의 서쪽 강변에 있다. 관백(關白) 후지와라노 미치나가(藤原道長)의 별장을 그의 아들 요리미치(賴通)가 절로 바꾼 곳이다. 헤이안시대 정원의 자취를 전하는 아자못〔阿字池〕에 떠 있는 봉황당(鳳凰堂)은 극락정토를 꿈꾼 헤이안 귀족을 떠올리게 한다. 10엔짜리 동전에 그려진 건물이기도 하다(3권 255~96면).

9. 우지 가미 신사(宇治上神社)

본래는 아래쪽 우지 신사와 함께 평등원의 수호신사였다고 한다. 일본의 신사 건물 중 가장 오래된 본전은 헤이안시대에 지어진 것으로 3전(殿)으로 이루어져 있는데 좌우의 사전(社殿)은 크고 가운데 사전이 작다. 배전(拜殿)은 우지 이궁(離宮)의 유구(遺構)로 알려진 침전조 양식 건물이다.

10. 고산사(高山寺, 고잔지)

고산사라는 이름은 높은 산중에 있어서 '일출선조 고산지사(日出先照高山之寺)'라고 한 데서 유래했으며, 오래된 삼나무와 단풍이 무성해 경내 전체가 사적으로 지정되어 있다. 건인사의 영서(榮西) 스님이 중국에서 가져온 차 씨앗을 이 절의 개조(開祖)인 명혜(明惠) 스님이 심어 재배에 성공했다고 전해지는 일본에서 가장 오래된 차밭이 남아 있다. 원효와 의상의 일대기를 그린 「화엄종조사회전」과 「조수인물희화」를 소장하고 있는 곳으로 유명하다(3권 381~400면).

11. 서방사(西芳寺, 사이호지)

1339년 몽창 국사(夢窓國師)가 재건하면서 최초로 선종 사찰의 마른 산수 정원을 만든 곳이다. 아래위 2단으로 구성된 정원은 위쪽은 정원, 아래쪽은 심(心)자 모양의 황금지(黃金池)를 중심으로 한 지천회유식 정원으로 일본 정원에 큰 영향을

미쳤다. 100여 종의 이끼가 경내를 뒤덮어 녹색 융단을 깐 듯
한 아름다움을 자아내어 태사(苔寺, 고케데라)라고 불린다(4권
98~100면).

12. 천룡사(天龍寺, 덴류지)

고사가(後嵯峨) 천황의 가메야마(龜山) 이궁(離宮)이 있던 곳
에 1339년 아시카가 다카우지(足利尊氏)가 고다이고(後醍醐) 천
황의 명복을 빌기 위해 몽창 국사를 개산으로 하여 창건한 선
종 사찰. 방장 정원은 아라시야마(嵐山)와 가메야마를 차경으
로 한 지천회유식 정원으로, 귀족문화의 전통과 선종풍의 기
법이 어우러져 사계절의 아름다움을 보여준다(4권 91~123면).

13. 금각사(金閣寺, 킨카쿠지)

무로마치시대 3대 쇼군인 아시카가 요시미쓰(足利義滿)가
1397년에 세운 북산전(北山殿)을 그의 사후 녹원사(鹿苑寺)라
는 이름의 사찰로 바꾼 곳이 오늘날의 금각사이다. 금박의 3층
누각으로 지어진 사리전인 금각이 경호지(鏡湖池)에 비치는
환상적인 경관으로 유명하다. 여기서 이루어진 문화를 북산문
화라고 하며, 1987년의 대수리로 한층 광채를 더하고 있다(4권
127~64면).

14. 은각사(銀閣寺, 긴카쿠지)

무로마치시대 8대 쇼군인 아시카가 요시마사(足利義政)가
1482년에 산장으로 지은 동산전(東山殿)을 그의 사후에 사찰
로 바꾼 곳이다. 정식 명칭은 '자조사(慈照寺)'. 관음전(觀音殿)
인 은각은 검소하면서도 고고한 모습이며, 동구당(東求堂)은
초기 서원조 양식의 건축이다. 백사(白砂)를 계단처럼 쌓은 은
사탄(銀沙灘)과 향월대(向月臺)가 달빛을 반사해 은각을 아름
답게 비춘다. 여기서 이루어진 문화를 동산문화라고 한다(4권
197~218면).

15. 용안사(龍安寺, 료안지)

호소카와 가쓰모토(細川勝元)가 1450년에 건립한 선종 사찰로, 방장의 마른 산수 석정(石庭)으로 유명하다. 삼면을 흙담으로 둘러싸고 동서 25미터, 남북 10미터가량의 장방형 백사 정원에 15개의 돌을 곳곳에 배치했다. 작자(作者)와 그 의도에는 여러 가지 설이 있으나 선(禪)을 정원에 나타낸 추상 조형의 극치로 평가받는 명원(名園)이다(4권 165~96면).

16. 본원사(本願寺, 혼간지)

교토 시내 중심지 한길 가에 있는 정토진종(淨土眞宗) 사찰로 규모가 장대하며 경내의 어영당과 아미타당의 위용이 압도적이다. 후시미성(伏見城)에서 옮겨온 당문(唐門), 일본에서 가장 오래된 북능무대(北能舞臺), 백서원(白書院), 흑서원(黑書院), 비운각(飛雲閣) 등의 건축물이 화려한 모모야마시대 건축의 정수를 전한다. 비둘기들이 노니는 광장은 시민의 휴식처이기도 하다.

17. 이조성(二條城, 니조조)

1603년 도쿠가와 이에야스(德川家康)가 에도 막부의 교토 거점으로 지은 평성(平城)이다. 왕실풍의 혼마루(本丸)와 무가풍의 니노마루(二の丸) 어전으로 이루어져 있다. 호화찬란한 모모야마시대의 건축과 내부 장식을 여실히 보여준다. 1867년, 도쿠가와 막부가 메이지 천황에게 정권을 넘기는 대정봉환(大政奉還)이 이곳에서 이루어졌다.

아스카·나라·교토
3박 4일 답사 일정표

첫째날

09:00	인천 또는 김포 국제공항 출발
11:00	간사이(關西) 공항 도착
12:00	중식
13:00	출발
15:00	법륭사(法隆寺)
16:30	출발
17:00	아스카사(飛鳥寺)
	아마카시 언덕(甘樫丘)
19:00	가시하라 숙소 도착, 석식
	(숙소가 나라인 경우 19:30 도착)

* 법륭사는 일찍 문을 닫기 때문에 먼저 가는 것이 좋습니다.
* 아스카 답사는 서운하지만 아마카시 언덕에 올라가 보는 것으로 만족해야 교토 답사가 풍부해집니다.
* 숙소는 가시하라가 가깝고 좋으나 형편에 따라서는 나라까지 가야 합니다.

둘째날

08:00	가시하라 숙소 출발
	(숙소가 나라인 경우 08:40 출발)
09:00	흥복사(興福寺)
10:00	출발
10:10	동대사(東大寺)
11:00	출발
11:15	삼월당(三月堂)
11:50	출발
12:00	중식
13:00	출발
14:00	우지(宇治) 평등원(平等院)
15:30	출발
15:35	우지 강변 산책 및
	대봉암(對鳳庵) 찻집
16:00	출발
17:00	후시미(伏見) 이나리(稻荷) 신사
18:00	출발
19:00	교토 숙소 도착, 석식

* 식사 장소가 시내에 있으면 가모강(鴨川)과 다카세강(高瀬川) 강변 산책을 즐기기 편합니다.

* 이 책을 길잡이로 직접 답사하실 독자를 위해 실제 현장답사를 토대로 작성한 일정표입니다.
시간표는 봄가을을 기준으로 했으며 계절과 휴일·평일에 따라 달라질 수 있습니다.
겨울철에는 비공개인 경우도 많고, 개관 시간도 계절마다 달라서 사전 확인이 필요합니다.
교토의 유적지는 대개 오후 4시 또는 4시 30분에 입장을 마감합니다.
이동 시간은 관광버스를 기준으로 한 것입니다.

셋째날

08:30	출발
09:00	광륭사(廣隆寺)
09:45	출발
10:00	천룡사(天龍寺)
11:00	천룡사 후문으로 나와 사가노(嵯峨野)의 죽림 산책
11:30	도월교(渡月橋)와 강변 산책
12:00	중식
13:00	출발
13:30	용안사(龍安寺)
15:00	출발
15:15	금각사(金閣寺)
16:00	출발
16:40	이총(耳塚)
17:00	출발
17:15	야사카(八坂) 신사, 마루야마(圓山) 공원, 기온(祇園) 산책
18:30	기온에서 석식, 숙소 도착

넷째날

08:30	출발
09:00	청수사(清水寺)
10:00	기요미즈 자카(清水坂), 산넨 자카(三年坂)
10:30	출발
10:45	삼십삼간당(三十三間堂)
11:30	출발
12:00	은각사 입구에서 중식
13:00	은각사(銀閣寺)
14:30	출발
16:00	간사이 공항 도착
18:10	출발
20:05	인천 또는 김포 국제공항 도착

* 교토에서 간사이 공항까지는 1시간 30분으로 잡았지만 교통체증을 고려해 2시간 전에 출발해야 할 경우도 있습니다.

* 교토국립박물관, 고려미술관 등 박물관 관람을 위해서는 답사처 한 곳을 생략하고 일정을 따로 짜야 합니다.

주요 일본어 인명·지명·사항 표기 일람

이 책은 국립국어원 외래어 표기규정에 따라 일본어를 표기했다. 아래의 일람에서 괄호 안에 해당 한자와 현지음에 가까운 창비식 일본어 표기를 밝혀둔다.(편집자)

ㄱ

가나자와(金澤, 카나자와)
가노 마사노부(狩野正信, 카노오 마사노부)
가노 미쓰노부(狩野光信, 카노오 미쯔노부)
가노 산라쿠(狩野山樂, 카노오 산라꾸)
가노 산세쓰(狩野山雪, 카노오 산세쯔)
가노 에이토쿠(狩野永德, 카노오 에이또꾸)
가마쿠라(鎌倉, 카마꾸라)
가메야마(龜山, 카메야마)
가모강(鴨川, 카모가와)
가미가모(上賀茂, 카미가모) 신사
가시하라(橿原, 카시하라)
가쓰라강(桂川, 카쯔라가와)
가쓰라리큐(桂離宮, 카쯔라리뀨우)
가쓰라 이궁→가쓰라리큐
가야마 마타조(加山又造, 카야마 마따조오)
가이코노야시로(蠶の社, 카이꼬노야시로)
가이호 유쇼(海北友松, 카이호오 유우쇼오)
가타야마 도쿠마(片山東熊, 카따야마 토오꾸마)
간무(桓武, 칸무) 천황

간아미(観阿彌, 칸아미)
강승→고쇼
건인사→겐닌지
건장사→겐초지
게이아미(藝阿彌, 게이아미)
게이한선(京阪線, 케이한센)
겐닌지(建仁寺, 켄닌지)
겐지(源氏, 겐지)
겐초지(建長寺, 켄쪼오지)
고곤(光嚴, 코오곤) 천황
고다이고(後醍醐, 고다이고) 천황
고다이지(高臺寺, 코오다이지)
고대사→고다이지
고류지(廣隆寺, 코오류우지)
고묘(光明, 코오묘오) 천황
고보리 엔슈(小堀遠州, 코보리 엔슈우)
고사가 천황(後嵯峨, 고사가)
고산사→고잔지
고산조(後三條, 고산조오) 천황
고쇼(康勝, 코오쇼오)
고우다(後宇多, 고우다) 천황
고이즈미 준사쿠(小泉淳作, 코이즈미 준사꾸)

고잔지(高山寺, 코오잔지)
고케데라(苔寺, 코케데라)
고토바(後鳥羽, 고또바) 천황
고후쿠지(興福寺, 코오후꾸지)
공야 스님→구야 스님
공해 스님→구카이 스님
광륭사→고류지
광택지→히로사와노이케
교기(行基, 교오기) 스님
교오고코쿠지(教王護國寺)→동사
교왕호국사→동사
교토(京都, 쿄오또)
구다라노 가와나리(百濟河成, 쿠다라노 카
  와나리)
구야(空也, 쿠우야) 스님
구조 미치이에(九條道家, 쿠조오 미찌이에)
구카이(空海, 쿠우까이) 스님
규슈(九州, 큐우슈우)
금각사→킨카쿠지
기누가사산(衣笠山, 키누가사야마)
기쓰산 민초(吉山明兆, 키쯔산 민쪼오)
기온(祇園, 기온)
기요미즈데라(淸水寺, 키요미즈데라)
기요미즈 자카(淸水坂, 키요미즈 자까)
기타야마도노(北山殿, 키따야마도노)
기타야마 야스오(北山安夫, 키타야마 야
  스오)
긴카쿠지(金閣寺, 킨까꾸지)
긴카쿠지(銀閣寺, 긴까꾸지)

ㄴ
─────────────

난젠지(南禪寺, 난젠지)
남선사→난젠지

남판→오토코 자카
녹원사→로쿠온지
누에 신사→가이코노야시로
니넨 자카(二年坂, 니넨 자까)
니시진(西陣, 니시진)
니조 요시모토(二條良基, 니조오 요시모또)
니조조(二條城, 니조오조오)
니토베 이나조(新渡戸稻造, 니또베 이나조오)
닌나지(仁和寺, 닌나지)
닌토쿠릉(仁德陵, 닌또꾸릉)
닛타 요시사다(新田義貞, 닛따 요시사다)

ㄷ
─────────────

다무라 료코(田村亮子, 타무라 료오꼬)
다와라야 소타쓰(俵屋宗達, 타와라야 소오
  타쯔)
다이간지(大願寺, 다이간지)
다이고지(醍醐寺, 다이고지)
다이라노 기요모리(平淸盛, 타이라노 키요
  모리)
다이묘(大名, 다이묘오)
다이카쿠지(大覺寺, 다이까꾸지)
다카세강(高懶川, 타까세가와)
다카오(高雄, 타까오)
단린지(檀林寺, 단린지)
단림사→단린지
단케이(湛慶, 탄께이)
담경→단케이
대각사→다이카쿠지
대도일이 스님→다이도이치이 스님
대원사→다이간지
덕대사가→도쿠다이지케
데라니시 겐잔(寺西乾山, 테라니시 켄잔)

사가노(嵯峨野, 사가노)
사쓰키 가쿠오(皐月鶴翁, 사쯔끼 카꾸오오)
사이쇼 조타이(西笑承兌, 사이쇼오 조오따이) 스님
사이온지케(西園寺家, 사이온지께)
사이초(最澄, 사이쪼오) 스님
사이코지(西光寺, 사이꼬오지)
사이호지(西芳寺, 사이호오지)
사카노우에노 다무라마로(坂上田村麻呂, 사까노우에노 타무라마로)
산넨 자카(三年坂, 산넨 자까)
산주산겐도(三十三間堂, 산주우산겐도오)
삼십삼간당→산주산겐도
상국사→쇼코쿠지
서광사→사이코지
서방사→사이호지
서소 승태 스님→사이쇼 조타이 스님
서원사가→사이온지케
선묘니사→센묘니지
설암 스님→세쓰간 스님
세쓰간(雪巖, 세쯔간) 스님
세토(瀬戸, 세또) 내해
센고쿠(戰國, 센고꾸)시대
센노 리큐(千利休, 센노 리뀨우)
센묘니지(善妙尼寺, 센묘오니지)
셋슈(雪舟, 셋슈우)
소겐치(曹源池, 소오겐찌)
소씨(宗氏, 소오씨)
소아미(相阿彌, 소오아미)
손카이(尊海, 손까이) 스님
쇼무(聖武, 쇼오무) 천황
쇼코쿠지(相國寺, 쇼오꼬꾸지)
쇼토쿠(聖德, 쇼오또꾸) 태자
수학원 이궁→슈가쿠인리큐
슈가쿠인리큐(修學院離宮, 슈가꾸인리뀨우)

슈분(周文, 슈우분)
슌노쿠 묘하(春屋妙葩, 슌노꾸 묘오하) 스님
스즈키 다이세쓰(鈴木大拙, 스즈끼 다이세쯔)
스즈키 쇼넨(鈴木松年, 스즈끼 쇼오넨)
스토쿠(崇德, 스또꾸) 상황
시게모리 미레이(重森三玲, 시게모리 미레이)
시라하타 요자부로(白幡羊三郎, 시라하따 요오자부로오)
시모가모(下賀茂) 신사→시모가모(下鴨) 신사
시모가모(下鴨, 시모가모) 신사
시바(斯波, 시바)
시선당→시센도
시센도(詩仙堂, 시센도오)
시혼(至本, 시혼)
신바시 거리(新橋通, 신바시도오리)
신호사→진고지
쓰시마(對馬, 쯔시마)

ㅇ
─────────────

아라시야마(嵐山, 아라시야마)
아마카시(甘堅, 아마까시) 언덕
아사하라노 이미키(朝原忌寸, 아사하라노 이미끼)
아사하라산(朝原山, 아사하라야마)
아스카데라(飛鳥寺, 아스까데라)
아스카사→아스카데라
아시카가 다다요시(足利直義, 아시까가 타다요시)
아시카가 다카우지(足利尊氏, 아시까가 타까우지)

아시카가 요시마사(足利義政, 아시까가 요
    시마사)
아시카가 요시모치(足利義持, 아시까가 요
    시모찌)
아시카가 요시미쓰(足利義滿, 아시까가 요
    시미쯔)
아즈치(安土, 아즈찌)
아타고산(愛宕山, 아따고야마)
야마구치(山口, 야마구찌)
야마나(山名, 야마나)
야사카(八坂, 야사까) 신사
양로철정 스님→우가이 데쓰조 스님
어소→고쇼
에도(江戶, 에도)
에이사이(榮西, 에이사이) 스님
에이칸도(永觀堂, 에이깐도오)
엔니벤엔(圓爾辨圓, 엔니벤엔) 스님
엔닌(圓仁, 엔닌) 스님
엔랴쿠지(延曆寺, 엔랴꾸지)
엔쇼지(圓照寺, 엔쇼오지)
여관→온나 자카
역응사→랴쿠오지
연력사→엔랴쿠지
연화왕원(蓮華王院, 렌게오오인)
영관당→에이칸도
영서 스님→에이사이 스님
영운원→레이운인
오다 노부나가(織田信長, 오다 노부나가)
오모테 센케(表千家, 오모떼 센께)
오사카(大坂, 오오사까)
오에 스에오(大江季雄, 오오에 스에오)
오우치(大內, 오오우찌)
오카노 슌이치로(岡野俊一郎, 오까노 슌이
    찌로오)
오카야마(岡山, 오까야마)

오카쿠라 덴신(岡倉天心, 오까구라 텐신)
오키(隱岐, 오끼)
오타니 사치오(大谷幸夫, 오오따니 사찌오)
오토모 소린(大友宗麟, 오오또모 소오린)
오토코 자카(男坂, 오또꼬 자까)
온나 자카(女坂, 온나 자까)
온아미(音阿彌, 온아미)
와쓰지 데쓰로(和辻哲郎, 와쓰지 테쯔로오)
와타나베 시코(渡邊始興, 와따나베 시꼬오)
요시노(吉野, 요시노)
요시무라 준조(吉村順三, 요시무라 준조오)
용안사→료안지
우가이 데쓰조(養鸕徹定, 우가이 테쯔조
    오) 스님
우다(宇多, 우다) 천황
우라 센케(裏千家, 우라 센께)
우메하라 다케시(梅原猛, 우메하라 타께시)
우에노(上野, 우에노)
우에다 마사아키(上田正昭, 우에다 마사아끼)
우즈마사(太秦, 우즈마사)
우지(宇治, 우지)
운경→운케이
운케이(運慶, 운께이)
원이변원 스님→엔니벤엔 스님
원인 스님→엔닌 스님
원조사→엔쇼지
육바라밀사→로쿠하라미쓰지
은각사→긴카쿠지
이나리 대사(稻荷大社, 이나리 타이샤)
이나리 신사→이나리 대사
이세 신궁(伊勢神宮, 이세진구우)
이와쿠라(岩倉, 이와꾸라)
이조성→니조조
이총→미미즈카
이케 다이가(池大雅, 이께 타이가)

이토 자쿠추(伊藤若冲, 이또오 자꾸쭈우)
이토 주타(伊東忠太, 이또오 추우따)
인화사→닌나지
일련 스님→니치렌 스님
임천사→린센지

스-ㅍ
───────────────

자완 자카(茶わん坂, 차완 자까)
자조사→지쇼지
장쾌→조카이
전국시대→센고쿠시대
절해중진 스님→젯카이 주신 스님
정유리사→조루리지
제아미(世阿彌, 제아미)
제호사→다이고지
젠아미(善阿彌, 젠아미)
젯카이 주신(絶海中津, 젯까이 추우신) 스님
조겐(重源, 초오겐) 스님
조루리지(淨瑠璃寺, 조오루리지)
조세쓰(如拙, 조세쯔)
조슈번(長州藩, 초오슈우번)
조원지→소겐치
조자쿠안(釣寂庵, 초오자꾸안)
조적암→조자쿠안
조카이(長快, 초오까이)
존해 스님→손카이 스님
주라쿠다이(聚樂第, 주라꾸다이)
준나(淳和, 준나) 천황
중원 스님→조겐 스님
지쇼지(慈照寺, 지쇼오지)
지온인(知恩院, 치온인)
지은원→지온인
진고지(神護寺, 진고지)
진씨→하타씨

진하승→하타노 가와카쓰
천룡사→덴류지
청수사→기요미즈데라
최징 스님→사이초 스님
춘옥묘파 스님→슌노쿠 묘하 스님
취락제→주라쿠다이
태사→고케데라
평등원→뵤도인

ㅎ
───────────────

하나미 소로(花見小路, 하나미코오지)
하야시 라잔(林羅山, 하야시 라잔)
하야시 쇼켄(林承賢, 하야시 쇼오껜)
하카타(博多, 하까따)
하타노 가와카쓰(秦河勝, 하따노 카와까쯔)
하타노 이미키(秦忌寸, 하따노 이미끼)
하타씨(秦氏, 하따씨)
하타케야마(畠山, 하따께야마)
행기 스님→교기 스님
헤이안(平安, 헤이안)
호넨(法然, 호오넨)
호류지(法隆寺, 호오류우지)
호린지(法輪寺, 호오린지)
호소카와 가쓰모토(細川勝元, 호소까와 카쓰모또)
호소카와 마사모토(細川政元, 호소까와 마사모또)
호소카와 요리유키(細川賴之, 호소까와 요리유끼)
호소카와 하루모토(細川晴元, 호소까와 하루모또)
호조 다카토키(北條高時, 호조오 타까또끼)
호조 마사코(北條政子, 호오조오 마사꼬)
호조지(法成寺, 호오조오지)

호칸지(法觀寺, 호오깐지)
혼간지(本願寺, 혼간지)
홋쇼지(法性寺, 홋쇼오지)
후시미성(伏見城, 후시미성)
흥복사→고후쿠지
히가시야마(東山, 히가시야마)
히로사와노이케(廣澤池, 히로사와노이께)
히로시마(廣島, 히로시마)
히메지성(姬路城, 히메지성)
히에이산(比叡山, 히에이잔)

사진 제공

국립중앙박물관	49, 51~54면
눌와	135면 오른쪽, 233면
박효정	171, 180면
벤리도(便利堂)	149면

본문 지도 / 김경진

유물 소장처

건인사 143, 146~49면 / 고산사 100, 103~06, 109, 111~13면 /
고세쓰(香雪)미술관 241면 오른쪽 / 광원원(光源院) 227면 /
국립중앙박물관 49, 51~54면 / 금각사 225, 253면 /
나라국립박물관 241면 왼쪽 / 대각사 177~80, 183면 / 도쿄국립박물관 239면 /
동복사 58, 63~66, 69~71, 73~78, 80, 81면 / 상국사 231, 236, 237면 /
삼십삼간당 32~36, 40, 41면 / 선묘니사 102면 /
용안사 276, 278, 279, 283~86, 289면 / 육바라밀사 21, 23, 24, 26, 29, 30면 /
인화사 86, 88~93, 95, 96면 / 은각사 295면 / 지은원 120, 130~35, 137, 138면 /
천룡사 193, 203면 / 청정광사(淸淨光寺) 159면

*위 출처 외의 사진은 저자 유홍준이 촬영한 것이다.

나의 문화유산답사기

일본편4 교토의 명찰과 정원
그들에겐 내력이 있고 우리에겐 사연이 있다

초판 1쇄 발행 2014년 11월 14일
초판 10쇄 발행 2019년 4월 22일
개정판 1쇄 발행 2020년 9월 20일
개정판 2쇄 발행 2023년 12월 5일

지은이 / 유홍준
펴낸이 / 염종선
책임편집 / 황혜숙 이상술 최지수
디자인 / 디자인 비따 김지선 성지현
펴낸곳 / (주)창비
등록 / 1986년 8월 5일 제85호
주소 / 10881 경기도 파주시 회동길 184
전화 / 031-955-3333
팩시밀리 / 영업 031-955-3399 편집 031-955-3400
홈페이지 / www.changbi.com
전자우편 / nonfic@changbi.com

© 유홍준 2020
ISBN 978-89-364-7801-8 03810
       978-89-364-7820-9 04810(세트)